W0273449

Max Adam

Stirb du für mich

DELIKTE
INDIZIEN
ERMITTLUNGEN
DIE KRIMIS

MAX ADAM

STIRB DU FÜR MICH

DELIKTE
INDIZIEN
ERMITTLUNGEN
DIE KRIMIS

KOMET

Genehmigte Lizenzausgabe für KOMET Verlag GmbH, Köln
Copyright © 1994 Das Neue Berlin Verlagsgesellschaft mbH, Berlin
Satz: Bild1Druck GmbH, Berlin
Gesamtherstellung: KOMET Verlag GmbH, Köln

ISBN 978-3-86941-310-5

www.komet-verlag.de

1

Lutz Kellner müsste jetzt eigentlich den Antrag auf Arbeitslosenhilfe ausfüllen, den er sich vorsorglich schon vor Wochen in die untere Lade seines Schreibtisches gelegt hatte. Nicht dass er etwa vorausgeahnt hätte, was vor einer Stunde geschehen ist – nein, das nicht. Im Gegenteil: Der ABM-Job schien so sicher, wie er langweilig war, und wurde bislang von kaum einer Seite zur Kenntnis genommen, geschweige denn in Frage gestellt. Das Formular im Schreibtisch sollte eigentlich nur bereitliegen, um nicht gebraucht zu werden. Lutz Kellner ist, ohne sich für abergläubisch zu halten, der Meinung, dass man stets gerade das benötigt, was man nicht hat. Hätte er keinen Antrag auf Arbeitslosenhilfe besessen, dann wäre demzufolge ständig damit zu rechnen gewesen, dass er einen brauchen würde.

Die Methode hat nicht funktioniert. Seit einer Stunde ist klar, dass es wieder abwärts gehen wird: Kündigung zum 1. Januar. Begründung des Arbeitgebers: Die Maßnahme ist eingestellt. Kein Kommentar, kein Wenn und kein Aber. Weder Kündigungsschutz noch Einspruchsrecht – ABM beendet, fertig, aus. Das bedeutet nichts anderes, als wieder abhängig zu sein von der Frau.

Lutz Kellner hat keine Lust auf das Formular. Eigentlich, so wird ihm unterschwellig bewusst, hat er zu überhaupt nichts Lust, und dies nicht erst seit heute. Der Eifer muss ihm wohl in den zwei Jahren, in denen er bereits arbeitslos gewesen war, abhanden gekommen sein, analysiert er sich selbst. Früher war er zwar auch nicht gerade einer gewesen, der unentwegt Berge versetzte oder kühn voranschritt, aber immerhin hatte er stets seine Pflicht getan. Allein schon, weil es der verschiedensten Pflichten immer zur Genüge gegeben hatte – berufliche, staatsbürgerliche und eheliche. Außerdem diverse Selbstverpflichtungen und Pflichtveranstaltungen, angefangen mit der Pflichtlektüre der Tageszeitung am Morgen. Die ist längst abbestellt, weil zu dick und zu teuer, wie Lutz Kellner meint, und weil er Lesen in einer Welt, in der sich nichts mehr ändern, sich allenfalls noch die eine oder andere Katastrophe ereignen wird, für reine Zeitverschwendung hält.

Mit ihrem Übermaß hat auch die Zeit selbst ihren Sinn verloren. Die Inhalte, mit denen sie angefüllt war, sind kleiner und kleiner und schließlich bedeutungslos geworden.

Einst hatte Lutz Kellner sich gefreut wie ein Schüler, der den Unterricht schwänzt, um heimlich Westfernsehen zu gucken, wenn es ihm gelungen war, dem Betrieb ein paar Stunden zu stehlen oder seine Frau um einen Abend zu betrügen. Die herbeigetrickste Freizeit war ihm süß und wertvoll gewesen, hatte sich mit Heimlichkeiten anreichern, mit Verbotenem ausfüllen lassen. Wie köstlich war ein Besuch im Strandbad gewesen, wenn seine Kollegen ihn bei einer unerfreulichen Besprechung im Bezirk wähnten, wie berauschend die drei Urlaubstage, von denen seine Frau nichts wusste …

Alles längst vorbei. Der einstige Reiz des Westfernsehens ist längst der gähnenden Langeweile auf Dutzenden von Kanälen gewichen, aus den ehemals herbeigesehnten Sonntagen ist eine nicht enden wollende Freizeitwüste geworden, die immer nur Durst auf irgendetwas macht.

Aber worauf? Ja, wenn Geld da wäre, um sich ein paar von den Extravaganzen leisten zu können, mit denen diese Welt so lockte. Pustekuchen! Die paar Groschen vom Arbeitsamt reichen nicht weit.

Über wie viel Geld dagegen die Wessis in seinem Alter verfügen! Wobei er gar nicht unbedingt an die Reichen dachte, sondern an die Leute von seiner Bildung und beruflichen Stellung, ohne Wendeknick, versteht sich, dafür mit Sparbuch und Haus oder zumindest Bausparvertrag.

Wenn er wie diese Durchschnittswohlständler fünfzig- oder hunderttausend auf der hohen Kante hätte, dann würde er lieber heute als morgen in den Süden ziehen, sich ein Häuschen kaufen und sich einfach nur in die Sonne legen wollen – auf größeren Luxus könnte er gut und gern verzichten.

In der ersten Zeit der Arbeitslosigkeit waren mit dem Wohngeld zusammen gerade so Miete, Kleidung, Essen und Trinken gesichert gewesen. Auch für einen Videorecorder hatte es noch gereicht.

Wenn seine Frau mal nicht zu Hause war, hatte sich Kellner die leeren Tage mit Action-Filmen und Pornos so lange versüßt, bis sie ihm schließlich zum Halse raushingen. Spätestens nach einem halben Jahr Dauerkonsum hatte sich kein Kitzel mehr eingestellt, war das anfangs prickelnde Gefühl der Gewissheit gewichen, dass es außer faden Wiederholungen nichts mehr geben würde. Gar nichts mehr.

Ungefähr seit dieser Zeit hatte Lutz Kellner auch davon abgelassen, mit seiner Frau zu schlafen. Es hatte aufgehört, ihm Spaß zu machen.

Unbestreitbar ist sie schön wie eh und je, schlank und blond, mit einem feingeschnittenen Gesicht. Eine attraktive Erscheinung unter dreißig, nach der andere Männer sich umsehen. Aber das ist schließlich nicht ihr Verdienst. Sie hat kein Recht, sich darauf etwas einzubilden oder seine Dauerlust einzuklagen.

Wie denn auch?! Wenn ihn nicht mal mehr die wechselnden Aktricen der Sex-Filme erregen, wieso dann gerade sie?

Er hatte nur verächtlich geschwiegen, wenn sie versuchte, ihn zu der immer gleichen Prozedur zu bewegen. Immer das Gleiche, immer die Gleiche …

Lutz Kellner würde gern wieder einmal fremdgehen, so wie früher. Oder besser noch: so, wie in den Pornos zu sehen, also vielseitiger und viel dekadenter als früher. Aber ihm fehlen die Kontakte, aus denen heraus sich so etwas entwickeln kann, und ihm fehlt das Geld, mit dem sich das forcieren lässt. Vor allem aber fehlt ihm der innere Anstoß, überhaupt irgendetwas zu beginnen.

Seine Frau, früher Sekretärin in einem längst abgewickelten Großbetrieb, hatte, nachdem sie ebenfalls eine Zeitlang arbeitslos gewesen war, wieder etwas Neues gefunden. Anfangs hatte sie nicht mit ihm darüber reden wollen, ihm nur sehr allgemeine Umschreibungen ihrer Tätigkeit gegeben: Sehr kleiner Laden, erst mal Fuß fassen, erst mal ohne Steuerkarte, erst mal sehen, hatte sie herumgeeiert und war nur auf mehrmalige Nachfrage etwas konkreter geworden.

Nein, als klassische Sekretärinnentätigkeit könne man das, was sie zu tun habe, nicht bezeichnen. Ja, sie sitze am Telefon, gebe Auskünfte und helfe den Anrufern weiter. Nein, die Nummer könne sie ihm vorerst nicht geben, Privatgespräche seien sowieso strikt untersagt, und erst einmal müsse sie sich einarbeiten.

Lutz Kellner war das alles seltsam vorgekommen. Er hatte sich diese Geheimnistuerei nicht bieten lassen wollen und nach ein paar Wochen des Abwartens zu geeigneten Maßnahmen gegriffen. An einem Montag hatte er versucht, sie zu ihrer Arbeitsstelle zu begleiten, war aber von ihr abgeschüttelt worden. Seine Frau hatte den Bus verlassen und war kurzerhand in ein Taxi gestiegen.

Am Abend aber hatte er ihr zugesetzt. Zuerst mit Worten, dann handgreiflich. Was das für eine Firma sei, über die sie nicht reden wolle, das solle sie ihm endlich sagen! Er hatte sie bei den Gelenken gepackt, diese nach hinten gebogen und seine Frau mit dem Rücken an die Flurwand gedrückt. Dabei hatte sich zu seinem Erstaunen eine ansonsten bei ihm eher selten gewordene Erektion eingestellt.

Seiner Frau war das nicht entgangen. Sie hatte zugegriffen und ihn zusätzlich erregt mit dem, was sie sagte. In dieser Firma würde es hoch hergehen, keuchte sie ihm ins Ohr. Jede treibe es mit jedem, und Perversitäten seien an der Tagesordnung.

Kellner hatte sie natürlich nicht ernst genommen, sich auf das Spiel aber eingelassen, die Geilheit genossen, die endlich wieder einmal in ihm erwacht war. Erzähl mir mehr, hatte er befohlen. Erzähl mir alles, du Luder!

Was er daraufhin zu hören bekommen hatte, hatte ihn schockiert. Ein derartig versierter Umgang einer Frau mit der Sprache der Sünde war ihm nicht einmal in den Porno-Kassetten untergekommen, in denen allerdings öfter gestöhnt als gesprochen wurde. Die neue Erfahrung war ebenso überraschend wie erfrischend für ihn gewesen. Während Eifersucht und Gier seinen Blutdruck nach oben jagten, gewann Lutz Kellner das Interesse an seiner Angetrauten zurück. Sie lagen sich schließlich auf dem Fußboden im Flur erschöpft und verschwitzt in den Armen und lächelten beide.

»Ich tu alles für dich«, hatte seine Frau geflüstert, und ihm war nicht aufgefallen, dass sie statt der Mitte das Ende des Satzes betonte. Sie hatte dann auch keine weiteren Fragen beantwortet, sondern ihm stattdessen endlich die Nummer gegeben, unter der er sie im Geschäft würde erreichen können, und vorgeschlagen, sie anderntags dort anzurufen. Als Vorschuss auf alle Antworten hatte sie ihm ihr erstes selbstverdientes richtiges Geld, wie sie sich ausdrückte, gegeben, dreizehn knisternde Hunderter. »Kauf dir mal was Schönes«, waren die Worte gewesen, die ihm noch heute im Ohr klingen.

Die sexuelle Renaissance der ehelichen Beziehungen Kellners hatte bereits am nächsten Tag, und zwar während des Telefonates, das er mit ihr führte, weiteren Aufschwung erfahren. Noch bevor er begreifen sollte, dass sie nichts als ihren Job tat, verwöhnte sie ihn am Hörer mit erotischen Fantasien und dahingehauchten Schlüpfrigkeiten auf eine Weise, die Kellner dazu gebracht hatten, genau das zu tun, was sie in Szene setzte.

Während sie ihren Körper beschrieb und kundtat, wohin überall sie ihre Hand, stellvertretend für die seine, auf die Reise schickte, spürte er, dass ihre Worte nicht nur wirkungsvoll gewählt, ihre Stimme nicht nur wirksam eingesetzt war, sondern dass hinter alledem so etwas wie Methodik stand. Methodik, die nicht der Zufälligkeit dieses einen Gespräches entsprungen sein konnte. Sein Weib schien offenbar geübt in derlei Fantasien. Kellner hatte ihr das gesagt, als er wieder ernüchtert war, und sie hatte es zugegeben.

Die folgenden Wochen waren eine quälende Mischung aus Eifersucht und Lust gewesen, aus Neugier und Ekel, aus Gier und Gewöhnung. Täglich hatte seine Frau ihm schwören müssen, bei derartigen Telefonaten mit fremden Anrufern selbst nichts zu empfinden. Und immer wieder hatte es Lutz Kellner danach verlangt, neue Einzelheiten in Erfahrung zu bringen. Hatte sie ihm von den Gesprächen erzählt, manchmal freimütig, manchmal widerwillig, hatte er sich entweder aufgeregt über »diese Schweine« und ihr den Job verboten, oder aber er hatte sich angeregt gefühlt und sie gedrängt, ihm von immer neuen, manchmal recht ausgefallenen Wünschen ihrer Kunden zu berichten. Dieses Hinundhergerissensein hatte ein paar Wochen angehalten.

Aber mit der einsetzenden Gewöhnung an den Gedanken, dass seine Frau ihn am Telefon zum Schein betrog, war die Gewöhnung an das Geld gekommen, das sie nun ziemlich regelmäßig mitbrachte. Sie gab es ihm immer in bar, und es war mehr, als ihnen vom Arbeitsamt überwiesen wurde.

Alles in allem hatte sich bei den Kellners alsbald ein bescheidener Wohlstand eingestellt. Neue Auslegware war gekauft worden, eine Couchgarnitur, ein modernes Fernsehgerät. Auch über ein neues Auto hatten sie gesprochen.

Angeschafft worden war es aber erst, nachdem Lutz Kellner, der damit schon nicht mehr gerechnet hatte, vor einem halben Jahr einen Arbeitsplatz vermittelt bekommen hatte. Als Langzeitarbeitsloser war er dem Arbeitsamt wohl einen Versuch wert gewesen. Vermutlich hatte man nur testen wollen, ob er noch willens war, überhaupt eine Tätigkeit anzunehmen.

Kellner hatte sich einen Ruck gegeben und zugesagt, im Berliner »Institut für angewandte Theorie« nach Ansätzen zur Lösung zeitbezogener Probleme zu suchen. Die Zahlung der Arbeitslosenhilfe wäre sonst eingestellt worden, und ganz von seiner Frau abhängig sein wollte er nicht.

In verschiedenen Projektgruppen waren gleich ihm einige Dutzend vorwiegend aus akademischen Berufen stammende ABM-Kräfte damit betraut worden, die vermeintlichen Hauptprobleme der Gegenwart und des Umfeldes zu benennen sowie in der wissenschaftlichen Literatur, in politischen Konzepten, Studien und sonstigen Erfahrungsschätzen der Menschheit, insbesondere der alten Bundesländer, nach Lösungen und handhabbaren Modellen zu suchen.

Der Grundgedanke, der sich dahinter angeblich verbarg, war der, dass es für fast alle entstehenden Probleme bereits fertige Lösungen in der Theorie gibt, man sie nur erschließen müsse. Als Arbeitsziel war die Vorlage konzeptioneller Angebote an Verwaltungen und öffentliche Einrichtungen, an Politiker und sonstige Entscheidungsträger anvisiert.

Derartige Früchte der Arbeit des Institutes mussten freilich noch geraume Zeit reifen, denn vorerst galt es, Arbeitsräume DIN-gerecht herzurichten, Büromöbel zu verschrauben und vielerlei Computer in Betrieb zu nehmen. Pro Arbeitsbeschaffungsmaßnehmer waren immerhin etwa zehntausend Mark Sachmittelkosten auszugeben.

Diese intensiven Vorbereitungen auf die eigentliche Arbeit hatten ein Vierteljahr in Anspruch genommen, in dem sich Lutz Kellner nicht übertrieben oft hatte sehen lassen an seinem Platz. Zu sehr hatte er sich an das Ausschlafen gewöhnt, zu wenig interessierten ihn die zumeist oberschlau daherschwadronierenden Kollegen.

Von Karlheinz abgesehen sind sie in Kellners Augen alle Schwätzer, die aus irgendeinem Grunde meinen, ihre längst begrabene Karriere in den zwölf oder vierundzwanzig zur Verfügung stehenden Monaten noch mal auf Hochglanz polieren zu können.

Karlheinz dagegen ist wirklich ein armes Schwein. Zu

DDR-Zeiten hatte er sich Prof. Dr. Karlheinz Hahn genannt und war Stellvertreter eines ordentlichen Rektors einer richtigen Universität gewesen. Schon vor der Wende war ihm die Frau weggelaufen, weil er keine Zeit für sie gehabt hatte, und nach der Wende, dem Absturz und dem Fall, hatte sich sein vorgeprägter Drang zum Alkohol ungebremst Bahn verschafft und aus dem Professor einen anderen Menschen werden lassen: Karlheinz, den Kaffeetrinker, wie er genannt wurde, da er keine Tasse dieses Bürogetränkes ausschlug, eine jede aber statt mit Milch und Zucker mit Weinbrand würzte.

Auf ihn aufmerksam geworden war Kellner, weil fast alle Mitarbeiter der zusammengewürfelten Projektgruppen Probleme hatten, ihn und Karlheinz auseinanderzuhalten. Beide Brillenträger, dazu einander ähnlich in Alter und Statur, von zu verwechselnder Gesichtsform und eher unauffällig im Benehmen, war es nicht selten passiert, dass von dem einen gesprochen wurde, wenn der andere gemeint war.

So waren Missverständnisse entstanden und wieder aufgeklärt worden, man hatte ein wenig öfter als üblich und als nötig miteinander geredet und schließlich beinahe so etwas wie eine Freundschaft gepflegt. Hin und wieder hatten sie dann nach Feierabend gemeinsam ihre Sorgen hinuntergespült, aber das allein war es nicht gewesen.

Kellner und Hahn waren wohl wegen der völligen Unterschiedlichkeit ihrer Lebenslagen und Probleme dazu fähig gewesen, einander unvoreingenommen zu-

zuhören, ohne sich besserwisserisch ins Wort zu fallen, wenn auch darüber hinaus nicht in der Lage, einander zu helfen, was wohl die Qualität einer Freundschaft ausgemacht hätte.

Karlheinz hatte keinen Rat für Kellners Ehesorgen gewusst, da er den Glauben an diese Institution zusammen mit seiner Ehemaligen längst aus dem Gedächtnis gestrichen hatte.

Lutz Kellner seinerseits war zu feige gewesen, dem Kollegen eine Therapie ans Herz zu legen. Zu genau hatte er gefühlt, dass der dies nicht würde hören wollen.

Insgeheim puckerte in ihm sogar so etwas wie Genugtuung über den Persönlichkeitsverfall des anderen auf. Ein hoher Gelehrter, der einmal etwas dargestellt hat im Staate, rutscht nun ab in eine Bedeutungslosigkeit, neben der seine eigene Existenz noch einen recht ordentlichen Eindruck machte.

Möglicherweise war dies der eigentliche Grund gewesen, aus dem heraus sich Kellner zu dem promovierten Säufer hingezogen gefühlt hatte – auch nach dessen Weggang noch.

Die Geschäftsleitung hatte Wind bekommen vom Zustand des Professors und ihn abgemahnt. Der Kündigung war Karlheinz durch Fernbleiben ausgewichen. Sie hatte ihn auf dem Postwege erreicht, und in den Wochen darauf hatte er immer dann, wenn er nüchtern genug dazu gewesen war, was seltener wurde, seinen Kollegen Lutz Kellner zu Hause aufgesucht, um ihn zu fragen, was der in dieser Sache unternehmen könne. Kellner wisse doch Bescheid im neuen System, kenne womöglich einen Rechtsanwalt oder so. Er, der ewige Ostmensch, der er geblieben sei, wisse sich nicht zu helfen im Dschungel der Wölfe. Hahn hatte jedes Amt gemieden, jedes Formular in den Papierkorb geworfen, seine Termine verpasst und seine Rechte verwirkt. Das Letzte, was er noch selbst veranlasst hatte, war die Umstellung seines Kontos von Mark der DDR auf DM gewesen. Aber das war noch »vorher« gewesen, und da hatte er ja auch seine Frau gehabt, die, bevor sie gegangen war, noch den Antrag auf Arbeitslosengeld für ihn erledigt hatte. Seitdem ruhte der Kontakt zwischen Herrn Hahn und den Ämtern.

Er selbst hatte es prinzipiell abgelehnt, beim »Klassenfeind« irgendetwas zu beantragen. Von dieser Seite habe er als ehemaliger Funktionär der SED sowieso nichts zu erwarten, und jeder Versuch, sein Recht zu bekommen, würde mit einer Demütigung enden, das sei so klar wie das Amen in der Kirche, beurteilte Karlheinz seine Chancen.

Kellner hatte nicht widersprochen, es hätte keinen Sinn gehabt. Einmal nur hatte er angedeutet, es läge vielleicht alles nur am Schnaps. Ohne die Sauferei würde Karlheinz jedenfalls noch im Institut sein.

Davon hatte der andere nichts hören wollen. Die hätten ihn doch nur eingestellt, um ihn unter einem Vorwand noch tiefer hinabstoßen zu können. Das habe doch Methode. Außerdem trinke er schon lange kaum noch etwas, jedenfalls nicht mehr als andere auch, und aufhören könne er jederzeit, wenn er wolle. Deshalb lasse er sich auch keine Entziehungskur aufschwatzen.

Am Ende hätten sie ihn da, wohin sie ihn haben wollten: in einem Heim nämlich. Unter Vorwand in die Anstalt – nein, da müssten »die« früher aufstehen.

Zum vorläufig letzten Mal war Kellner Karlheinz in der Vorweihnachtszeit am Alexanderplatz begegnet. Hahns gefütterter Ledermantel aus besseren Zeiten hatte nicht über die Situation hinwegtäuschen können, in der sich der Träger befand: Neben sich auf der Bank die zweite Mütze, in der einige Münzen lagen, das Bündel zwischen seinen Beinen, der glasige Blick an den Passanten vorbei und die Flasche in Griffweite hinter der Bank in der Rabatte sagten alles. Einen halben Augenblick nur hatte Kellner mit dem Gedanken gespielt, den Professor mit zu sich nach Hause zu nehmen. In der zweiten Hälfte desselben Augenblicks war ihm klar geworden, dass dies keinen Sinn haben würde. Zu tief war der schon abgerutscht, um noch Hilfe annehmen zu können. Der hätte gar nicht mehr begriffen, was für ein Opfer es wäre, ihn, einen obdachlosen Trinker, im Haushalt aufzunehmen – weitersaufen würde der bis zum Ruin und ihn vielleicht noch mit in den Sumpf ziehen.

Immerhin hatte auch er, Kellner, immer dann, wenn er mit Karlheinz zusammen gewesen war, mehr getrunken als sonst. So was verführt doch! Lutz Kellner hatte bei diesen Überlegungen einen Schein aus der Brieftasche gezogen, ihn dann aber zurückgesteckt. Hahn würde doch nur Brandy oder Wodka kaufen dafür …

Kellner selbst hat sich seit dem Rausschmiss des Kollegen noch seltener im Institut sehen lassen. Zu den anderen findet er keinen Kontakt, und ein Vorwand für Nichterscheinen gibt es immer. Da viele dies so halten, fällt es kaum jemandem auf. In den Nachweisblättern ist als Aufenthalt immer häufiger nur »Bibliothek« eingetragen – wer will das schon kontrollieren?

Dennoch oder gerade deshalb verspürt Lutz Kellner keine rechte Freude mehr am Faulenzen. Die Drückebergerei war zu schnell Normalität geworden, als dass ihr so wie früher ein Reiz anhaften könnte. Ohne erkennbares Risiko, bestraft zu werden, ist das Weglaufen von der Arbeit fast noch langweiliger als die Arbeit selbst. Das Gehalt kleckert nach dem gleichen Prinzip auf Kellners Konto wie er zur Arbeit geht: Komm ich heut nicht, komm ich morgen, vielleicht auch nächste Woche. Wenn es dann eintrifft, ist es in der Regel schon verplant oder ausgegeben, es gibt ja den Dispo. Nun aber, da die Kündigung auf dem Tisch liegt, wird es eng werden, fürchtet Lutz Kellner und fingert nun doch den Antrag auf Arbeitslosenhilfe aus seinem Schreibtisch hervor.

Zwischen Lutz Kellner und seiner Frau ist das Thema Geld zum alles bestimmenden geworden. Er hat die Kontrolle der Einnahmen und Ausgaben mit der Selbstverständlichkeit übernommen, mit der sie es bedenkenlos vergeuden würde, wenn er nicht darüber wachte. Teure Kleidung, Markenparfüms und modische Accessoires kosten etwa hundertmal mehr als sie wert sind, findet Kellner heraus und verbietet seiner Frau nicht abgesprochene Einkäufe von über fünfzig Mark. Sie kontert damit, dass das meiste Geld schließlich von ihr komme, und er droht, ihre unmoralische und illegale Arbeit, wie er sagt, nicht länger zu dulden. Und überhaupt sehe er nicht ein, weshalb sie bei einer Tätigkeit per Telefon gut riechen und teuer gekleidet sein müsse.

»Wenn ich mich selbst nicht wohlfühle in meiner Haut, habe ich nicht die Ausstrahlung, die nötig ist, damit was rüberkommt zum Kunden«, entgegnet sie auf solcherart Vorhaltungen.

»Schön bist du allemal, auch ohne teure Kleider«, hat er sie unlängst zu überzeugen versucht, und sie hat erstaunlicherweise eingelenkt. Ob es das Kompliment in seiner Bemerkung war, oder ob sich dahinter eine Taktik verbirgt, vermag Kellner nicht zu beurteilen. Allenfalls hegt er die vage Vermutung, dass seine Frau keinesfalls jede Mark, die sie verdient, auf den gemeinsamen Tisch legt, sondern sich ein erkleckliches Taschengeld einbehält.

Wenn sie nur zum Schein nachgibt, dann wird sie entsprechend mehr in ihre eigene Tasche wirtschaften, geht es ihm durch den Kopf, und er nimmt sich vor, auf der Hut zu sein. Nun, da sein Gehalt wieder fehlt, wird er ihr um so penibler auf die Finger sehen müssen. Einen Rückgang ihres Verdienstes ist er nicht gewillt hinzunehmen, so viel steht fest. Im Übrigen beschließt er, bei nächstbester Gelegenheit gründlich die Wohnung zu durchsuchen. Sollte seine Frau ein privates Geldversteck angelegt haben, so wird er es zu finden wissen! Überhaupt wird er sich künftig etwas mehr um sie kümmern, denn ihm gefällt nicht, wie sie sich ihm gegenüber verhält.

Die erotische Stimulans, die sie durch den neuen Job in die Ehe gebracht hatte, war relativ schnell verflogen und ist mittlerweile einem völligen Desinteresse gewichen. Nicht mehr nur er ist jetzt zu träge, den ehelichen Pflichten nachzukommen, nein, auch sie unternimmt im Gegensatz zu früher keinerlei Versuche mehr, ihm nächtlich etwas abzuringen. Im Gegenteil. Als er kürzlich die Probe aufs Exempel gemacht hat, ist sie es gewesen, die sich entwunden hat. »Tu doch bitte nicht so, als ob du Lust auf mich hättest, Lutz, das kauf ich dir nicht ab«, hat sie gesagt und wahrscheinlich nicht ganz unrecht damit gehabt.

Er hat es dennoch für angebracht gehalten, ihr eine Ohrfeige zu versetzen. Es war die erste gewesen in ihrer Ehe, und die hat sie verdient, findet er auch jetzt noch. Schließlich ist es ja nun wirklich nicht seine Schuld, dass alles so gekommen ist. Künftig, so nimmt er sich vor, wird er noch strenger sein; nicht nur, was das Geld betrifft. Wer sich sexuell verweigert, hat sicher einen Grund dafür, sagt sich Kellner und denkt an die sich in letzter Zeit häufenden Abende, an denen seine Frau angeblich bei einer Freundin oder Kollegin Babysitter spielt. Wer weiß, ob da nicht ein anderer Mann dahintersteckt!

Am Abend erhält dieser vage Verdacht neue Nahrung. Lutz Kellner, von einer Ahnung oder auch nur vom Durst getrieben, entsteigt der Badewanne, um sich ein Bier aus der Küche zu holen und nach dem Grund für die Stille zu lauschen, die da allzu plötzlich das Klappern des Geschirrs im Abwaschbecken ersetzt hat, ohne dass der Berg aus Tellern und Töpfen schon hätte abgearbeitet sein können. Und richtig: Was er, auf Zehenspitzen in den Flur getapst, da zu hören bekommt, ist ein ungewöhnlich leise geführtes Telefonat.

Kellner ahnt, dass seine Frau mehr als nur die üblichen kleinen Heimlichkeiten, die wohl zu jedem Weibe gehören, vor ihm zu verbergen hat. Nun endlich ein unzweideutiges Indiz. Das Flüstern und Zischeln aus dem Wohnzimmer, in dem die Dame sich weit genug vom badenden Gatten wähnt, ist schon so etwas wie Hochverrat!

Lutz Kellner lauscht fast atemlos und angestrengt, kann aber weit weniger verstehen, als ihm lieb ist. Die wenigen Brocken, die er mitbekommt, ergeben leider keinen Sinn für ihn, entkräften sogar den anfänglichen Verdacht, ein Liebhaber sei am anderen Ende der Strippe. Seine Frau fragt mehr, als dass sie selbst etwas sagt.

»Wo soll Mogan denn liegen?«, will sie von dem Jemand wissen. »Sieht er gut aus?«, und »Warum denn nicht in der gleichen Maschine?« Ein eingestreutes »Ach so« und »Na meinetwegen« lassen vermuten, dass sie mehr oder weniger befriedigende Antworten erhält. Dann allerdings scheinen es zu viele oder zu komplizierte Erklärungen zu werden. »Moment, das muss ich mir aufschreiben«, sagt sie, und eine Weile herrscht beinahe Stille. »Lass Pall Mietos am Hafen«, versteht Kellner dann noch und ein paar nichts sagende Floskeln wie »na ist ja noch Zeit« und »hoffentlich schönes Wetter«.

Lutz Kellner begibt sich zurück ins Badezimmer, wartet eine Minute, öffnet erneut die Badtür und ruft in einer Lautstärke, die seine Entfernung zum Ort des Flüsterns dokumentieren soll: »Bring mir mal'n Bier, bitte!«

Selbstverständlich untersucht er bei der nächstbesten Gelegenheit den Zettelblock, der immer in Telefonnähe liegt, und kann, das oberste Blatt schräg gegen das Licht haltend, einige der Kugelschreiberabdrücke erkennen, die seine Frau bei ihrer heimlichen Notiz dort hinterlassen hat. Das Einzige, was ihm weiterhilft, ist ein Datum: 19.1. – kein Zweifel. Also in knapp drei Wochen. Was an diesem Tag ablaufen soll, bleibt Kellners Spekulation überlassen. Ein Rendezvous? Mit wem und wo? Wer weiß?

Er beschließt, seine Frau an diesem 19. Januar nicht aus den Augen zu lassen. Zur Sicherheit wird er vielleicht noch einen Privatdetektiv beauftragen, ihm dabei behilflich zu sein, einen echten Profi eben, der sich nicht so leicht abschütteln lässt.

Bereits am nächsten Vormittag nimmt sich Lutz Kellner die Wohnung in ihrer Gesamtheit vor. Die Dame ist mit der S-Bahn zu ihrer Mutter gefahren und hat von dort aus angerufen, um ihm ein paar dringende Einkaufswünsche für das Wochenende zu übertragen, die zu besorgen sie nicht schaffen würde, sodass er gewiss sein kann, in den nächsten paar Stunden ganz ungestört zu sein.

Kellner beginnt seine Suche nach den Geheimnissen

seiner Frau am Schuhschrank neben der Wohnungstür und setzt sie akribisch genau, keinen Winkel und keines der Wohnmöbel auslassend, in den anderen Zimmern fort. Nach anderthalb Stunden ist er am Ziel. Er löst seinen Blick von dem eisigen Fund, starrt durch die beschlagene Brille aus dem Fenster ins Nichts und atmet tief durch.

2

»Das kann verdammt noch mal nicht wahr sein!«, fluche ich im gleichen Moment, in dem meine Tür ins Schloss fällt. Monatelang ist es mir nicht passiert, aber gerade heute, da ich Hektik nicht brauchen kann, gerade heute, da der Fall Budgereit kurz vor seinem Abschluss steht, vergesse ich meine Schlüssel in der Wohnung!

Es sieht alles danach aus, dass mitnichten die Schwester des Verstorbenen Josef Budgereit die alten Möbel inklusive Besteckkasten nach Mecklenburg-Vorpommern verschleppt hat, wie die Haupterbin vermutet und behauptet, sondern dass deren leibhaftiger Sohn, der ebenfalls im Besitze eines Schlüssels zur Wohnung seines Großvaters gewesen ist, den Krempel bereits von einer Secondhandfirma hat abholen lassen, bevor die Mutter des Frevlers beziehungsweise Tochter des Toten sich erstmals in Bewegung setzte.

Den geschäftstüchtigen Sohn werde ich mir heute ein letztes Mal zur Brust nehmen, um ihm die Alternativen aufzuzeigen. Wahrscheinlich wird er die zwei oder drei Blauen genervt herausrücken, um endlich Ruhe vor mir zu haben. Seine Mutter dagegen wird für Observation und Erfolg das Fünffache davon zu löhnen haben, die Rechnung ist schon so gut wie bei Bärbel im Computer. Fall erledigt, einen Tag ausspannen, bevor Johannes Lange, der Chef, das nächste Rätsel über seinen massiv eichenen Tisch schieben darf. So jedenfalls habe ich mir das gedacht, bevor die Wohnungstür voreilig ins Schloss gefallen ist und mich zwingt, mir um den weiteren Zugang zu meiner Neubauwohnung Sorgen zu machen.

Dem Lange heute aus dem Weg zu gehen ist somit nicht mehr drin, denn der hat schließlich das Master-Set im Jackett. Über das Master-Set werde ich mich nicht äußern, da es mir nicht sinnvoll erscheint, dass allzu viele Zeitgenossen Näheres darüber erfahren. Es wäre nicht zu verantworten, wenn ich breittrete, wie etwas beschaffen ist, womit man fast jedes Sicherheitsschloss ruckizucki öffnen kann. Außerdem würde ich mich bei der Beschreibung dieses Werkzeuges, über dessen Herkunft der Alte nie ein Wort verloren hat, ebenso blamieren wie bei der Handhabung desselben.

Wie dem auch sei. Der Alte wird es auskosten, zu demonstrieren, was er hat und kann, und er wird mein Wohnungsschloss mit süffisantem Grinsen aufsperren, ohne auch nur hinzusehen. Das gönn ich ihm zwar nicht, aber noch weniger gönne ich dem Schlosser für dessen brachiales Werk meinen halben Wochenlohn.

Ich lasse also Sven Budgereit Sven Budgereit sein, begebe mich zu meinem Civic – Autoschlüssel sind noch von gestern in der Jeans – und starte von meiner Wohnung am Tierpark in Richtung Detektei.

Der Chef hat keine Zeit, sich über mich lustig zu machen, geschweige denn, mir aus der Patsche zu helfen. Das Master-Set, auf das er sonst so stolz ist, bleibt heute unerwähnt, stattdessen erinnert er mich an mein letztes derartiges Vorkommnis von vor über einem halben Jahr, und nun fällt es mir auch ein: Damals war mir das Gleiche passiert wie heute, und ich hatte für ein nächstes Mal Vorsorge getroffen, ja, das hatte ich wirklich, aber vergessen hatte ich es auch wieder. Peinlich, peinlich. Der Ersatzschlüssel zu meiner Wohnung befindet sich im Handschuhfach des Dienstwagens, wie wir den weißen Lada Samara großspurig nennen, den der Chef zu Observationszwecken angeschafft, aufgepowert und mit allerlei technischen Kinkerlitzchen ausgestattet hat.

Mit einem Seitenblick aus dem Fenster überzeuge ich mich davon, dass der Weiße nicht vor dem Haus steht, also im Einsatz ist. Ich murmle etwas, das nach viel Arbeit klingen soll, und entferne mich tunlichst vom Boss der Detektei.

Aus dem Aufenthaltsraum wähle ich mich ins D-Netz und bin wie durch ein Wunder mit dem Samara verbunden.

»Schwan«, meldet sich Kollege Engler gelangweilt, »wer da, und was gibt's?«

»Schauen Sie unauffällig in den Rückspiegel, dann sehen Sie mich«, krächze ich, so blöd ich kann, und ernte einen Heiterkeitsausbruch.

»Dirk, der Unsichtbare! Hinter mir parkt ein Möbelwagen, seit mindestens einer Stunde schon, und die Fahrerkabine ist leer.«

»Wo bist du, Klaus?«

»In Pankow, Maximilianstraße.«

Ich habe keine Ahnung, an welchem Fall der Engler gerade bastelt, und es interessiert mich auch nicht. Erstens habe ich mich durch meine eigenen Probleme zu boxen und mir zweitens geschworen, mich von Klaus Engler nie wieder in seine Fälle hineinziehen zu lassen oder mir auch nur seine Geschichten anzuhören. Die können zwar recht spannend sein, im Nachhinein aber eine Menge Ärger einbringen. Besonders dann, wenn man sie seinem Bruder weitererzählt, der sie nach Lust und Laune ausschmückt, zu Papier bringt und einem Krimi-Verlag anbietet … Aber lassen wir das. Es soll nicht noch einmal vorkommen, habe ich dem Engler versprochen, und er hat mir zugesichert, mich so lange nicht zu ermorden, wie unser Chef die Schwarte nicht in die Hand bekommt. Und der hat ja Gott sei Dank keine Zeit zum Lesen.

Ich entdecke den Weißen, nachdem es mir gelungen ist, mich durch das Gewirr der Umleitungen und Baustellen in U-Bahn-Nähe hindurchzuflitzen. Die Maximilianstraße selbst ist nicht allzu lang und recht gut überschaubar. Viergeschossige Altbauten links wie rechts, wenige Geschäfte, nicht viel Verkehr.

Klaus Engler liest Zeitung und scheint mich nicht zu bemerken. Ich habe meinen Honda hinter dem Möbelwagen abgestellt, von dem er vorhin gesprochen hat, und mich im toten Winkel von hinten rechts an den Samara geschlichen.

Ohne auch nur mit der Zeitung zu wackeln oder sonst eine Regung zu zeigen, öffnet Engler die Beifahrertür genau im richtigen Moment. Wahrscheinlich hat er seit meinem Anruf wie ein Luchs gelauert und die Tür nun mit seinem Regenschirm aufgestoßen, diesen aber im gleichen Moment wieder verschwinden lassen.

Ich bin tief beeindruckt. Erst der Lange, dieser Blitzmerker, und nun auch noch der Engler, denke ich und sage wie nebenbei: »Hallo, der Herr. Wieder mal versetzt worden, oder besteht noch Hoffnung?«

»Mehr, als du ahnst, mein Lieber. Schickt dich der Alte? Was will er denn von mir? Hat er keine Zeit, mich anzurufen, oder sollst du mir seine Frühstücksbrote bringen?«

»Die verschenkt er doch immer erst nachmittags. Nein, ich soll was aus dem Handschuhfach – bemüh dich nicht, Klaus, ich finde das schon«, sage ich und fahre meine Fühlerfinger aus.

Klaus Engler zieht fragend eine Augenbraue hoch und mustert mich skeptisch. »So, so«, sagt er, überhaupt nicht neugierig, und heftet seinen Blick an meinen Unterarm, dessen Fortsetzung, unsichtbar für Engler, einen Klebestreifen gelöst, den Sicherheitsschlüssel von der oberen Innenkante des Handschuhfachs an sich genommen und in der Faust verborgen hat.

Ich klatsche mit jener in die linke Hand, balle unbeschreiblich schnell auch diese und halte Klaus beide Fäuste vor die Nase. Er sagt links, und ich öffne, da ich nicht weiß, ob er links von mir oder links von sich aus gesehen meint, die leere Hand. »Pech, Alter«, sage ich verschmitzt und lasse das Objekt meiner Be- und seiner Neugierde in der Hosentasche verschwinden.

»Tja, Detektiv müsste man sein«, scherze ich selbstgefällig und bereue im selben Augenblick, mich auf derart dünnes Ross oder hohes Eis begeben zu haben.

»Ach ja?«, kontert Freund Engler sogleich, wie nicht anders zu erwarten. »Dann sieh doch mal, ob du nicht einen auftreibst, der dir hilft, deine drei wichtigsten Probleme zu klären, die da wären: Wo habe ich mein letztes Auto geparkt? Wem habe ich meine Freundin geliehen? Wann habe ich meinen Wohnungsschlüssel zum letzten Mal wo gesehen?« Die Bündelung war zweifellos unfair, aber dafür gut getroffen.

Ja, mein erster Honda Civic war mir vor einem Vierteljahr gestohlen worden, nachdem er sich gerade drei Wochen in meinem Besitz befunden hatte. Das war an sich kein Grund zum Spott, wäre da nicht meine Vermutung gewesen, der ich fast einen ganzen Tag mit vollem Ernst und Eifer nachgegangen war: Ich hatte gemeint, vergessen zu haben, wo ich den Wagen am Vorabend geparkt hatte. Kein Wunder bei dem Durcheinander. Mal fahre ich mit der S-Bahn nach Hause, weil die Observation S-Bahnfahren nötig macht, mal mit meinem eigenen Wagen, mal mit dem Dienstwagen. Mal parke ich das Gefährt hier, mal da – wo sich eben gerade ein Plätzchen in Wohnungsnähe findet –, mal in einer Querstraße nahe der Detektei, mal in »Tatort«-Nähe. Wie es eben kommt. Als wenn man da nicht die Übersicht verlieren könnte!

Die zweite Anspielung aber ist perfide. Manuela, meine Fast-Verlobte, hat mich, ohne dass ich Wind davon bekommen hätte, mit mindestens zwei meiner Freunde betrogen, bevor sie von mir schwanger wurde, und mir, als ich Zweifel an meiner Vaterschaft angemeldet habe, den Laufpass gegeben. Klaus Engler ist, obwohl dem Ewigweiblichen alles andere als abgeneigt, keiner von beiden gewesen – allenfalls Nummer drei, aber nein, das glaube ich nicht. Ich habe ihm seinerzeit in meinem Kummer alles erzählt, und er hat wohl auch dichtgehalten. Das hindert ihn allerdings nicht, mir die Blamage hin und wieder unter vier Augen aufs Butterbrot zu schmieren.

Na meinetwegen. Würde ich ihm glatt durchgehen lassen, wenn nicht auch noch Anspielung drei gekommen wäre – und die hat ja nun ganz direkt gesessen! Wie hat der alte Schlauberger nur herausbekommen, dass ich einen Ersatzschlüssel im Lada deponiert habe? Der war doch wirklich gut versteckt. Nur keine Blöße geben, sage ich mir und sinne auf Rache. Aber noch ehe mir etwas einfällt, knufft Engler mich mit seinem Ellenbogen in die Seite.

»Du, ich muss da vorne jetzt jemandem an den Fersen bleiben. Wenn du dich nicht auf unbestimmte Zeit und Weite von deinem Wagen, der übrigens hinter dem Laster steht, entfernen willst, dann müsstest du jetzt raus.« Engler startet den Motor und grinst mich, während ich aussteige, von der Seite an. »Schönen Gruß übrigens von Lange soll ich dir ausrichten, hat grad eben angerufen. Wenn du sein Master-Set oder seine Hilfe brauchst, sollst du dich bei ihm zu Hause melden, hat er gesagt.«

Daher weht der Wind, denke ich ein wenig erleichtert, denn immerhin kann somit auch der Engler nicht hellsehen. Könnte er es, würde er seine Fälle schneller lösen – beziehungsweise überhaupt.

Als er davonbraust, muss ich lächeln. Würde der nicht so ein unverschämtes Glück bei den Damen haben, gäbe es nichts, worum ich ihn beneiden müsste. Privat fährt er noch immer Trabant, ein Haus im Grünen besitzt er nicht, auch keine reiche Erbtante, und beruflich kocht er wie alle nur mit Wasser und zudem auf relativ sparsamer Flamme.

Während ich mich mit dem guten Gefühl, wieder einen Schlüssel für meine Wohnung zu besitzen, im Polster des Civic niederlasse und, noch über mein Fahrtziel nachdenkend, den Sendersuchlauf der Hi-Fi-Anlage in Bewegung halte, sehe ich wie zufällig im Rückspiegel ein kastanienbraunes wallendes Lockenmeer um ein ovales Gesicht. Es wird getragen von einer schlanken, aber nicht unbedingt knabenhaften Gestalt im Trenchcoat, die sich mir scheinbar unaufhaltsam nähert. Schon erfasst der Rückspiegel nur noch die Beine, die sich meine Fantasie unter dem Mantelstoff zu Ende malt, da ist das wundersame Geschöpf auch schon ein, zwei, drei, vier Schritte vor meinem Wagen.

Statt weiter die Schritte zu zählen, gebe ich Gas, aber gar nichts geschieht. Ich sollte wohl erst den Motor starten, wenn ich jemanden verfolgen möchte, belehre ich mich im Stillen. Dazu ist es jedoch zu spät. Die Schöne überquert bereits die Fahrbahn, geht zielsicher auf einen dunklen Kleinwagen zu und steigt ein. Keine Chance, mich ihr als Taxi anzubieten …

Dass ich kein Glück bei Frauen habe, ist für mich mittlerweile zu einer Selbstverständlichkeit geworden. Ich wundere mich nicht mehr darüber, sondern warte eigentlich immer nur noch auf die nächste Bestätigung. Engler meint zwar, damit würde ich den Mechanismus des Misserfolges überhaupt nur in Gang halten, aber der hat gut reden. Wäre er an meiner Stelle, hätte die Dame sich beim Vorbeigehen wahrscheinlich gerade auf seiner Höhe den Absatz gebrochen, wäre von einem Trunkenbold belästigt worden oder hätte, selbstverständlich ohne im Besitz eines eigenen Gefährtes zu sein, erfolglos nach einem Taxi Ausschau gehalten. Engler wäre in jedem Fall wie ein rettender Engel auf der Bildfläche erschienen und hätte alsbald von einer wunderschönen Woche zu berichten gehabt.

Mir bleibt wie immer nur ein schmachtender Blick. Den werfe ich beim Vorbeifahren in den Fiat Uno hinein und trete nach der berühmten Schrecksekunde auf die Bremse. Es ist, auch wenn es mir niemand glauben wird, so, wie es ist: Die Schöne hat mich mit fast dem gleichen Ausdruck in den Augen angesehen, mit dem auch ich zu ihr geschaut habe, irgendwie hilflos, irgendwie hoffend.

»Verstehen Sie etwas von Autos?«, fragt sie mich, nachdem wir beide ausgestiegen und ein paar Schritte aufeinander zugegangen sind.

»Autos sind mir ein Rätsel, aber für Rätsel bin ich zuständig«, sage ich geheimnisvoll.

Das Einzige, was mir in den nächsten zwei Minuten an dem Uno gelingt, ist das Öffnen der Motorraumklappe.

Dann bin ich mit meinen kraftfahrzeugtechnischen Fertigkeiten leider am Ende. Ich murmele etwas von Zündspule, Vergaser und Kolbenring, bevor ich in die Trickkiste greife. Ich biete der jungen Frau, die durch die Nähe noch gewonnen hat, die psychologisch so wichtige Chance, sich zwischen zwei Möglichkeiten zu entscheiden. Bevor sie sich die Zeit nimmt, eine eigene dritte Variante in Erwägung zu ziehen, lehnt sie mein Entweder-Angebot, von mir per Seil abgeschleppt zu werden, ab und stimmt meinem Oder-Angebot, sie erst einmal nach Hause zu fahren, dankbar zu. Ich nenne es in Gedanken Abschleppdienst ohne Seil und wage kaum zu atmen, als sie neben mir im Honda sitzt.

Sofort spüre ich wieder den altbekannten Kloß im Hals und merke, wie allerlei unpassende Gedanken in der Rübe Karussell fahren, statt Platz zu machen für Originelles und Nettes.

»Furchtbar nett von dir«, sagt sie mit einer Stimme, die um keine Nuance anders hätte klingen dürfen, um zu dem fantastischen Bild zu passen, das ich mir von ihr gemacht habe. Das unerwartete Du fegt die Distanz, den Kloß, das Karussell und so weiter mit einem Schlag ins Nichts, und ich fühle mich unglaublich wohl. Ich weiß, dass ich nicht reden muss, sondern nur zu lächeln brauche, denn ich habe allen Grund dazu.

Auch sie lächelt, als ich verspreche, mich um ihren Wagen zu kümmern, und sie tut dies auf eine Weise, die mir viel mehr Sicherheit gibt, als ich einer Frau gegenüber je gespürt habe. »Ich bin die Susan«, stellt sie sich vor und fügt hinzu, dass leider alle Welt Susi zu ihr sage, »obwohl Susan mehr Charakter hat, stimmts, du …?«

»Dirk! Dirk Adam, Ermittlungen aller Art, zuverlässig, sehr diskret und preiswert, ledig, Nichtraucher, Schuhgröße zweiundvierzig.«

Susan lässt ein beinahe glückliches Lachen vernehmen, das mich in meiner Auffassung bestätigt, ich könne nun überhaupt nichts, aber auch gar nichts mehr falsch machen. Nicht in diesem Moment und nicht für den Rest meines Lebens. Nur dranbleiben muss ich – dranbleiben um jeden Preis!

Das gestaltet sich vorerst so unkompliziert wie kaum etwas anderes. Susan lässt sich nicht nur nach Hause fahren, sondern bittet mich auch, mit hinauf in die Wohnung zu kommen. Mir ist, als hätte eine schöne Fee mir meine geheimsten Wünsche von den Augen abgelesen, und ich bin ein folgsamer Junge.

Susans Wohnung – irgendwo in Hohenschönhausen, Marzahn, oder ist das schon Hellersdorf hier? – ist klein, aber gemütlich. Über den Korridor geht es geradeaus ins Wohnzimmer. Links schließt die schöne Bewohnerin eine zweite Tür, bevor ich einen Blick hineinwerfen kann, lächelt einmal mehr und weist auf eine dritte: »Das Bad.« Während sie meine und ihre Jacke in einen Schrank hängt, stubst sie mich mit dem Finger in Richtung Wohnzimmer. »Geh rein und setz dich bitte.«

Es ist die erste Berührung zwischen uns beiden, und ich habe das Gefühl, Susans Zeigefinger müsse elektrisch geladen sein, so brennt in der Hüfte der berührte Punkt und wird augenblicklich seinerseits zur Quelle warmer Ströme, die durch meinen ganzen Körper strahlen. Dass es so was wirklich gibt!

Wir trinken Orangensaft, und Susan druckst herum. Ich wiederhole mein Angebot, mich um ihren Wagen zu kümmern, spüre aber, dass dies nicht ihre Hauptsorge ist. Sie ist eindeutig mit den Gedanken bei einem anderen Problem und fragt schließlich ganz direkt, ob ich wirklich Privatdetektiv sei oder vorhin im Auto nur gescherzt habe.

Ich überzeuge sie mit meinem Kärtchen, das schon fast wie ein kleiner Ausweis aussieht – eine Kreation Langes –, und frage, ob sie etwa ein Problem habe, das detektivische Hilfe erfordere. Sie als meine nächste Klientin zu bekommen – mein Gott, was wäre das für eine Steigerung nach der alten Budgereit! Das wäre zudem eine Brücke vom Privaten zum Geschäftlichen, die ich nur allzu gern auch in die umgekehrte Richtung betreten würde. Jedenfalls käme ich um diverse dümmliche Versuche herum, mit durchsichtigen Begründungen ein Wiedersehen zu arrangieren, zumal ich auf diesem Gebiet auch nicht eben überdurchschnittlich begabt bin.

»Ja, ein Problem direkt nicht. Obwohl ja jeder so seine Probleme hat, stimmt's? Wie soll ich dir das erklären, ich kenn dich ja kaum.«

»Das stimmt, Susan. Allerdings geht mir das bei fast allen Klienten so. Manchmal lernt man sich im Laufe der Ermittlungen ein wenig kennen, manchmal überhaupt nicht. Das ist nicht entscheidend. Wichtig ist allein die Lösung des Problems, denke ich. Obwohl, das gebe ich zu, ich dich durchaus ganz gern ein wenig kennen lernen würde – überrascht dich das?«

»Nein, überhaupt nicht. Irgendwie hatte ich, als ich vorhin bei dir eingestiegen bin, auch sofort Vertrauen zu dir, rein vom Gefühl her, verstehst du. Andererseits bin ich nicht in ein Detektivbüro gegangen, um ein Problem aufklären zu lassen. Der Detektiv sitzt zwar jetzt in meiner Wohnung, aber das ist eben nicht das Gleiche, wenn du verstehst, was ich meine.«

Ich begreife kein Wort und nicke umso intensiver. »Genau. Dann trinken wir jetzt aus, fahren nach Lichtenberg in die Detektei, und dort vertraust du dich mir an – einverstanden?«, schlage ich vor und sehe, dass sie zum ersten Mal von mir enttäuscht ist.

Susan schaut weg von mir, schüttelt schwach ihre kastanienbraune Lockenpracht und knabbert an der Unterlippe. Ein allerliebstes Bild!

»Hast du Zeit?«

»Jede Menge!«

»Darf ich dir einen anderen Vorschlag machen?«

»Jede Menge!«

»Und du stellst keine dummen Fragen?«

»Jede Me… Solange ich von dir keinen Auftrag habe, der das nötig machen würde, nein.«

»Versprochen?«

»Versprochen.«

Susan lächelt wieder, und mir wird es warm und eng in meinem Körper. Es ist in der Tat ein Wahnsinnsgefühl, von ihr angelächelt zu werden. Ich muss nur aufpassen, dass ich das Luftholen nicht vergesse dabei, merke ich und sehe erwartungsfroh ihrem Vorschlag entgegen.

»Ich lass dich jetzt ein wenig allein. Muss noch etwas erledigen, ja?«

»Aha.«

»Danach sehen wir weiter, das verspreche ich dir.«

»Mhm.«

»Entschuldige, aber du musst nicht, Dirk. Das war nur so eine Idee. Wenn du nicht warten möchtest, dann … Na ja, wenn du etwas anderes vorhast, meine ich, dann …« Susan steht auf und weist schüchtern auf meine Jacke, während sie ihre eigene aus dem Schrank nimmt.

Nur das nicht, denke ich. Nur nicht an mir zweifeln, Mädel. Ich steh dir voll und ganz zur Verfügung, wenn es sein muss, mit allem drum und dran und rund um die Uhr.

»Schon gut, ich warte gern auf dich», sage ich bescheiden und ernte noch mal dieses so wohltemperierte Lächeln.

Innerhalb der nächsten Stunde gelingt es mir, mich aus dem leicht verträumten Schwebezustand zu lösen und meinen zum Teil angeborenen, zum Teil beruflich angeeigneten Wissensdurst zu befriedigen. Ohne deswegen in irgendwelchen Schubladen oder Fächern zu wühlen, nein, dazu habe ich kein Recht, verschaffe ich mir einen kleinen Überblick über meine schöne Gastgeberin. Sie raucht nicht, hat wenig Alkohol im Haus, kocht selten und liest nicht viel. Die CD-Sammlung lässt auf einen ausgewogenen Musikgeschmack schließen, die dichthängende Garderobe auf gutbetuchten Sinn für Mode. Außerdem liebt Susan Spiegel, Schuhe und getrocknete Blumen. Doch das ist alles nur nebensächlich, denn der Mittelpunkt ihres Lebens befindet sich offenbar in dem Zimmer, das sie vorhin beim Betreten der Wohnung vor mir verschlossen hat. Die Erkenntnis ernüchtert mich augenblicklich, und ich frage mich, ob ich nicht eventuell fehl am Platze bin und diesem Tag nicht eine andere Überschrift und einen gänzlich anderen Inhalt geben sollte.

Aus der Wende wird nichts, denn noch während ich nach einem Stück Papier suche, um dem Fräulein Susan oder der Frau Susan eine Abschiedszeile zu hinterlassen, knirscht ein Schlüssel im Schloss und ein helles Stimmchen quietscht vergnügt: »Gnrlhahi sal da!«

Susan schiebt das Wesen, das dieses spricht, auf einem stoffbespannten Gestänge durch die Tür, befreit es aus der Halterung und hebt es empor. Es bekommt mich somit in sein Blickfeld, was zu einer abrupten Verdüsterung seiner Miene führt. Das Kind presst die Lippen aufeinander, zieht die Mundwinkel nach unten und runzelt die Stirn.

Susan hebt ein wenig den Arm, auf dem es sitzt, was zur Folge hat, dass der kleine Mensch weiter an Höhe gutmacht, mir also fast geradezu in die Augen sieht, stoßartig einen winzigen Zeigefinger in eben diese Richtung ausfährt und ein entrüstetes »Tasss?!«, erschallen lässt.

Während ich erschrocken zurückzucke, klärt Susan darüber auf, dass es sich, was meine Person betrifft, um einen Onkel handele. Keineswegs befriedigt von dieser Antwort, setzt das Kind sein inquisitorisch ertönendes

Auskunftsersuchen mit der unbeirrten Wiederholung der gehabten Fragestellung fort: »Tasss?!«

»Ein Onkel. Das ist ein Onkel, Johanna«, beharrt Susan auf ihrem Standpunkt und hebt das Mädchen wieder auf Greifweite an mich heran – wohl um eine Art Vertrauen durch Nähe herzustellen.

Das blondgelockte Püppchen erkennt augenblicklich seine Chance, die nicht zu seiner Zufriedenheit beantwortete Frage gestisch zu untermalen, und zeitgleich mit dem dritten »Tasss« im Ohr spüre ich ein spitzes Zeigefingerchen im linken Auge.

Ich hätte es ahnen müssen, schießt es mir durch den Kopf, und unwillkürlich rufe ich, für die räumliche Enge, in der wir versammelt sind, wohl etwas zu laut: »Au, mein Auge!«, und ernte, wie ich mit meinem intakten rechten Sehorgan ausmache, ein sehr breites und freundliches Lächeln von Seiten des Persönchens, dem ich da vorgestellt wurde.

»Aaage«, sagt es tiefbefriedigt, denn es ist verstanden worden.

»Ja, der Onkel hat ein Auge«, fasst Susan das Ergebnis der Gesprächsrunde zusammen.

Mein ganz privates Auge, denke ich, und Philipp Marlowe kommt mir in den Sinn. Der lässt sich in der Regel nicht von einjährigen Mädchen überrumpeln.

Susan verkneift sich ein Lächeln und mustert mich bedauernd. »Ich brüh uns einen Kaffee, Dirk, und Johanna bekommt ihre Flasche, ja?«

»Schaschi!«, triumphiert Johanna, und ich wage nicht zu widersprechen.

3

Ich erwache in dem Bewusstsein, ein stinkender Fisch zu sein, der in einem vor Altersschwäche quietschenden Betonmischer übernachten musste, in den es zum Glück hineingeregnet hat. Das Wasser muss gleichwohl mit Alkohol gestreckt worden sein, denn genau diesen miesen Nachgeschmack habe ich im Mund. Bevor ich die Augen öffne, taste ich meine Umwelt ab und komme zu dem Ergebnis, dass diese weich und vor allem trocken ist.

Aha, denke ich, schon nicht mehr ganz Fisch, und blinzele vorsichtig ein Kissen an, von dem mir ein pinkfarbener Kranich mit großen gelben Augen entgegenblickt. Das Tier ist mir so unbekannt wie der ganze Bettbezug, ja wie das Bett selbst, in dem ich liege.

In das fremde Schlafzimmer dämmert ein früher Morgen und in meinem verdrehten Gehirn eine Erinnerung. Sie hieß wohl Susan und war ein Orkan. Weißgott, alles andere wäre eine Untertreibung von übelster Art und sehr ungerecht dem Geschöpf gegenüber, das die Liebe mir zuliebe zum zweiten Mal erfunden hat. Dinger gibt's, die gibt's gar nicht, resümiere ich und ahne, dass da noch etwas war.

Ich komme nicht drauf und beschließe, den Haken, den die Sache wohl hat, erst einmal Haken sein zu lassen und mich stattdessen der Erinnerung an die letzten Stunden hinzugeben, die es zweifellos wert sein würden, sich ihrer tausendmal zu erinnern, auch im hohen Alter noch – und dann ganz besonders.

Während ich sicherlich wie ein Schmalzkuchen vor mich hin grinse, glücklich und schlapp, hebe ich vorsichtig meinen beduselten Kopf über den des Kranichs hinweg und weiß einen Sekundenbruchteil, bevor ich es sehen kann, dass das Bett neben mir leer ist. Ja, irgendetwas hat sie gesagt …

Dass sie unbedingt noch einmal etwas erledigen müsse, hat sie gesagt, und nicht genau wisse, wie lange es dauern würde. Keine Ahnung mehr, was das war. Egal auch. Dieses Supergirl ist jedenfalls erst einmal weg. Wahrscheinlich ist das der Haken, der da immer noch an meinem Glücksgefühl herumpiesackt. Kein verträumtes Frühstück zu zweit nach dieser Nacht der Nächte.

Die Milch steht im Kühlschrank. Warum fällt mir das ein? Susan hat es gesagt, ganz sicher hat sie das gesagt, aber ich hasse Milch. Ich hasse sogar den Geruch von Milch, und ich werde die Milch in ihrem Kühlschrank mit Gewissheit nicht anrühren, sage ich mir und vernehme plötzlich ein Geräusch, dass mich an den quietschenden Betonmischer erinnert, in dem ich Fisch gewesen bin.

O ja, das ist es! Die Milch steht im Kühlschrank und der Babybrei im Fach daneben. Das hat sie gesagt, und auf nichts anderes bezieht sich das schrille Geschrei aus dem Nachbarzimmer. Wäre die Wand nicht dazwischen, würde mir vermutlich das Trommelfell platzen.

Spätestens an dieser Stelle muss wohl erwähnt werden, dass ich in der Hege und Pflege sehr kleiner Menschen zwar nicht gerade ausgebildet worden bin, jedoch ein Mindestmaß an Erfahrung in jenen Monaten gesammelt habe, in denen meine Fast-Verlobte nach ihrer Entbindung in meiner Wohnung gelebt hat. Den kleinen Kai habe ich, bevor Manuela zu ihrer Mutter zog, einigermaßen regelmäßig windeln und baden dürfen, mit der Nahrungszubereitung und -vergabe aber hatte ich nichts zu schaffen, denn die vollzog sich dazumal auf die natürlichste und, nebenbei gesagt, auch kostensparendste Weise.

Susan gegenüber allerdings habe ich gestern Abend, als ich noch balzte, sprich, meine Vorzüge ins rechte Licht zu rücken bemüht war, nur sehr allgemein durchblicken lassen, dass die Babypflege eine meiner leichtesten Übungen sei. Daher wohl auch das Vertrauen, das sie mir entgegenbrachte, als sie beschloss, mich diesen Morgen allein mit Johanna verbringen zu lassen.

Johanna schweigt in diesem Moment, und ich ahne, dass sie das nur tut, um ihre kleinen Lungenflügel voll neuer Luft zu pumpen und in zwei, drei Sekunden in einem weiteren Anlauf zu testen, bei wie viel Dezibel ein Plattenbau zusammenbricht. Also beschließe ich, Johanna diese Versuchsreihe nicht endlos fortsetzen zu lassen, zumal ich nicht weiß, über welche Steigerungspotenzen sie verfügt. Ihre nächste Atempause abwartend, begebe ich mich in den Flur und vor die Tür des Kinderzimmers.

Nichts.

Ich lausche und äuge durchs Schlüsselloch.

Schweigen.

Eine unnatürlich lange Luftholphase, denke ich und spüre, wie sich ansatzweise Panik in mir breitmacht. Artikel über den plötzlichen Kindstod oder Erstickung im Schreikrampf, die ich irgendwann einmal gelesen haben muss, werden mir gegenwärtig.

»Ma-ma«, klingt es in Zimmerlautstärke an mein Ohr. Fräulein Johanna war keineswegs so außer sich gewesen, dass sie mich nicht hätte kommen hören. Ihr Rufen war erhört worden. Nun wurde Energie gespart. »Ma-ma-ma-ma-ma!«

Ich trete ein und werde mit verdutzten großen Augen durch ein Gitterbett betrachtet. Johanna sitzt, die Beinchen zwischen die Stäbe gestreckt, am türnächsten Ende und unterbricht die schaukelnden Bewegungen, mit denen sie wahrscheinlich ihre Rufe körpersprachlich untermalt hat.

»Nei-nei«, kommentiert sie das Ergebnis ihrer Anstrengungen.

»Ich bin der Onkel. Die Mama kommt gleich wieder«, versuche ich zu erläutern, aber Johanna schüttelt den Kopf.

»Nei-nei-nei-nei-nei!«

Ich weiß, dass weitere Diskussionen nicht allzu viel bringen, da erstens die Kommunikationsebenen zwischen uns nicht übereinstimmen und zweitens die kleine Person momentan aus dem Magen regiert wird. Ich hebe sie aus dem Bett und versuche, wie Manuela es mir seinerzeit immer wieder eingeschärft hatte, Kopf und Nacken abzustützen, um ein Nachhintenknicken der zarten Wirbelsäule nicht zuzulassen, aber Johanna meint offenbar, derartige Vorsichtsregeln nicht nötig zu haben.

Ruckartig entwindet sie sich meinem schützenden Griff, schraubt sich aus der Schräglage in die Senkrechte und stößt mir, wohl ihr Erinnerungsvermögen an den gestrigen Tag unter Beweis stellen wollend, den rechten Zeigefinger zielgenau ins linkes Auge.

»Aaage.«

Zwei zu null für Johanna.

Die Milch im Kühlschrank ist nicht zu übersehen, denn mit den fünf Tetrapacks ist er fast zur Hälfte voll. Im Regal darüber etwa zwei Dutzend Gläser Flüssigkeiten und Breie, geordnet nach roten und gelben Säften, nach Nudeln, Reis, Kartoffeln, Rind und Geflügel. Auf dem Tisch steht als stumme Mahnung ein ungeöffneter 36er Doppelsparpack Maxis, als wenn eine Windel nicht reichen würde für den Morgen. Daneben liegt noch ein Zettel, den Susan offensichtlich irgendwann einmal für einen Babysitter mit den Tagesdaten versehen hatte: »Morgens Milch, mittags Brei, abends Teewurst auf Toast oder eine Wiener. Immer reichlich Tee und Saft und immer mal die Windel wechseln.«

Die Küchenvorräte sind mehr auf das Kind als auf die Mutter zugeschnitten, stelle ich fest, und während ich die Milch im Topf erwärme, bereite ich mir einen Toast. Johanna erweist sich als recht küchenkundig und kommentiert meine Handgriffe mit ablehnend erregt oder zustimmend zufrieden klingenden Silben, deren Verständlichkeit unterhalb dessen liegt, was ich zu erfassen in der Lage bin.

Da Johanna offensichtlich des Sitzens schon mächtig ist, habe ich sie auf eine mehrfach gefaltete Decke auf den Fußboden gesetzt. Von dort aus kann sie nicht herunterfallen, sage ich mir.

In dem Raum, in dem ich geschlafen – besser: mit Susan die Nacht verbracht habe, läutet melodisch das Telefon.

Ich vergewissere mich, dass es für Johanna keine Gefahrenquellen in der Küche gibt, und eile ins Wohnzimmer. Noch während ich überlege, wie oder als wer ich mich melden soll, nehme ich den Hörer ab. Hier bei …? Wie heißt Susan eigentlich mit Nachnamen – keine Ahnung. Vielleicht ist sie es ja selbst, die mich anruft, denke ich, doch da werde ich schon angesprochen, bevor ich etwas sage.

Angesprochen ist nicht das richtige Wort, angehaucht wohl eher.

»Hallo, Susi«, raunt eine Männerstimme, »bist du es, ja? Hab ich dich gefunden, was – da bist du baff?« Der Mann atmet schwer, beinahe pfeifend. »Da bist du hin, was? Freust du dich? Macht es dich glücklich? Macht es dich geil, dass ich bei dir zu Hause anrufe, oder bekommst du plötzlich Schiss?« Wieder holt er hörbar Luft, bevor er fordernd nachsetzt: »Nun sag schon was, Süßilein, Susilein, geil oder Schiss oder was?!«

Augenblicklich ist mir klar, dass ich keinen Fehler machen darf. Susan hat ein Problem, das fällt mir in diesem Augenblick wieder ein. Sie war drauf und dran, einen Privatdetektiv zu engagieren. Sie hat mich zwar nicht eingeweiht – wir hatten Besseres zu tun –, aber das Problem ist, wie es scheint, tatsächlich existent. Vermutlich hat es etwas mit diesem Anrufer zu tun, in dessen Stimme etwas süffisant Bedrohliches liegt.

Ein Rheinländer, notiere ich gedanklich und weiß nicht, wie ich mich verhalten soll. Auf jeden Fall dürfte es klüger sein, den Anrufer weder über meine Identität noch darüber aufzuklären, dass er tatsächlich Susans Anschluss gewählt hat. Da er sich offenbar selbst nicht sicher ist, werde ich ihm nicht behilflich sein. Außerdem brauche ich Zeit zum Nachdenken und lege deshalb wortlos auf.

Die Zeit zum Nachdenken scheint kein Ende nehmen zu wollen. Nach dem gemeinsamen Gekrabbel auf dem Fußboden und dem gemeinsamen Lachen und dem einsamen Weinen und dem Windelwechseln, nach dem Mittagsbrei und dem Mittagsschlaf des Kindes ist von dessen Mutti weder etwas zu sehen noch zu hören. Nicht einmal per Telefon. Ich ahne, dass ich allen Grund habe, mir Sorgen um Susan und somit auch um ihr Kind zu machen, und wenn man's richtig sieht, auch um mich. Denn was immer vorgefallen oder der Hintergrund sein mag – vorläufig läuft alles darauf hinaus, dass ich für jemand verantwortlich bin, der mir den Grund dafür nicht nennen kann, geschweige denn den Hintergrund.

Während Johanna gleichmäßig atmend schläft, ihren grüngelb karierten Clown mit dem kleinen roten Hut dabei nicht aus der Umarmung entlassend, suche ich, etwas intensiver und ungehemmter als gestern, nach Spuren der Identität meiner schönen Gastgeberin.

Als möglicherweise hilfreich betrachte ich ein streichholzheftchenkleines Telefonbüchlein, das fast keine Eintragungen aufweist. Allzu oft scheint sie nicht zu telefonieren, denke ich mit gewisser Genugtuung, mich vergleichenderweise an Manuela erinnernd, die das Telefonieren nicht nur zum Zeitvertreib, sondern zeitweise zur Daseinsform erhoben hatte. Ich telefoniere, also bin ich oder so ähnlich.

Susan hingegen scheint nicht nur kaum Männer zu kennen, zumindest nicht solche mit Anschluss, sondern überhaupt kaum jemanden.

Umso einfacher müsste es sein, einen Menschen zu finden, der ihr wichtig war, denke ich und lasse meinen Finger unter »A« bei dem handschriftlich vermerkten Wort »Arbeit« verweilen. Und dies scheint mir auf Anhieb auch die erfolgversprechendste Variante zu sein – ganz bestimmt wollte sie etwas auf der Arbeit regeln, vielleicht einen Tag freinehmen für mich oder einen Krankenschein abgeben oder etwas in der Art, und ist dort aufgehalten worden. Heute ist schließlich nicht Sonntag.

Noch während ich die Nummer wähle, frage ich mich, welcher Art die Tätigkeit wohl ist, der meine neue Freundin nachgeht. Ob sich gleich eine Boutique meldet oder ein Büro? Vielleicht auch eine Zahnarztpraxis, in der sie als Assistentin ihre Brötchen verdient.

»Hallo«, werde ich von einer freundlichen weiblichen Stimme begrüßt, die auf meinen Anruf nur gewartet zu haben schien, »ich bin die Heike – sag, kennen wir uns?«

Im Normalfall wäre ich auf diese Tonart ja ohne Zögern eingegangen, doch heute habe ich nicht die Muße dazu. Also sage ich der Unbekannten, dass ich ein andermal vielleicht gern ihre Bekanntschaft machen würde, heute jedoch nur zum Hörer gegriffen habe, um mich nach Susi zu erkundigen. »Sie ist nicht zufällig in der Nähe?«

»Nö …«, sagt Heike mit so viel Bedauern in der Stimme, als hätte sie mich über den Verlust meiner Katze und all meiner Sparbücher hinwegzutrösten.

Da ich weder die eine noch die anderen besitze, trifft die Anteilnahme weit am Schwarzen vorbei, und ich bin drauf und dran, mich zu bedanken und aufzulegen.

»… aber womöglich kann ja auch ich dir helfen«, flötet da die freundliche Heike.

Der Höflichkeit halber kläre ich sie auf, denn eine Nettigkeit ist schließlich die andere wert: »Das glaube ich kaum, so sehr ich auch davon überzeugt bin, dass Sie Ihre Arbeit nicht schlechter als meine Bekannte machen. Da ich aber weder eine Auskunft noch einen Termin bei Ihnen möchte und auch nichts zu kaufen oder zu bestellen beabsichtige, Sie also überhaupt nicht weiter bemühen werde, sondern völlig privat nach Susi frage, bedanke ich mich und werde es einfach woanders versuchen. Haben Sie vielleicht eine Ahnung, wo man sie jetzt erreichen könnte?«, sage ich knapp, das nach meinem Geschmack etwas übereilte Du überhörend, aber dennoch weiter auf Heikes Freundlichkeit setzend.

Unter Kolleginnen ist ja bekanntlich so manches bekannt, und die Chance, einen Tipp zu bekommen, erscheint mir so gering nicht.

Erstaunlicherweise verändert sich der Ton der Unbekannten namens Heike schlagartig, obwohl ich dazu eigentlich keinen Anlass gegeben habe. Ein freundliches Sie ist schließlich noch keine Beleidigung. Beleidigt oder zumindest distanziert klingt ihre Stimme nun aber zweifellos. »Ich verbinde mal weiter«, sagt sie knapp, und Geigen werden eingespielt. Ich habe eine gute Minute Zeit, mir Gedanken über den Stimmungswechsel auf der anderen Seite zu machen, nutze diese jedoch nicht zum Kombinieren, sondern lege mir ein Konzept zurecht. Es geht niemanden etwas an, sage ich mir, woher ich Susan kenne und was ich von ihr will. Ihr Arbeitgeber braucht nicht zu wissen, mit wem sie die Nacht verbringt und wem sie ihr Töchterchen anvertraut.

Dennoch muss ich durchblicken lassen, dass ich eng genug mit der Dame bekannt bin, um ein Recht darauf glaubhaft zu machen, mich nach ihrem privaten Aufenthalt zu erkundigen. Eine solche Bekanntschaft oder Vertrautheit ist allerdings kaum zu unterstellen, wenn der Frager nicht weiß, bei wem er da eigentlich angerufen hat. Auch sollte ich besser nicht zu erkennen geben, dass mir nicht einmal Susans voller Name bekannt ist. Gleich nach dem Telefonat werde ich einen Blick auf das Tür- oder Klingelschild werfen, nehme ich mir vor. Zunächst einmal bin allerdings ich es, der nach seinem Namen gefragt wird.

»Dirk hier«, pokere ich drauflos, einen Bekanntheitsgrad meiner Person unterstellend, der den Herrn am anderen Ende der Leitung verunsichern soll. »Ich muss mal eben dringend mit der Susi was bereden und weiß nicht, wo ich sie finden kann. Hätte ja sein können, dass Sie oder die Heike vielleicht ...«

»Woher haben Sie die Nummer?«, werde ich relativ unwirsch unterbrochen.

Ich entscheide mich dafür, bei der Wahrheit zu bleiben.

»Die steht in ihrem Notizbuch, das liegt neben dem Telefon in ihrer Wohnung, und von der aus rufe ich an. Insofern ist auch alles okay, nur gab es leider ein kleines Missverständnis, weil die Susi vergessen hat, mir zu sagen, wohin sie heute Vormittag noch wollte, und ich dachte nun ...«

Ich muss den richtigen Ton getroffen haben, denn Susans Kollege scheint von meinen lauteren Absichten einigermaßen überzeugt und dreht den Spieß um.

»Sie haben Sie heute noch gesehen, sagen Sie?«

»Ja, und gestern auch.«

»Sehr gut, dann treffen wir uns in einer halben Stunde im *Maxim,* wenn Sie das kennen?«

»In Paris?«

»Unsinn, in Pankow«, sagt er und legt auf.

Weder weiß ich, wo sich diese Lokalität genau befindet, noch woran ich meinen Gesprächspartner erkennen werde. Letzteres scheint mir das kleinere Problem zu sein, denn zu dieser Tageszeit sind die Gastwirtschaften kaum besucht, und außerdem kann ich mir relativ gewiss sein, von selbst an meinem suchenden Blick erkannt zu werden, vermute ich. Ich zwänge Johanna, ohne auf größeren Widerstand zu stoßen, in Overall und Schuhe. Auch eine kindgerechte Kopfbedeckung findet sich, und die Besitzerin greift mit sichtlicher Freude nach dem bunt-gefleckten Baskenmützchen. »Atta!«, ruft sie vergnügt, entwindet sich mir und krabbelt auf ihren Buggy zu.

Ich öffne die Wohnungstür, schiebe das Gefährt ins Treppenhaus, halte kurz inne und vergewissere mich mit einem Blick zurück, dass ich nichts vergessen habe. Irgendetwas wollte ich noch, geht es mir durch den Kopf …

»Atta!«, reißt mich Johanna aus dem unvollendeten Gedanken. Sie hat die Wohnung bereits krabbelnd verlassen und ist dabei, sich an dem Buggy emporzuziehen, den sie bis auf eine Handbreit an den Treppenabsatz bugsiert hat.

Mit einem Sprung bin ich genau in dem Moment bei ihr, in dem das Wägelchen sich treppab in Bewegung setzt, reiße das sich schreiend daran festklammernde Kind zu mir hoch und atme tief durch. Noch mal gut gegangen, sage ich mir, werfe die Tür hinter mir ins Schloss und haste, dem hoppelnden Wägelchen nach, die Treppen hinab.

Auf der Straße angekommen, blicke ich mich suchend nach meinem Civic um, finde diesen einige Meter rechts von mir, dazu den passenden Schlüssel in der Jackentasche und fühle mich erleichtert.

Es gelingt mir, den Buggy einigermaßen stabil auf

dem Beifahrersitz zu befestigen und das mir anvertraute Kind anzugurten, ohne dass es protestiert.

Mit augenfälliger Wissbegier beobachtet Johanna meine Handgriffe, als habe sie vor, die Prozedur beim nächsten Mal selbst zu vollführen.

»Fessemach!«, lacht sie, als ich fertig bin, und genießt sodann den vertrauten, aber heute auch ungewöhnlich hohen Kindersitz, der ihr eine neue Perspektive auf die Welt gestattet.

Diese rauscht relativ schnell an uns vorüber, nachdem ich gewendet und aus der mir unbekannten Wohngebietsstraße auf eine ebenso unbekannte größere Straße raufgefahren bin. Diese bin ich mit meiner schönen Eroberung gestern von rechts gekommen, also muss ich mich jetzt nur wieder rechts halten, und das Weitere wird sich finden. Während ich mich an meinem Orientierungsinn erfreue und ordentlich Gas gebe, suche ich im Radio nach einem Kinderlied für meine Begleiterin und mache »brmmm, brrrrrrm«.

Die Standardsender haben zur Zeit weder *Hänschen klein* noch *Fuchs, du hast die Gans gestohlen* im Angebot, aber das ist eigentlich auch nicht zu erwarten. Dafür finde ich bereits nach fünf Minuten eine Magistrale, deren Namen ich zwar nicht kenne, die mich aber ohne allzu große Umwege aus dem Gewirr von Wohngebietsstraßen und Neubaukomplexen auf die Landsberger führt.

Ich atme auf und weiß nun, dass ich meine Verabredung einigermaßen pünktlich werde einhalten können, auch wenn ich mich zum *Maxim* erst durchfragen muss. Das erweist sich als nicht nötig, denn ich fahre automatisch dorthin, woher ich gestern gekommen bin und finde sicher nicht ganz zufällig das *Maxim* in der Maximilianstraße, hundert Meter von der Stelle entfernt, an der ich Johannas Mutti gestern aufgelesen habe. Die Zwergin an meiner Seite ist, von der ausführlichen Verkehrsbeobachtung ermüdet, so fest eingeschlafen, dass selbst das Verstummen des Motors sie nicht weckt. Ich versuche es mit einem Streicheln über den Kopf und ein paar zwitschernden Geräuschen aus meinen gespitzten Lippen, aber ohne Erfolg.

Da im Wagen eine angenehme Temperatur herrscht und dieser von einem Fensterplatz der Bierbar aus gut im Auge zu behalten ist, beschließe ich, ohne Johanna hineinzugehen. Ich werfe als letzten Weckversuch die Tür etwas kräftig ins Schloss und verriegele sie. Das Kindlein reagiert jedoch nicht. Was soll die Kleine auch in der verqualmten Bierbar, sage ich mir und suche mir einen Platz am Fenster.

Erst, als ich ein Kännchen Kaffee bestellt habe, wende ich meinen Blick von Johanna und durchforste den Gastraum. Von den wenigen Bier trinkenden Typen, Arbeitslosen wahrscheinlich, kommt keiner in Frage.

Doch der da gerade das Etablissement betritt, ein hagerer Kerl in gutem Zwirn, um die fünfzig herum, wie ich stenografisch fixiere, der muss es wohl sein. Die Art, wie er sich umschaut und mit dem leicht stechenden Blick an mir hängen bleibt, lässt keinen Zweifel aufkommen. Ich nicke ihm zu und weise auf den freien Platz an meinem Tisch.

»Sie sind das also«, lautet seine vieldeutige Begrüßung, die wohl eine Vorstellung ersetzen soll. Der Hagere macht einen selbstsicheren, jedoch auch ein wenig zurückhaltenden Eindruck. Die Tatsache, dass er mir dieses Treffen angeboten hat, lässt Eigennutz vermuten. Keinesfalls hat der mich hergebeten, um zu helfen. Ich muss also auf der Hut sein.

»Wir haben vorhin telefoniert. Sie sind Susis Chef, vermute ich.«

Der Mann vollführt eine Kopfbewegung, die man mit ein wenig gutem Willen als Nicken bezeichnen könnte, weicht der Frage aber aus.

»Sie haben sie heute gesehen?«, knüpft er an unser Telefonat an.

Ich beschließe, ihn über den Charakter meiner Beziehung zu Susan noch mehr im Unklaren zu lassen, als ich selbst es bin. »Ja. Ich hatte heute morgen etwas mit ihr zu regeln, und sie bat mich, in ihrer Wohnung auf sie zu warten. Dann ist sie allerdings nicht zurückgekommen, was mich, wie soll ich sagen …«, ich werfe einen flüchtigen Blick auf die im Wagen unverändert schlafende Johanna, »… etwas beunruhigt.«

»Schuldet sie Ihnen Geld?«, will der Hagere unvermittelt wissen, und ich bejahe spontan. Geld ist immer ein glaubhafter Grund.

»Wie viel?«

»Zwei Millionen«, versuche ich zu scherzen.

Susans Kollege oder Chef grinst. »Sie haben recht. Es geht mich nichts an.« Er überlegt einen Augenblick und hat sich dann offensichtlich zu einem Entschluss durchgerungen. Er sieht mir fest in die Augen, als er sagt: »Vertrauen gegen Vertrauen, Herr ...?«

»Adam.«

»Herr Adam. Auch ich mache mir Sorgen, und zwar schon ein paar Tage länger als Sie. Die Susi ist seit dem Wochenende nicht auf der Arbeit erschienen, und ans Telefon geht auch niemand bei ihr zu Hause. Kennen Sie übrigens einen Herrn Holger Börner?«

Ich zeige ein angestrengtes Nachdenken und schüttele dann entschieden mein Haupt.

»Mit dem hat sie in letzter Zeit häufiger telefoniert. Ferngespräche übrigens. Die Nummer konnte ich festhalten, habe aber keine Lust dazu, irgendwelche Nachforschungen anzustellen, schon gar nicht in diesen Kreisen. Wenn Sie Susi suchen – das haben Sie doch vor, oder?«

Entschiedenes Nicken.

»Gut. Wenn Sie sie gefunden haben, richten Sie Ihr bitte aus, sie möge sich bei Kaminski melden. Kaminski, das bin ich. Besser noch, Sie rufen mich selbst an und sagen mir, wo ich Susi erreichen kann. Würden Sie das für mich tun?«

»Geben Sie mir die Nummer«, erwidere ich und frage mich, ob mir vielleicht mein Beruf auf der Stirn geschrieben steht. Gestern lese ich die Susan auf, und sie lässt durchblicken, sie würde die Hilfe eines Privatdetektivs brauchen können. Heute bin ich wohl oder übel auf der Suche nach ihr und treffe als erstes auf einen Herrn, der mich gern dazu benutzen möchte, »Nachforschungen« für ihn anzustellen, zu denen er, wie er selbst zugibt, keine Lust verspürt.

Der Frage, in welchem Verhältnis er zu Susan steht, ist er ausgewichen, ich verwette aber meine letzte Socke, dass es sich um nicht mehr und nicht weniger als ein solches handelt, um ein Verhältnis nämlich.

Die mühsam versteckte Aufdringlichkeit, mit der er nach dem Weibe fragt, dieses kurze Glitzern im Blick dabei, das hätte wohl auch einem weniger lebenserfahrenen Mann als mir, einem mit nicht so auf Kleinigkeiten geeichten Blick ausgerüsteten, verraten, dass hier nur ein Verhältnis im Spiel sein kann. Eventuell ein verflossenes oder ein einseitig erhofftes oder ein gestörtes, aber ein Verhältnis eben. Mit anderen Worten: Der Greis ist scharf auf meine Susan.

Wieder im Wagen, halte ich eine goldene Visitenkarte und ein quadratisches Papier aus einer Zettelbox in der Hand. Auf Letzterem steht »Börner« und eine Telefonnummer mit Vorwahl, auf dem goldenen Kärtchen in zarten schwarzen Lettern: Hans Hugo Kaminski, Direktor. Telefonnummer, keine Adresse.

Na gut, sage ich mir. Ein ziemlich sinnloses Treffen, das außer zwei Telefonnummern, die mich nicht sonderlich interessieren, nichts eingebracht hat. Wo Susan ist, weiß der Typ genauso wenig wie ich, und alles andere geht mich nichts an.

Johanna schläft noch immer. Ich werde sie jetzt nach Hause fahren, wo sich ihre Mutti wahrscheinlich schon Sorgen machen wird. Ich hätte einen Zettel hinterlassen sollen, schelte ich mich, aber der überstürzte Aufbruch hat mich daran nicht denken lassen.

Etwa zwanzig Minuten später werde ich mir über das wahre Ausmaß der Katastrophe, in die ich mich manövriert habe, klar, eher nicht. Bevor es so weit ist, wiege ich mich noch in der idiotischen Sicherheit, alles würde sich von selbst klären. Susan sei inzwischen zu Hause und warte schon auf mich, auf meine Küsse und ihr Kind. Mit dem Namen Kaminski würde ich ein wenig herumspielen, um den Grad ihrer Bekanntschaft zueinander herauszufinden, irgendwann würde sie Johanna füttern und ins Bettchen bringen und nicht viel später dann mich, sie mich oder ich sie …

Als die nächste Ampel Grün zeigt, ist mir so, als wäre ich in eine andere Welt versetzt worden oder stünde nackt auf dem Marktplatz. Meine Kehle fühlt sich so trocken an wie der Mittelpunkt der Sahara, und Johanna beginnt, im Schlaf zu weinen. Mein Auto fährt automatisch an, aber es weiß nicht mehr, wohin es soll. Irgendwo muss es von der Landsberger Allee abgehen, aber ob sofort oder bald oder viel später, das kann mein Auto nicht sagen. Es fährt viel zu langsam geradeaus, und ich suche verzweifelt nach einer Auffälligkeit, die mir bekannt vorkommen könnte.

Dies Streben ist vergleichbar dem Versuch, in der schon erwähnten Sahara die Stellung einzelner Sandkörner zueinander in Beziehung zu bringen, um daraus die eigene Position und das erfrischende Ziel zu bestimmen. Weder gestern, als Susan mich in Atem hielt, hatte ich mir irgendeine örtliche Besonderheit, falls es denn eine gibt, eingeprägt, noch vor einer Stunde, als ich, von der Verabredung getrieben, der Betonstadt eher zufällig in die gewünschte Richtung entfloh. Straßenzug folgt nun auf Straßenzug, in trister Unregelmäßigkeit variiert aus Elf- und Fünfgeschossern. Viel zu spät begreife ich, wie wenig die Architekten und wie vieles die Bauleute in Erfüllung des Wohnungsbauprogrammes der DDR an diesem Ort geleistet haben. Mir fällt wie Schuppen aus den Haaren, dass ich unter allen Detektiven der größte Trottel sein muss, da ich mir nicht einen einzigen Straßennamen eingeprägt habe, und Johanna hebt völlig angemessen zu einem gellenden Hilfeschrei an: »Mamaaa!«

4

Wenige Stunden später ist meine Panik einer beherrschten Ausweglosigkeit gewichen. Zwar habe ich das verstörte Kleinkind inzwischen beruhigen, sättigen und zum Mittagschlaf – in meinem Bett – veranlassen können, doch bin ich der Lösung der mir zugewachsenen Probleme keinen Schritt näher gekommen. Die Schöne der Nacht ist noch unerreichbarer, denn nun fehlt mir nicht nur jede Spur von ihr, sondern dazu noch ihre Wohnung, in die sie ja mittlerweile durchaus zurückgekehrt sein kann. Und auch ihren Nachnamen kenne ich immer noch nicht, denn ich war, durch Johanna abgelenkt, aus der Wohnung gestürzt, ohne, wie vorgehabt, einen Blick auf das Türschild zu werfen.

Meine dilettantische Suche nach Susans Straße war ebenso ergebnislos verlaufen wie das darauf folgende Herumtelefonieren. Unter der Nummer des Herrn Hans Hugo Kaminski hat sich nur ein Anrufbeantworter gemeldet, und die Recherche der Detektei war ebenfalls ohne Erfolg. Nein, bei der Berliner Polizei liegt bisher keine Vermisstenanzeige für ein Kleinkind vor. Dusseligerweise habe ich natürlich auch Susans Telefonbüchlein in ihrer Wohnung liegenlassen, aus dem ich wahrscheinlich noch die eine oder andere Nummer hätte herauslesen können, deren Besitzer mir unter Umständen weiterhelfen würde, zumindest jedoch die Nummer, unter der ich am frühen Vormittag die alles in allem recht freundliche Heike erreicht habe.

Je länger ich grübele, desto klarer scheint mir, dass ich absolut keinen Anhaltspunkt habe, die eine Person aufzuspüren, die momentan wichtig ist. Erst hat Susan ihre Wohnung mit unbekanntem Ziel verlassen, dann ich. Sollte sie inzwischen zurück sein, findet sie mich dort nicht vor und, was schwerer wiegt, auch ihre Tochter nicht.

Ich habe meinerseits weder Susan gefunden, noch sehe ich mich annähernd dazu in der Lage, im Dreiländereck Hohenschönhausen-Hellersdorf-Marzahn ihre Wohnung ausfindig zu machen. Sie besitzt nichts von mir, abgesehen von einer zweifellos sehr schönen Erinnerung, und ich außer derselben nichts von ihr – abgesehen von ihrer Tochter. Die Polizei weiß von keinem verschwunden Kind und wäre demzufolge so ohnmächtig wie ich selbst, wenn ich sie um Hilfe bitten würde. Ich gebe zu, bisher noch in keiner vertrackteren Situation gesteckt zu haben.

Johanna wird gegen 15 Uhr munter und lässt sich von mir ohne Protest eine von den fix besorgten Windeln anlegen und verschmäht auch nicht einen handwarmen Zwiebackbrei aus dem Glas. Mir fällt nichts anderes ein, als noch einmal den kritischen Teil der gestrigen Route abzufahren und darauf zu hoffen, diesmal vielleicht instinktiv die rechte Straße und das richtige Haus zu finden.

Instinkt und Zufall erweisen sich erneut als glücklose Helfer. Ich habe am Ende sogar Mühe, aus der Gegend wieder herauszufinden, in der ich vergeblich umherirre. Das Wetter ist, obwohl wir bereits Januar haben, schon seit November nichts anderes als das eines kalten trüben Herbstes, sodass ich nicht einmal am Stand der Sonne erkennen kann, wo Westen und Osten ist. Einzig der Fernsehturm bietet, wenn man ihn kurz zwischen den Häuserzeilen ausmachen kann, eine gewisse Orientierung.

Ich schwöre mir, sollte ich diese Geschichte irgendwann hinter mich gebracht haben, keinem meiner lieben Kollegen und auf gar keinen Fall Klaus Engler davon zu erzählen. Die Serie meiner Blamagen würde ihn tödlich erheitern oder aber, sollte er den Lachkrampf überleben, jede weitere Zusammenarbeit fürderhin ausschließen, zumindest jede ernsthafte.

Nach unserer Rückkehr in die Wohnung, die zwar meine, aber nicht Johannas ist, beschließe ich, den nächsten Tag abzuwarten.

Die Versorgung des Kindes gelingt mir besser, als ich für möglich gehalten habe, denn außer Nahrungsaufnahme und der Beseitigung von deren Gegeneffekten ist da nicht viel.

Ein paar Worte als Antwort auf die immer gleiche Frage, die da »Tasss?«, lautet und mit kleinen Fingerzeigen verbunden ist. Schuh, Fenster, Auto, Blume, Teller, Nase und so weiter. Von meinem Auge hat die Forscherin abgelassen, und die Mama spielt in dem Gespräch nur hin und wieder noch eine Rolle. Mal, wenn ich Johanna auf morgen vertröste, mal, wenn sie einen Wunsch in Worte fassen möchte, dieselben aber noch nicht zur Verfügung hat. »Mama« sagt sie zum Beispiel mit Blick auf die Tasse, die ich ihr gekauft habe, und sie ist mit dem Resultat der Kommunikation in genau dem Moment zufrieden, in welchem ich ihr Apfelsaft ins Mäulchen schütte. Das glückliche Schmatzen und Schlürfen hinterlässt einen feuchten Pullover, aber die soeben noch zitierte Mama scheint vergessen.

So sind also Kinder, denke ich und rufe mir ins Bewusstsein, dass ich momentan keinerlei Recht besitze, eine andere als meine eigene Person zu kritisieren.

Auch am nächsten Vormittag scheitert sowohl der wiederholte Versuch, Herrn Kaminski zu erreichen, als auch das Bemühen, mich über die Vermissten-Liste der Polizei schlauer zu machen. Bevor ich aber die Flinte ins Korn werfe, Johanna im Kinderheim abgebe und mich selbst der Polizei als Kidnapper wider Willen stelle, will ich mein Glück über die Nummer des Herrn Börner versuchen, mit dem meine schöne neue Freundin, die ich nun schon länger nicht gesehen habe, als ich sie überhaupt kenne, in letzter Zeit des Öfteren telefoniert haben soll.

Ich rufe mir die Bemerkung in Erinnerung, dass jener Börner in »Kreisen« verkehre, in denen der, der so formulierte, keine Lust verspürte, persönlich nachzuforschen, sage mir jedoch, dass ich zur Zeit die Wahl nicht habe, und wähle demzufolge.

Während ich dem Rufzeichen lausche, frage ich mich, ob das Telefon als Kommunikationsmittel heutzutage schon vor dem persönlichen Gespräch rangiert, und wenn ja, ob das von Vorteil oder Nachteil ist. Zwar reduziert sich meine bisher erfolglose Suche nach Susan nahezu aufs Telefonieren, aber ohne das Telefon wäre sie wahrscheinlich gar nicht nötig geworden. Hätte ich nicht die Nummer ihrer Firma entdeckt und dort angerufen, wäre ich wohl in Susans Wohnung geblieben oder hätte dieselbe gestern nur zum Einkauf eines Sechserpacks Bier und eines Fünferpacks Würstchen verlassen und somit kaum aus den Augen verloren.

Wenn ich an die inzwischen in ihren vier Wänden wartende und sicherlich total verheulte Susan denke, muss ich würgen und schäme mich meiner Hirnlosigkeit. Hein Blöd wäre der bessere Detektiv, so viel steht fest. Der hätte vielleicht sogar eine Erklärung dafür, dass Susan die Polizei nicht vom Verschwinden ihres Kindes informiert hat. Ich habe keine.

»Bizzeria Bella Bizza«, schallt mir nach dem zehnten oder zwölften Rufton eine muntere weibliche Stimme entgegen, die mich mühelos erahnen lässt, welche Region sich hinter der eingetippten Vorwahl verbirgt.

»Bin ich in Leipzig gelandet?«, vergewissere ich mich, anstatt nach Herrn Börner zu fragen.

»Ja, mir liefern ohne Aufschlag bis zwanzich Gilomeder im Umgreis bei Beschdellungen über zwanzich Marg.«

Richtig geraten, gratuliere ich mir und verzichte auf die Berechnung der Höhe des Aufpreises für eine Pizza unter zwanzig Mark nach Berlin.

»Herrn Börner bitte, wenn er in der Nähe ist«, gehe ich aufs Ganze. »Es ist dringend.«

»Momende, ich schald mal noff ins Büro«, werde ich

prompt und ohne Aufschlag, aber auch ohne Musikeinspielung bedient. Die ist nicht nötig, denn Herr Börner meldet sich sofort mit einem »Ja?«

»Mein Name ist Adam. Ich bin Privatdetektiv und forsche nach dem Verbleib einer jungen Frau aus Berlin, um die sich zur Zeit mindestens zwei Leute ernsthafte Sorgen machen«, falle ich, einer Eingebung folgend, mit der Tür ins Haus und habe Glück.

»Susi?«, fragt er.

»Wer sonst, Herr Börner? Ist sie bei Ihnen?«, frage ich.

»Warum sollte sie?«, fragt er.

»Warum sollte sie nicht?«, frage ich.

»Was geht Sie das an?«, fragt er.

»Herr Börner, so kommen wir nicht weiter«, beende ich das Katz-und-Maus-Spiel nach einem Dutzend ähnlicher Fragen und Rückfragen. »Bitte lassen Sie sich von der Auskunft Berlin die Nummer der Detektei Lange geben, einer überaus seriösen Agentur, wie ich Ihnen versichern kann. Dort wird man Ihnen gern bestätigen, dass ein Dirk Adam, das bin ich, für sie arbeitet. Sie können sich dann meine Privatnummer bestätigen lassen und mich zurückrufen, falls Sie mir misstrauen. Sie können sich den Aufwand aber auch sparen und mir sofort weiterhelfen, es sei denn, Susis Schicksal ist Ihnen schnuppe. Es könnte ihr nämlich, falls sie nicht bei Ihnen ist, etwas zugestoßen sein. Ich halte Entführung nicht für ausgeschlossen«, rattere ich mit sehr tiefer und sehr ernster Stimme, ohne einmal Luft zu holen, heraus und verfehle die gewünschte Wirkung nicht.

»Quatsch«, sagt Börner, meine ganze Rede mit diesem einen Worte hinwegwischend. »Die Susi ist weder bei mir noch entführt. Höchstens ein wenig verführt. Die liegt in der Sonne auf den Kanaren. Hab doch das Date selbst vermittelt.«

Mir bleibt für einen Augenblick die Luft weg. Das will ich nicht glauben. Susan soll mir ihr Kind überantwortet haben, um sich ein paar schöne Tage im Süden zu machen. Völlig ausgeschlossen. So viel Vertrauensseligkeit gibt es doch gar nicht!

Mir fällt die auf das Kind zurechtgeschneiderte Vorratswirtschaft in und der Tagesplan auf Susans Kühlschrank ein. Das könnte zwar zu dem eben Gehörten passen und irgendwie ein Bild ergeben, wenngleich keines, das mein Kunstsinn zu interpretieren in der Lage wäre. Aber vielleicht gibt es ja Stilrichtungen oder Lebensformen, die mir bisher fremd waren. Womöglich ist meine wahnsinnig schöne und wahnsinnig sinnenfrohe Bekannte ein ganz klein wenig wahnsinnig …

Aber dennoch – nein! Diesen Eindruck hat sie, wenn ich ehrlich bin, nicht auf mich gemacht. Eindruck ja, sogar einen außergewöhnlichen, vor allem, was das Tempo in unserer Beziehung angeht, jedoch nicht den einer Frau, der das Schicksal ihres Kindes egal ist.

Während ich grüble, an Susan zweifle und den Zweifel wieder verwerfe, beginne ich an mir selbst zu zweifeln – beziehungsweise an meiner Beobachtungsgabe. Kann ich mir denn sicher sein, dass Susan überhaupt die Mutter des Kindes ist? Wäre es nicht ebenso gut denkbar, dass sie nur ein Kindermädchen ist, das aus irgendwelchen Gründen seinerseits dringend einen Babysitter für Johanna gesucht hat? Ich versuche, mich zu erinnern, ob das Kind Mama zu ihr gesagt hat, aber es gelingt mir nicht. Eher nein, denke ich, wenngleich die beiden sich keinesfalls fremd waren …

»Mache mir allerdings auch schon Sorgen, weil sie mich anrufen wollte aus Las Palmas. Hat sie aber nicht«, redet Börner, der sein Misstrauen überwunden zu haben scheint, nun vor sich hin, eigentlich eher laut denkend, als mit mir sprechend.

Dann jedoch unterbricht er sich und wendet sich wieder mir zu: »Für wen arbeiten Sie eigentlich, wenn ich fragen darf? Selbst wenn Ihre Agentur einen guten Namen hat, muss das ja nicht zwangsläufig auch auf den zutreffen, der sie engagiert hat. Zum Beispiel Kaminski, das Schwein. Der würde mir als Erster einfallen – habe ich recht?«

Die beiden scheinen keine gute Meinung voneinander zu haben, merke ich und beschließe, das auszunutzen. »Kompliment, Herr Börner«, sage ich und setze süffisant hinzu, dass ich den Namen meines Auftraggebers leider nicht nennen dürfe.

»Schon verstanden«, höre ich aus Leipzig, und eine Art zufriedene Wut klingt heraus. »Hüten Sie sich vor dem Kaminski, sage ich Ihnen. Der ist rundherum nicht sauber. Außerdem schneidet er mit, wenn Sie wissen, was ich meine. Aber an der Susi wird der Arsch in Zukunft nichts mehr verdienen. Die kann mehr als das, und sie kann auch überall mehr aus sich machen als bei dem.«

Ich verstehe kein Wort und will momentan auch nicht darüber nachdenken, was Börner damit meint. Später vielleicht. Gewohnheitsmäßig nehme ich das Gespräch per Anrufbeantworter auf und kann mir die Einzelheiten jederzeit wieder in der Ohrmuschel aufwärmen, jetzt aber muss ich den Redefluss des Pizza-Chefs in die richtige Richtung lenken, solange er nicht versiegt ist.

»Den Namen des Hotels in Las Palmas habe ich nicht richtig verstanden«, versuche ich es auf die linke Tour.

»Den habe ich Ihnen auch gar nicht genannt«, pariert Börner und lacht trocken auf.

»Dann seien Sie doch bitte so nett«, flehe ich ihn untertänig an, da ich spüre, dass er in Siegerlaune ist. »Wenn Sie mir nicht helfen, habe ich keine Chance, die Susi zu finden«, schmeichle ich ihm, ohne die Unwahrheit zu sagen. »Um ganz ehrlich zu sein: Ich habe nicht mal die Berliner Adresse der Gesuchten.«

»Das überrascht mich nicht«, erwidert Börner. »Die kennt ja nun wirklich nur ihre Mutter und vielleicht noch Kaminski, das Schwein. Privat ist tabu, ist doch klar, oder?«

»Völlig klar. Das Hotel bitte«, flüstere ich nun fast schon weinerlich in die Muschel.

»Warum eigentlich nicht«, dringt die erlösende Antwort an mein Ohr. »Bevor ich Ihnen sage, wo sie abgestiegen ist, versuche ich es aber selbst noch mal, Herr Adam. Rufen Sie mich im Laufe des Nachmittages, sagen wir, nicht vor 18 Uhr, an. Und wenn ich Susi bis dahin nicht erreicht habe, dann gebe ich ab an Sie – vielleicht.«

Börner hat grußlos aufgelegt, und ich weiß, dass es keinen Sinn hat, ihn umzustimmen. Ich versuche dennoch, ihn wieder an die Strippe zu bekommen, um ihn zu bitten, er möge, falls er selbst Susi erreicht, ihr mitteilen, dass ich Probleme mit Johanna habe – vielleicht zieht das, denke ich mir –, aber Fehlanzeige.

»Dor Schäff is schon außer Haus«, teilt mir bedauernd die Dame mit, die sich wieder mit »Bizzeria Bella Bizza« gemeldet hat.

Zu behaupten, ich hätte Probleme mit Johanna, wäre allerdings übertrieben gewesen. Die robbende Puppe hat während des Telefonates plappernd die Wohnung erkundet und ihre Aufmerksamkeit an meinem Mantel festgemacht, den sie jetzt in dem Versuch, sich am herunterhängenden Gürtel hinaufzuziehen, vom Kleiderhaken reißt.

Erschrocken hält sie inne, und ich überlege, wie es weitergehen soll. Wenn ich bis morgen früh nicht schlauer bin, setze ich mir eine Frist, dann kann ich das Kind nicht behalten. Dann muss es zu – ja, zu wem denn …?

Noch während ich vergeblich grüble, wem ich so ohne Weiteres ein Kind andrehen kann, vollzieht sich in meinem Unterbewusstsein ein Denkvorgang, der mich beinahe das Weiteratmen vergessen lässt. Es ist wie manchmal mit der Suche nach einem verschusselten Gegenstand; Schlüssel, Schere, Kassenbon. Was man gerade am dringendsten benötigt und am verbissensten sucht, findet sich nie an, stattdessen aber etwas anderes. Meistens etwas, das man an einem anderen Tag vergeblich gesucht hat. Dieser Auftaucheffekt trägt eindeutig spöttische Züge. Er hilft in der Regel nicht, ein aktuelles Problem zu lösen, beweist einem aber, wie einfach dies zu einem anderen Zeitpunkt gewesen wäre, hätte man nur besser gesucht.

In diesem Moment wird mir klar, dass so etwas nicht nur mit verlegten Dingen, sondern auch mit ungelösten Fragen funktionieren kann. Mir fällt zwar nicht ein, wohin ich Johanna geben könnte, wenn ich Susan nicht finde, dafür aber sehe ich vor meinem geistigen Auge plastisch und in Farbe ein kleines Auto Marke Fiat Uno auferstehen.

Selten hatte ich es eiliger. Ich schnappe mir Johanna, der Civic heult auf, die Reifen verursachen ein quietschendes Geräusch beim Anfahren vor meiner Wohnung und nicht viel später beim Bremsen in der Maximilianstraße. Ich steige aus und sehe mich irritiert um. Hier irgendwo muss er stehen, bin ich mit ganz sicher und gehe die parkenden Autos mit Blicken ab. Doch der Uno ist verschwunden. Wie hat sie ihn so schnell in Gang bekommen? frage ich mich. Und vor allem: Wohin ist sie gefahren?

Wütend mache ich kehrt und werfe die Tür ins Schloss meines Wagens. Alles wäre so einfach gewesen! Anhand des Kennzeichens hätte Lange kraft seiner Verbindungen eine Halterfeststellung durchführen lassen, und ich hätte nicht nur Susans Namen, sondern auch ihre Anschrift erfahren. Mittelmäßig verzweifelt fahre ich zurück, halte unterwegs noch, um für Johanna einen Schlafanzug und für mich einen Schlaftrunk zu kaufen. Ohne einen Sechserpack Bier würde es wohl nichts werden heute.

Nach dem Abendbrot schläft Johanna sofort. Ich habe mein Bett für sie geräumt und mit Stühlen umstellt, um einem Absturz vorzubeugen.

Bevor ich mich wieder bei Pizza-Börner in Leipzig melde, versuche ich nochmals vergeblich, über unsere Agentur einen Schritt weiterzukommen. Nein, kein vermisstes Kind, sagt Langes Sekretärin Bärbel, die ich schließlich unter ihrer Privatnummer erreiche. Erst kurz vor Feierabend hat sie, ohne mich mit Erklärungswünschen zu nerven, Langes heißen Draht zur Polizei zum dritten Mal bemüht. Irgendwann ist wohl eine Schachtel Konfekt für die Gute fällig.

Alles, was Frau oder Fräulein Susan von mir weiß, sind mein Name und mein Beruf, sage ich mir, und versuche, mich in sie hineinzuversetzen. Um mich zu finden, könnte sie im Telefonbuch nach mir suchen, zwecklos allerdings. Meine beiden Namensvettern kennen mich nicht, und mich hat die Telekom der letzten Auskunft zufolge bewusst nicht vermerkt, weil ich dies angeblich beantragt hatte.

Susan könnte aber auch alle im Branchenbuch vermerkten Detekteien der Reihe nach anrufen, um sich nach mir zu erkundigen. Falls sie aufgegeben hat, bevor sie auf die unsere gestoßen ist, oder falls sie diese übersehen hat, könnte von ihr ja immerhin in der einen oder anderen nach mir gefragt worden sein, kombiniere ich und nehme mir den Wälzer vor. Etwa fünfzig Eintragungen, schätze ich, und beginne von hinten. Nach zehn Minuten habe ich erst fünf erreicht, davon dreimal den Anrufbeantworter – kein Wunder um diese Zeit. Ich will gerade den Hörer abnehmen, um ein sechstes Mal dem melodischen Rufzeichen zu lauschen, da klingelt mich das Gerät so unerwartet laut an, dass ich mich ducke. Normalerweise bin ich nicht schreckhaft, aber von den Stahlseilen, wie ich bisher meine Nerven nannte, ist wohl momentan nicht viel mehr als ein Wirrwarr seidener Fäden geblieben. An einem solchen hängt auch meine augenblicklich wieder aufkeimende Hoffnung, dass es Susan sei. Der reißt beim ersten Wort, das an mein Ohr dringt.

»Hallo, Sherlock Holmes«, begrüßt mich Börner, aber er sagt es leise und voller Ernst. »Ich habe mich nach Ihnen erkundigt und will Ihnen vertrauen. Aber verstehen Sie mich nicht falsch, das ist kein Auftrag meinerseits. Nur die Information, die Sie brauchen: Susanne Kellner hat im Hotel *Plaza Palmitos* in Las Palmas ein Zimmer genommen. Allerdings ist sie später nicht mehr gesehen worden, und ihren Zimmerschlüssel hat sie den ganzen Tag nicht abgeholt. Ich gebe Ihnen die Telefonnummer, Sie können es selbst versuchen, wenn Sie wollen. Besser wäre allerdings, Sie fliegen morgen. Das Hotel liegt in der Nähe des Hafens, vom Airport gute zehn Minuten mit dem Taxi.«

Kellner heißt sie also. Das will ich noch glauben, alles andere will mir nicht in den Sinn, ist einfach zu verrückt. Und doch bleibt mir kaum eine andere Wahl. Holger Börner klingt nicht so, als wenn er mich auf den Arm nehmen möchte.

»Sie meinen, mir wäre die Sache so wichtig, dass ich mich deswegen in ein Flugzeug setze?«, frage ich ihn.

»Keine Ahnung. War nur ein Gedanke. Wenn nicht, dann eben nicht, nicht wahr«, druckst er herum.

Ich schweige.

»Also gut, Detektiv. Ich bin zwar nicht ihr, Auftraggeber, aber ich bin auch nicht so knauserig wie der. Unter der Bedingung, dass sie mich auf dem Laufenden halten, bezahle ich Ihr Ticket, ist das okay?«

Ich schlucke.

»Ich habe mich für Sie kundig gemacht: Morgen Vormittag geht ein Flieger von Tegel, und der hat noch Platz. Rufen Sie mich von Las Palmas aus an, sobald Sie etwas wissen, Sie oder Susi, einverstanden?«

»Vielleicht«, weiche ich aus. »Ich ruf Sie wieder an. Von wo aus, steht noch nicht fest.«

5

Der Flug verläuft ruhig. Johanna starrt schon geraume Zeit auf einen der tonlosen Bildschirme, auf dem sich allerlei bunte Walt-Disney-Figuren jagen und tummeln. Ich suche das vom Kapitän vermeldete Sevilla unter uns und komme ganz langsam in Urlaubslaune.

Dem Berliner Schmuddelwetter sind wir problemlos entkommen. Wie Börner gesagt hatte, war die Maschine nicht ausgebucht, und für Johannas Identität hat sich meiner Skepsis zum Trotz niemand interessiert. Europa grenzenlos. Vor dem Abflug wurde noch schnell das Nötigste gekauft und in meine farblose alte Reisetasche geworfen. Um genau zu sein: Ich habe ein- und Johanna hat ausgepackt, und nur weil ich etwas schneller zu Werke ging als sie, brachten wir die Angelegenheit noch knapp vor der Zeit zum Abschluss.

Da wir unterwegs von nur zwei Bau-Staustellen aufgehalten wurden, erreichten wir die Maschine eine halbe Stunde vor Abflug. Keine Panik, guten Flug, nicht weinen, der Papi ist ja bei dir, kleines Fräulein, hier ist auch ein Bonbon für dich – die Stewardessen sind ausgesprochen nett und gut anzuschauen. Na meinetwegen. Ich verbiete mir dumme Gedanken und konzentriere mich auf das Wesentliche. Busco la habitacion de la señorita Susi Kellner, habe ich mir aus dem Konversationswörterbuch zusammengestoppelt, um damit an der Rezeption zu glänzen. Das versuche ich jetzt auswendig zu lernen. Die Empfangsdame wird mir die Zimmernummer nennen, und wenige Minuten später werden wir ein sehr bedeppertes Gesicht sehen, Johanna und ich.

Bin gespannt, was ihre Mutter zur Entlastung vorzubringen haben wird. Vielleicht wollte sie nur mal eben Schrippen holen in Las Palmas, weil die da besser schmecken als von Kaiser's Backshop, oder sie musste unbedingt im Atlantik baden, um mit mir das schöne Spiel zu spielen: Küss mich überall und rate mal, nach welchem Meer ich schmecke.

Nein, ich glaube kaum, dass es eine Antwort geben kann, mit der sie mich zum Lachen bringt. Ihre Tochter vielleicht, mich nicht.

Johanna hält es im Buggy nun nicht mehr aus und möchte, das erkenne ich nach zwei Tagen Training an den sich mir entgegenreckenden Ärmchen, hochgenommen werden. Ich tu ihr den Gefallen und stelle sie auf den Gang. Brabbelnd tappt sie Richtung Cockpit, hält aber plötzlich wie versteinert inne und gafft geweiteten Auges nach rechts.

Da ich, sie führend, in gebückter Haltung hinter ihr stehe, vermag ich das Objekt ihrer Faszination nicht gleich auszumachen.

Dann aber spricht eine überaus zierliche, blondgelockte Dame, die sich aus der von Johanna anvisierten Sitzreihe zu uns herumwendet, sie mit sahnig-cremiger Stimme an: »Na, meine Kleine, du läufst ja so schön, wo ist denn deine Mama, du-du-du-du-du?«

Ein warmer Blick trifft schließlich mich, und die

Stimme wechselt vom Sahnig-Cremigen ins Cremig-Rauchzarte: »Wie heißt sie denn, die Süße, ist ja allerliebst, ist sie schon ein Jahr, oder wann hat sie denn Geburtstag, ach so ein Fratz …«

Während ich nicht antworten muss, da die mitreisende Dame es vorzieht, mir unentwegt weitere Fragen zu stellen, schaut Johanna stur an ihr vorbei.

»Dada, dada!«, höre ich laut, aber nicht aus ihrem Mund. Das zweite Stimmchen kommt von rechts.

»Daba, daba«, antwortet Johanna und zerrt an meinen Fingern.

Wir gehen zwei Schrittchen weiter, und die ununterbrochen auf mich einfragende Dame – »Sie reisen wohl auch allein mit Kind?«, – hebt ihren etwa gleich großen Spross vor uns auf den Gang.

Wenige Minuten später weiß ich, ohne von meinen speziellen Befragungstechniken Gebrauch gemacht haben zu müssen, dass Frau Desdemona Schieferdecker seit über einem Jahr geschieden ist, das Resultat der gescheiterten Ehe Reginald Schieferdecker heißt, anderthalb Lenze zählt und schon zum zweiten Mal nach Gran Canaria reist. Genau genommen sogar zum dritten Mal, aber beim ersten Mal noch im Mutterleib.

Frau Schieferdecker, die ich auf Ende Zwanzig schätze, hat die für mich momentan sehr angenehme Eigenart, viel zu fragen und, ohne auf Antwort zu warten, selbst zu erzählen. In Gran Canaria sei sie auf eine Bungalowsiedlung in Maspalomas fixiert, nahe dem Riesenrad, wenn ich das kennen. Die sei preiswert und nicht so überlaufen. Bis zum Strand würde es ein schöner Spaziergang, und auf das Wetter an dieser Seite der Insel sei hundertprozentig Verlass, den ganzen Winter über.

So lange wolle ich nicht bleiben, werfe ich ein, und sie lacht ganz allerliebst. Ob die Mami keinen Urlaub bekommen habe, will sie nebenbei noch wissen. Die wäre schon vorausgeflogen, sage ich, und Frau Desdemonas Lächeln wirkt für den Bruchteil eines Augenblicks etwas vereist. Sie wendet sich sodann an mein »allerliebstes Töchterlein« und verleitet ihren Reginald dazu, eine seiner Rasseln zu verschenken.

Johanna aber weist das rotblaue Präsent vehement zurück und ist nicht umzustimmen. Ich finde es gut, dass sie Charakter hat und Fremden misstraut. Nicht ganz die Mutter in diesem Punkt.

Johanna bleibt für den Rest der Reise artig auf meinem Schoß und weint auch beim Landeanflug auf Las Palmas nicht, bei dem mir hingegen für ein paar Momente so ist, als käme es zu diesem nicht mehr. Die Maschine schwebt, ohne dass etwa schon Land in Sicht wäre, so dicht über den Gischtkämmen des Atlantik, dass ich versuche, mich an die anleitenden Worte der schwarzgelockten Stewardess bezüglich des Gebrauches der Schwimmwesten zu erinnern. Dann vollführt der zweifellos lebensmüde Pilot einen Linksschwenk, bei dem sich eine Tragfläche der Wasseroberfläche auf schätzungsweise zwei Zentimeter nähert, und setzt Sekunden später butterweich auf der Rollbahn auf. Applaus von allen Plätzen.

Auf der Gangway dreht Johanna aber doch noch durch. Wahrscheinlich tritt die für Menschen völlig natürliche Angst vorm Fliegen bei ihr im Nachhinein zutage, vermute ich, denn nun, da ihr Leben gerettet ist, schreit sie, rücklings über meine Schulter gelehnt, aus Leibeskräften wie um dasselbe.

Nervös nach links und rechts nickend, versuche ich, die Peinlichkeit zu überspielen, bevor ich die Ursache für die kindliche Panik entdecke: Im Run auf die Außentür unserer Boeing nur um zwei Plätze abgeschlagen, folgen uns Mutter und Sohn Schieferdecker. Reginald stolpert an Mamas Hand und hält in der seinen die rotblaue Rassel, die von Johanna verschmähte.

Ich tue, wie so oft in meinem Leben, das einzig Richtige und warte. Wortlos entreiße ich dem Oftflieger dann das Objekt von Johannas später Begierde und gebe es ihr. Mit einem Schlag sind die Rollen getauscht. Das Mädchen strahlt glücklich in die versinkende Sonne des Südens, die sich mikroskopisch klein in einer letzten Träne spiegelt, und der Vorbesitzer der Rassel heult wutentbrannt auf.

Ich bitte Frau Desdemona mit den Augen um Verständnis und nehme den Flughafenfotografen, der im selben Moment ein sicherlich ganz reizendes Bild von einem hübschen Paar mit zwei kleinen Kindern schießt, kaum zur Kenntnis.

Während des Wartens auf unser Gepäck bereite ich der übrigens ebenso wohlproportionierten wie zierlichen Frau Desdemona Schieferdecker noch eine Freude, indem ich ihr zum Abschied eine meiner Visitenkarten überreiche, dann trennen sich unsere Wege. Sie fährt nach Maspalomas in die eine Richtung, ich per Taxi nach Las Palmas in die entgegengesetzte.

Die Autofahrt ist kurz, aber Johanna schläft augenblicklich ein, wie anscheinend stets in Autos, die kleine Rassel fest umklammert.

Mit meiner über den Rücken gehängten wurstförmigen Reisetasche und dem vor mir her geschobenen Buggy samt Kleinkind gebe ich ein etwas seltsames Bild ab, vermute ich und irre augenscheinlich. Niemand dreht sich nach mir um, kein Hotelangestellter zieht höhnisch eine Braue empor oder einen Mundwinkel nach unten.

Noch bevor es mir gelingt, meinen auswendig gelernten Satz zu rekonstruieren, mit dem ich mich nach Señorita Susans Zimmer erkundigen will, werde ich angesprochen.

»Guten Abend, wie bitte ist Ihr Name?«

Diesmal scheint nicht mein interessanter Beruf, wohl aber meine deutsche Herkunft auf meiner Stirn zu stehen, denke ich und beschließe, mich diesbezüglich nicht mehr zu wundern. Es bringt nichts ein.

»Die Mama wohnt hier«, sage ich, und zeige auf das mit schräg zur Seite gefallenem Köpfchen schlafende Kind im Buggy.

»Wie bitte ist der Name?«, wiederholt der Empfangschef freundlich seine Frage, und ich kläre ihn auf. Frau Kellner der Name der Mama, Dirk Adam der meine.

»In dem Zimmer können Sie nicht schlafen«, sagt der Señor, der, eben noch die reine Freundlichkeit, eine Unmutsfalte erkennen lässt.

Ich habe so etwas geahnt und will auch gar nicht erst den Eindruck erwecken, mit der besuchten Gesuchten verheiratet zu sein, denn die Lüge würde sicherlich durchschaut werden.

»Ich muss nicht im gleichen Zimmer mit Frau Kellner schlafen, aber das Kind vielleicht. Es kann die Nacht schlecht im Wagen verbringen, und Frau Kellner ist immerhin die leibliche Mama. Oder ist sie etwa gar nicht da?«

Der Spanier ist hinter seiner edelholzfurnierten Rezeptionsumfriedung hervorgekommen, hat sich vor Johanna in die Hocke begeben, betrachtet sie mit unergründlichem Blick und streicht ihr übers Haar, ohne sie zu wecken. Dann erhebt er sich, nimmt mir meinen Taschensack ab und bittet mich zum Lift.

»Nein«, sagt er tonlos, »anderes Zimmer bitte.«

Das Hotel liegt etwas oberhalb der Küstenstraße, über die wir vom Flughafen her in die Hauptstadt der Insel hereingekommen sind. Da der Lift erst in der fünften Etage hält und die Bauten zwischen Hotel und Hafen kleiner waren, müsste man aufs Meer sehen können, hoffe ich und werde enttäuscht. Das kleine Zimmer, in das ich, Johannas Buggy schiebend, geleitet werde, hat sein Fensterchen nach hinten auf die Straße hinaus. Die ist eng bebaut und erlaubt lediglich den Blick auf die Häuser gegenüber. Von unten dringt Straßenlärm und Benzingestank herauf.

Ich verriegele das Fenster und schaue besorgt auf Johanna. Sie atmet unruhig, und auch ich fühle mich beklommen.

Der Señor vom Empfang ist verschwunden, ohne die Tür hinter sich geschlossen zu haben.

Johanna erwacht in dem Moment, als ich sie aus dem Wagen hebe. Sie weint sofort, und ich nehme sie auf den Arm, um sie zu trösten. Ängstlich blickt sie durch ihren Tränenschleier in das spärlich möblierte, eher düstere Zimmer und hebt die kleinen Hände vor das Gesicht.

Als im gleichen Moment der Empfangschef mit einem zweiten Herrn in der Tür erscheint, der übersetzen lässt, er möchte mich sprechen, verliere ich beinahe die Nerven. Das Kind hat zweifellos Durst und ist mit Keksen nicht mehr abzuspeisen. Außerdem steckt es noch in der Windel von heute morgen und hat Angst vor diesem Zimmer. Das erste Mal seit dem Beginn unserer Freundschaft genüge ich ihr offensichtlich nicht, und in ihr Weinen mischt sich ein Ruf, der wohl überall verstanden wird. Johanna schreit nach ihrer Mama. Hilfesuchend sehe ich mich um, und nachträglich fällt mir auf, dass der Begleiter des Hotelbediensteten in einer Uniform steckt, die man schwerlich als Hotel-Garderobe für den Zimmerservice betrachten kann, sondern bei der es sich zweifellos um die hierzulande vorschriftsmäßige Polizeibekleidung handelt.

Ich schiebe jede sich nahezu von selbst aufdrängende Schlussfolgerung von mir, wende den Herren den Rücken zu und kümmere mich nur um Johanna. Flasche anrühren, Windeln wechseln, Waschlappen unter den Warmwasserhahn halten – alles mit links und ohne die Kleine abzusetzen. Sie ruht auf dem rechten Arm an meiner Schulter, und ihr Wimmern wird leiser. Aufmerksam begleitet sie meine Handgriffe mit ihren Augen, verlangt schließlich »Schaschi« und atmet hörbar tief durch.

Während sie ihren Tee mit kleiner werdenden Äuglein trinkt, wende ich mich um und sehe den Polizisten unvermittelt an. Er steht wie verwurzelt noch genauso an derselben Stelle, nichts hat sich geändert, nur dass sein Blick jetzt glänzt. Es ist kein strahlender, es ist ein feuchter Glanz.

Das erste Polaroid-Foto, das er mir zeigt, könnte für ein Reiseprospekt geschossen worden sein. Es vereint alle Klischees der Werbung: strahlend blauen Himmel, eine schmale Straße, an deren einer Seite ein Hibiskus blüht, und das schäumende Meer auf der anderen Seite. Trotz der Verkleinerung des Panoramas auf acht mal acht Zentimeter ist der enorme Höhenunterschied zu erahnen, der das unten an die Felsen gischtende Wasser von der Straße oben trennt.

Das zweite Bild ist aus der gleichen Perspektive fotografiert, aber per Tele oder Zoom auf den Bereich konzentriert, in dem sich Brandung und Gestein berühren.

Der weiße Fleck aber, der die Idylle trübt, ist erst auf dem dritten Foto als das zu erkennen, was er ist: ein weißes Kleid nämlich – jedoch, und nun erinnert nichts mehr an Reklame, kein blütenweißes, porentief weißes oder reinweißes Kleid, sondern eines mit schmutzigem Rot. Und dieser Farbton beherrscht genau die klumpige Stelle in der Kragengegend, an der ein Kopf sich gut ins Bild gefügt hätte.

»Sie ist mit dem Gesicht auf den Felsen geschlagen«,

übersetzt der Hotelangestellte die leisen Worte des Uniformierten. »Aus einer Höhe von zweihundert Metern. Ich soll fragen, ob Sie sind mit ihr verwandt.«

Ich schüttele den Kopf und spüre, dass ich der Situation nicht gewachsen bin. In meiner bisherigen Arbeit als kleiner Detektiv hatte ich mit Toten recht wenig oder, um ehrlich zu sein, nur sehr indirekt zu tun. Mal eine Recherche in einer Erbschaftsangelegenheit, mal etwas für oder gegen eine Lebensversicherung, nie eine richtige Leiche.

Jetzt aber ist das Mädchen, in das ich mich gerade erst verliebt habe und das ich nicht nur für ihre Tochter aufspüren wollte, von den Klippen gefallen, und seine Leiche ist auf das grässlichste verstümmelt.

Der Polizist lässt fragen, ob ich sie erkenne.

Der wird, ganz gleich, was ich antworte, seine Berichte schreiben und nach Hause gehen. Ich aber bleibe mit Johanna, für die ich keine Worte finden werde, in diesem Zimmer zurück und weiß nicht, was ich hier verloren habe. Wie um alles in der Welt soll ich dieses Kleid, aus dem nur Arme und Beine ragen, die quasi jeder gutgewachsenen jungen Frau gehören können, identifizieren, frage ich mich, und ein Hoffnungsschimmer leuchtet auf. Wenn man mich bittet, die Tote zu identifizieren, dann hat sie bisher noch niemand identifiziert. Dann kann sie sonst wer sein. Meinetwegen eine Drogentote aus Holland oder eine Selbstmörderin aus Hollywood.

»Nicht auf Foto«, wird übersetzt. »Richtige Person ist im Kühlschrank. Wir besitzen nur eine tote Frau zur

Zeit auf GC. Und die ist zwischen fünfundzwanzig und dreißig Jahre. Hat Sachen an aus Deutschland. Und nur eine Person ist aus Hotel gestern verschwunden und nicht zurückgekommen. Heißt Susanne Kellner aus Deutschland und ist angereist von Berlin.«

Ich Traumtänzer, was habe ich denn vor einem Augenblick noch für einen Schwachsinn geglaubt! Dass Susans mysteriöses Verschwinden sich als nette kleine Geschichte entpuppen wird und ganz nebenbei eine Tote aufgetaucht ist, die nichts mit der Sache zu tun hat?

Mir wird mit einem Schlag klar, in was für eine idiotische Lage ich mich gebracht habe. Dass ich mit meiner überstürzten Reise auf die Ferieninsel meinen Job aufs Spiel gesetzt habe, ist schon Grund genug, mich einen Narren zu schelten, aber wahrscheinlich noch reparabel. Schlimmer ist die Situation selber, in der ich mich nun samt fremdem Kind befinde, und am schlimmsten, ja geradezu unverzeihlich blöd ist mein bisheriges Agieren zu nennen. Noch weiß ich nicht, wem ich da auf den Leim gegangen bin, aber dass ich irgendwie in der Falle sitze, dämmert mir jetzt. Ich habe mich wahrlich wie ein Anfänger benommen: Statt Susan, die, wie sie sagte, ein Problem hatte, zum Reden zu bringen, habe ich das Schweigen und Genießen vorgezogen. Statt sie am nächsten Morgen – wohin auch immer – zu begleiten, habe ich geschlafen. Statt, nachdem sie verschwunden blieb, nach ihrer Identität zu forschen, bin ich Hals über Kopf aus der Wohnung gestolpert, ohne mir Namen und Adresse zu merken. Und statt bei diesem Kaminski oder dem Börner das Versäumte nachzuholen, habe ich mich gegen das windige Versprechen, den Flug bezahlt zu bekommen, quasi verschicken lassen.

Ob ich das Schreckliche, das hier geschehen ist, hätte verhindern können, kann ich nicht wissen. Aber wenn ich es gekonnt hätte, dann zweifellos nicht auf die Art und Weise, nach der ich vorgegangen – vorgeführt worden – bin.

Meine Ratlosigkeit ist mit dieser Analyse keineswegs überwunden. Ich weiß nicht, wie es weitergehen soll, und ich weiß nicht, was ich antworten soll. Weder mir selbst noch dem Polizisten. Etwas in mir sträubt sich gewaltig gegen den Versuch, die Kopflose nach Details abzusuchen, die nur jemand kennen kann, der intim mit ihr zusammen war. Wer weiß, ob das was bringen würde, will heißen, ob die Unterschiede *da* so groß sind, dass man sicher sein könnte. Wir haben schließlich nur eine gemeinsame Nacht verbracht, und diese eher wie von Sinnen als mit dem Studium anatomischer Kleinigkeiten.

»Nein, das kann ich nicht«, lehne ich ab, weil ich ablehnen will.

»Ich soll sagen, Sie dürfen Gran Canaria nicht verlassen, bis deutsche Polizei alles gefragt hat. Deutsche Polizei kommt morgen. Sie müssen darum nicht bezahlen für das Zimmer bis morgen.«

Ich höre nichts mehr, antworte auf nichts mehr und warte auf nichts. Ich sitze einfach auf dem Rand des Bettes, in dem ein einjähriges Mädchen schläft, und bin von einer höheren Macht zum vollständigen Stillstand meiner Gedanken verurteilt.

Irgendwann trägt eine ältere, korpulente Frau ein Kinderbett ins Zimmer, sagt etwas auf spanisch und geht wieder. Ich bemerke, dass ich Hunger bekomme, aber es interessiert mich nicht, und irgendwann falle ich aus der Lähmung in den Schlaf.

6

Die kleine Gaststätte in unmittelbarer Nähe des Hotels nennt sich *Bergischer Hof* und wird ausschließlich von Deutschen besucht. »Hier san wir unter uns«, sagt der allein an einem Ecktisch sitzende ältere Herr, der uns beim Eintreten mit einem Augenzwinkern begrüßt hat und mit einer Handbewegung auf den freien Platz vis-à-vis weist.

Bei der Vorstellung erhebt er sich andeutungsweise und nickt: »Bauer – Josef Bauer, wenn Sie gestatten.« Er hat eine gleichmäßig gebräunte, lederne Gesichtshaut, die sich bis zum Hinterkopf dehnt, wo ein grauer Haarkranz gerade noch die Region bedeckt, die ein Hut freilassen würde. Grau ist auch das sorgfältig gestutzte Oberlippenbärtchen. »Es kommt nicht oft vor, dass ich ein neues Gesicht hier sehe«, begründet er seine Einladung, die er gönnerhaft auf das ganze Frühstück bezogen wissen möchte. »Seit November bin ich hier und bleibe wie jedes Jahr bis Anfang März – im Märzen der Bauer die Rösslein einspannt.« Er lacht kurz auf und wendet sich dann Johanna zu. »Wie heißt du denn, mein Kleiner?«, fragt er in großväterlichem Ton, sich in Alter und Geschlecht verschätzend.

Ich antworte für Johanna und stelle uns vor, so knapp es nur geht.

Der neue Tag ist voller frischer Luft, und die rasch wärmende Sonne tut gut. Die Menschen strahlen eine ruhige Gelassenheit aus, die sich wohl auch ein wenig auf mich überträgt. Mit der Nacht scheint vorerst auch das Grauen verschwunden, und ich gebe mir Mühe, es nicht wieder an mich heranzulassen. In einer Art Selbstverteidigung habe ich beim ersten Augenaufschlag beschlossen, mich auf meinen Job zu konzentrieren und Gefühle nicht mehr zuzulassen. Susan hat ab heute ein Fall für mich zu sein, sonst werde ich verrückt.

»Fall« ist makaber. »Gefallenes Mädchen« erst recht, kommt mir in den Sinn – verdammt, ich muss mich zusammenreißen! Johanna hat einen guten Appetit, und von Herrn Bauer erfahre ich dies und das über die Insel, die momentan ihre dritte Besiedlung durchmache. In grauer Vorzeit hätten hier nur die Guanchen gelebt, in Höhlen, versteht sich. »Das san die Ureinwohner. Die haben sich aber nach der spanischen Besetzung ganz in die Berge zurückgezogen. Man kriegt sie kaum zu Gesicht. Heut san die Spanier schon die Eingeborenen, und mir san die Neuen, was!«, sagt er lachend und beißt in sein Brötchen.

Als Herr Bauer hört, dass ich noch nie auf Gran Canaria war, ist sein Redefluss nicht zu bremsen. Die Südküste, an der wir uns befinden, kennt nur Sonne, lerne ich dazu. Die Bergmassive in der Mitte teilen die Wolken fast mathematisch genau in zwei Hälften, die sich erst einige Kilometer hinter der Insel wieder vereinigen. Direkt über dem Südzipfel, also in Maspalomas, wo auch die meisten Urlauber wohnen, regnet es nie. Umso mehr dagegen im Norden. Die Vegetation ist dort üppig, das Wetter oft schwül. Nichts für alte Leute wie ihn. Herr Bauer zieht den Nordosten vor, also Las Palmas, die Stadt mit Großstadtflair und ewigem Frühling.

Ganze Kolonien deutscher Rentner überwintern hier jedes Jahr, denn die Kosten für ein einfaches Hotel liegen weit unter der monatlichen Rente, die aus Deutschland überwiesen wird. »Sie san noch jung, also unternehmen Sie was«, fordert mich der Alte gutmütig auf und empfiehlt mir einen Mietwagendienst gleich um die Ecke. »Fest in deutscher Hand, da bescheißt Sie keiner«, setzt er hinzu.

»Am schönsten ist es drüben in Mogan«, er deutet die Richtung an. »Herrliche Gegend, ein Yachthafen wie für die Götter, eine Steilküste zum Verlieben, kann ich Ihnen sagen, und teilweise verschont vom Tourismus, noch. Beeilen Sie sich, bevor ein neues Hotel die schönsten Blicke versperrt, und wie gesagt: Agentur Schmidt – die Autovermietung.«

Der Ausblick, der mich interessiert, ist noch von keinem Hotel verbaut, es sei denn, man hat es in den zwei Nächten hochgezogen, die seit dem Zeitpunkt vergangen sind, an dem das Foto geschossen wurde.

Der Empfangschef von gestern, der sich heute morgen nach meinem Wohlbefinden erkundigt und Johanna ein Eis vor dem Frühstück spendiert hat, heißt Juan. Ich finde ihn wieder an der Rezeption und frage ihn, ob er einen Plan der Insel für mich hat.

Als hätte er auf diese Frage gewartet, zieht er ein Faltblatt unter der Ablage hervor. »Das bekommt jeder Gast. Gestern Abend habe ich vergessen.«

»Bitte zeigen Sie mir die Stelle, wo … an der … ich meine … das Foto also. Wo wurde es gemacht?«

»Hier. Sie finden es zwischen Puerto de Mogan und Puerto Rico«, sagt Juan. Mit dem Finger tippt er auf einen kleinen blauen Kreis, der mit Kugelschreiber auf das Papier gezeichnet ist.

Ich spare mir die Frage, ob derartige Reisetipps auch für jeden Gast vorbereitet werden.

»Was meinen Sie – darf ich das Hotel wohl verlassen oder nicht?«

»Die Insel nicht, hat der Offizier gesagt. Hotel hat er nicht gesagt.«

Der kleine Corsa klappert ein wenig, aber Johannas Buggy hat nicht noch einmal als Notsitz herhalten müssen, denn der freundliche Leiter von Rent-a-car hat – gegen Aufpreis, versteht sich – einen TÜV-geprüften Kindersitz gebracht.

Juan hat mir empfohlen, die Autobahn zurück in Richtung Flughafen über Playa del Inglés und Maspalomas nach Puerto Rico zu nehmen, das gehe am schnellsten. Ein geübter Blick auf die Karte hat mich allerdings eines Besseren belehrt. Kürzer und wohl auch kurzweiliger ist sicher der Weg quer über die Insel hinüber an die andere Küste. Fast geradeaus über Teror, Tejeda und Mogan an bezeichnete Stelle, vielleicht so vierzig oder fünfzig Kilometer. Auf Autobahnen können wir getrost verzichten, was, Johanna? Die sehen doch überall gleich aus. Wir wollen schließlich was von Land und Leuten sehen.

Der Verkehr ist nicht übermäßig stark. An Staus ist nicht zu denken, und der Wagen schnurrt zwischen sechzig und neunzig bergan und bergab durch Mandelblütenhaine, Bananenplantagen und Tomatenfelder. Die Sonne scheint freundlich, ohne zu sengen, Johanna hält drei Stunden durch, dann aber wird ihr die Fahrerei zu viel.

Ich vergleiche Kilometerstand, Karte und Ortsschilder und will es nicht glauben. Nein, wir haben uns nicht verfahren. Es stimmt alles, nur die Fahrtzeit und die Strecke sind maßlos gestreckt. Juan hat mehr als recht gehabt.

Die den DIN-A4-großen Plan der Insel erstellt haben, konnten unmöglich all die wunderschönen Serpentinen einzeichnen, die zu fahren nötig sind, um einen Berg halb zu umrunden oder das in Sichtweite befindliche nächste Dorf zu erreichen.

Gegen Mittag haben wir erst gut die Hälfte des Hinweges hinter uns gebracht, und Johanna ist weit weniger freundlich zu mir als gestern während des vierstündigen Fluges. Als wir den höchsten Punkt der Insel erreichen, ist sie wieder eingeschlafen, und ich zwinge mich, all meine Sorgen mit all meiner Kraft zu verdrängen und den wunderbaren Ausblick zu genießen.

Wir sind fast gleichauf mit den Wolken, die über einem Gebirgsmassiv hervorschwappen wie überkochende Milch am Rand des Topfes, sich dort in zwei Lager teilen und gen Süden schweben. Ab und zu taucht unser Corsa in die Waschküche ein, und ich muss den Wischer betätigen, um wenigstens eine Ahnung von dem zu haben, was sich da Straße nennt. Nach Ayacata wird es besser, und als ich den nächsten größeren Ort vor uns liegen sehe, atme ich auf. Der Karte nach muss es Mogan sein, und von da aus ist es nicht mehr weit bis an die Steilküste.

Johanna ist wieder erwacht und fordert durch heftiges Weinen das Ende der Fahrt. Ich rede mit gespieltem Frohsinn auf sie ein und könnte mich dafür verfluchen, dass ich diese Tour überhaupt angetreten habe.

Der nächste Ort heißt nicht Mogan, sondern San Bartolomé! Ein Blick auf die Karte klärt mich auf: Ich habe bei Ayacata im Nebel einen Abzweig übersehen und bin nicht nach Südwesten, sondern schräg zurück nach Südosten gefahren. Langsam verlassen mich Selbstbeherrschung und Kraft. Ich schreie zum ersten Mal die Kleine an, als trage sie die Schuld daran, dass ich mich verfahren habe.

Nach fünfeinhalbstündiger Berg- und Talfahrt habe ich die schaurige Stelle gefunden. Wenn ich jemanden umbringen würde, dann hier, geht es mir durch den Kopf. Und wenn ich mich selbst würde umbringen wollen, dann auch hier. Einfach Gas geben und den Corsa in einen Adler verwandeln – Sturzflug und aus.

Die Straße, die zur einen Seite vom steilaufsteigenden Fels begrenzt wird, findet ihre Begrenzung zur anderen Seite im steilabfallenden Fels. Keine Planke, keine Bordsteinkante, nicht mal ein Strich zwischen Asphalt und Abgrund. Schon beim Hinunterbeugen aus dem

Autofenster zieht mir ein teuflisches Kribbeln vom Hinterkopf die Wirbelsäule hinab bis zum Gesäß.

Knappe hundert Meter entfernt finde ich eine Stelle zum Parken. Die Straße ist hier nicht nur breiter, sondern bietet neben dem aufragenden Felsen auch ein wenig Hinterland. Da schlängelt sich ein Weg in die nicht ganz so steile Höhe, und ein paar Sträucher vegetieren flach.

»Pause«, sage ich zu Johanna und inhaliere tief die klare Mischung aus Berg- und Seeluft, und sie antwortet, als sei sie nicht ein, sondern zwei Jahre alt, mit einem deutlichen »Jaja«.

Mensch, wäre jetzt deine Mami hier, was würden wir für eine glückliche Familie abgeben, denke ich, und ich wende mich unwillkürlich in die Richtung, in der der Abgrund liegt.

Der Mann, der entweder vom Himmel gefallen oder der Erde entwachsen sein muss, ist von undefinierbarem Alter. Zwar ist sein Gesicht von Falten zerfurcht, aber der Körperhaltung nach handelt es sich nicht um einen alten Mann oder gar um einen Greis. Er trägt blaue Arbeitshosen und ein schmuckloses Hemd.

Obwohl er einen halben Kopf kleiner ist als ich, scheint er auf mich herabzuschauen. Der Mann reagiert nicht auf meinen spanischen Gruß aus dem Sprachführer, er scheint durch mich hindurchzusehen und geht schließlich an mir vorbei, den Felsweg hinauf.

Irgendwie ist mir die Lust zum Verweilen vergangen. Ich schultere das Kind und begebe mich wieder in Richtung Wagen. Auf der Straße gehe ich jedoch am

Auto vorbei und in die Richtung zurück, aus der wir gekommen sind.

An der Stelle, wo ich es für am gefährlichsten halte, knie ich nieder und rutsche Zentimeter für Zentimeter dichter an den Abgrund heran, das Mädchen fest an mich gepresst. Es kostet mich unendliche Überwindung, mich über den Straßenrand zu beugen. Unten sehe ich die Brandung wie in Zeitlupe gegen die Felsen schlagen und spüre das ekelhafte Verlangen, mich hinabzustürzen. Nur nicht bewegen, befehle ich mir, keinen Millimeter mehr weiter, das Kind festhalten und langsam zurück!

Mir selbst gehorchend und gegen den Verlust meines Gleichgewichtes ankämpfend, gelingt mir das auch, gleichzeitig aber erkenne ich den Felsvorsprung wieder, der auf jenem Foto mit einem weißen Kleid geschmückt war. Der liegt ein Stück links unterhalb meiner Position und wäre mit einem Sprung von hier aus nicht zu erreichen.

Der Schrei ist grässlich und geht mir bis ins Mark. Ein Schrei, als würde jemand hinabfallen. Es ist der Schrei eines Mannes.

Der Mann steht auf Höhe meines Mietwagens unterhalb des Weges, der vom Berg auf die Straße führt. Er hat sich gegen einen hüfthohen Stein gelehnt, der die Straße vom Abgrund trennt, hält seine Arme ausgebreitet wie zum Flug und stößt noch immer, nun aber leiser, diesen Schrei aus. Es ist kein gellender Schrei mehr, kein erschreckendes Rufen, sondern eher ein Abgesang.

Johanna noch an mich gepresst, gehe ich langsam auf den Mann zu. Es ist derselbe, dem ich gerade begegnet bin. Langsam weicht er vor mir zurück, die Straße rückwärts überquerend, ohne sich nach Autos umzusehen. Ich komme näher und näher. Ich muss ihn befragen. Mein Instinkt sagt mir, dass der Bergmensch etwas mit der Sache zu tun haben könnte, die mich an diesen Ort geführt hat.

Als ich mich ihm auf zehn Meter genähert habe, hält der Fremde plötzlich inne, streckt die Hände nach vorn und bewegt sich pantomimisch, als würde er jemanden vor sich herschieben, über die Straße und wieder auf den Abgrund zu. Er wirft sich gegen den großen Stein, an dem er zuvor schon gelehnt hat, hebt etwas Imaginäres darüber hinweg und schreit auf wie vorhin.

Johanna stemmt ihre kleinen Fäuste gegen meine Brust und stimmt ein, so laut sie kann.

Als wir wieder im Wagen sitzen, ist der seltsame Mann verschwunden, diesmal endgültig, wie ich vermute. Es gelingt mir jedoch nur schwer, das Kind zu beruhigen. Kommt-ein-Mann-die-Treppe-rauf – meine Finger tappeln kitzelnd über Johannas Körper, und ihr Weinen lässt nach. Klopf-klopf-klopf – ich tippe an ihre Stirn, und sie verdreht neugierig die Augen. Klinge-lingeling – ich zupfe an ihrem Öhrchen, und sie lächelt. Guten-Tag-Frau-Nase, sage ich und stubse mit meiner Nase gegen ihre, und sie lacht.

Die Hand, die mich unsanft an der Schulter packt und aus dem Wagen zieht, gehört zu einem Unbekannten, der wiederum zu einer Gruppe von Männern, und alle zusammen offensichtlich zu den zwei Autos, die hinter meinem Corsa stehen. Es sind Autos der spanischen Polizei.

Ohne eine Silbe von dem zu verstehen, was mir in der Landessprache mitgeteilt wird, begreife ich, dass ich verhaftet bin. Das Klicken der Handschellen spricht eine Sprache, die nicht übersetzt zu werden braucht.

7

Dass man mich seit Stunden festhält, ist nicht so schlimm. Dass man immer noch keinen Dolmetscher aufgetrieben hat, mag seine Gründe haben. Dass ich Hunger verspüre, ist meine eigene Schuld, denn das Mittagessen habe ich ausfallen lassen, und Zeit zum Abendbrot ist es noch nicht. Alles kein Problem – aber wo ist Johanna?

Die Polizeiwache ist so riesengroß nicht, also würde ich sie weinen hören, wäre sie in der Nähe. Denn dass sie weint, ist mir klar. Nachdem sie gerade drei Tage Zeit hatte, sich an mich zu gewöhnen, ist sie nun ohne jede Bezugsperson. Bestenfalls schläft sie jetzt, denke ich und unternehme den vierten oder fünften Versuch, das aufzuklären.

Auf mein Klingeln hin kommt ein beleibter Schnauzbart an die Gittertür. »Que pasa, no le gusta?!«, fragt er barsch, und ich winke ab.

»Wo ist Johanna?«, will ich wissen. Ich zeige mit der flachen Hand, wie groß die Person ist, nach der ich mich erkundige. *Donde* heißt, glaube ich, *wo,* fällt mir ein. »Donde Johanna, verdammt noch mal, du weißt genau, wen ich meine!«

Unter dem Schnauzer deutet sich ein Lächeln an, der Dicke zuckt mit den Schultern. »No entiendo una palabra«, beteuert er und zeigt auf seine Armbanduhr.

Ich soll also weiter auf irgendetwas oder irgendwen warten, schlussfolgere ich und werde schon nach einer halben Stunde belohnt. Mit zwei Salami-Käse-Baguettes und einem kräftigen Espresso.

Fast genau vierundzwanzig Stunden, nachdem ich im Hotel angekommen bin, treffen die beiden Beamten aus Berlin hier ein. Sie haben offensichtlich die gleiche Maschine benutzt.

Oberkommissar Just begrüßt mich nicht sehr viel später mit Handschlag und bittet mich, ihm zu folgen. In einem etwas freundlicher eingerichteten Raum, in dem mir wieder Kaffee angeboten wird, entschuldigt sich der Polizist. »Sie werden Verständnis dafür haben, dass ich unsere spanischen Kollegen von Berlin aus darum gebeten habe, dafür zu sorgen, dass niemand verloren geht, der mit der Toten in einem Zusammenhang steht. Offensichtlich hat man es sich etwas einfach gemacht, was Sie betrifft.«

Der Mann hat Humor. »Mich mit zwei Einsatzwagen und einem halben Dutzend Leuten vom anderen Ende der Insel zu holen nenne ich einen höheren Aufwand betreiben, als einen Beamten vor mein Hotelzimmer zu stellen. Und auch das wäre nicht nötig gewesen, wenn man mich darum gebeten hätte, im Hotel zu warten. Aber passiert ist passiert. Ich möchte nun endlich wissen, wo Johanna ist, Herr Kommissar. Das ist jetzt wichtig, sonst nichts.«

Der Oberkommissar sieht über seine Degradierung großzügig hinweg, rümpft aber in dem Moment die Nase, in dem ich mir anmaße, Prioritäten zu setzen.

»Was wichtig ist, das überlassen Sie mal mir, Herr Adam, womit wir auch schon bei der Sache wären. Kurz und schmerzlos, wo waren Sie vorgestern Nachmittag?«

Bei dieser zweifelsfrei auf mein Alibi zielenden Frage bleibt mir der Mund offen stehen. Das kann doch nicht wahr sein. Wie kommt der Idiot dazu, mich in seine Verdächtigenliste aufzunehmen?

»Sehen Sie, das ist es nämlich, was wirklich wichtig ist. Für Sie jedenfalls.«

»Bevor Sie mir nicht sagen, wo Johanna jetzt ist, werde ich keine Ihrer albernen Fragen beantworten. Ich sorge mich nämlich um das Kind, wenn Sie das irgendwie begreifen. Seit vorgestern ist seine Mutter verschwunden, und momentan hat es nur mich, capito?«

»Man sagte mir, Sie sprechen kein Spanisch«, höhnt Just und denkt gar nicht daran, die Gesprächsführung aus der Hand zu geben. »Sind Sie mit dem Mädchen verwandt?«

»Nein.«

»Wo sind die Eltern? Liegt deren Einverständnis dafür vor, dass Sie es mit in den Urlaub nehmen?«

»Es reicht jetzt, Herr Just«, resigniere ich. »Ich frage mich ehrlich, in welchem Stadium sich Ihre Ermittlungen im Fall Susan Kellner befinden. Um den geht es doch, oder?«

Er nickt.

»Vermutlich stehen Sie bei null. Bevor Sie sich also sinnloserweise nach den Krankheiten meiner Großmutter oder nach meinen Schulnoten erkundigen, schlage ich Ihnen vor, Sie hören mir einfach mal zu. Wir könnten eine Menge Zeit sparen, okay?«

Er nickt wieder, schränkt aber ein: »Beginnen Sie bitte mit vorgestern Nachmittag, wo waren Sie da?«

»Da, wo Sie vermutlich auch waren – etliche tausend Kilometer von hier entfernt, in einem Örtchen, das sich Berlin nennt.«

»Das kann wer bezeugen?«

Es ist zum Wahnsinnigwerden. Von Angesicht zu Angesicht haben mich nur Susan und Johanna gesehen. Johanna kann noch nicht sprechen und Susan nicht mehr …

»Ich habe mit etlichen Leuten gesprochen«, sage ich selbstsicher. »Per Telefon allerdings. Und nicht nur ich habe angerufen, sondern ich bin auch angerufen worden, und zwar zu Hause in meiner Berliner Wohnung.«

Von Herrn Pizza-Börner aus Leipzig, setze ich in Gedanken hinzu. Die anderen habe ich ja doch selbst angerufen. Und das wäre auch von hier aus möglich gewesen.

»Aber Herr Adam – schon mal was von Anrufumleitung gehört? So ein Spielzeug ist in jedem besseren Anrufbeantworter drin. Gesehen hat Sie also vorgestern niemand?«

»Doch, die Verkäuferin, bei der ich die Babysachen gekauft habe, und die Kindernahrung habe ich aus der Kaufhalle, da müsste ich auch gesehen worden sein«, fällt mir noch ein.

Auf den schmalen Lippen des Oberkommissars zeigt sich ein dünnes Lächeln. »Sie sind aus dem Ostteil der Stadt? Wenn Sie Glück haben, kann die Verkäuferin sich an Sie erinnern, und wenn Sie sehr viel Glück haben, auch an das Datum. Aber sei's drum. Unterstellen wir mal, es stimmt. Was führt Sie dann hierher?«

Ich komme nicht mehr dazu, ihm zu antworten. Er wird von einem spanischen Kollegen, der an seiner Stelle bei mir bleibt, nach draußen gebeten.

Meine Bewacher wechseln sich zweimal ab. Der eine bietet mir wieder Kaffee an, der andere Zigaretten. Vergnatzt verzichte ich auf beides.

Erst nach etwa zwei Stunden kommt Oberkommissar Just zurück und tut, als wäre er nur mal pinkeln gewesen. »Wo waren wir stehen geblieben – ja richtig: Sie wollten mir erklären, was Sie auf die Insel geführt hat. Urlaubsgelüste waren es ja wohl nicht.«

Es hat keinen Sinn, sich aufzuregen, sage ich mir und bemühe mich um Sachlichkeit.

»Ich bin Privatdetektiv. Bevor ich Ihnen aber irgendeine weitere Frage beantworte, möchte ich von Ihnen wissen, wo sich das Kind befindet, das bei meiner Festnahme bei mir war.«

»Angenehm«, überhört Just meine Forderung, »ich bin zwar nicht privat, aber auch Detektiv. Dienstdetektiv sozusagen. Und für wen arbeiten Sie zur Zeit? Wen suchen Sie, wen beschnüffeln Sie, wer ist ihr Auftraggeber?«

Die Frechheit überhöre ich, und meinen Auftraggeber kann ich ihm gern nennen. »Das ist Johanna, verdammt! Sie hat nach ihrer Mama geweint, und ich habe die Suche aufgenommen, ohne dem einjährigen Kind zuvor mit Honorarforderungen zu kommen. Und wenn

Sie mir jetzt endlich sagen, wo sie ist, bin ich möglicherweise bereit, Ihnen die ganze Geschichte zu erzählen.«

»Erst die Geschichte«, sagt der Polizist, und ich füge mich. Ich berichte so ausführlich wie nötig und so knapp wie möglich. Weder muss er wissen, wann und wie ich Susan kennen gelernt habe, noch, was zwischen uns war. Kaminski lasse ich ebenfalls weg, und Börner erwähne ich kurz als Tippgeber für Gran Canaria. Von irgendwem musste ich ja schließlich erfahren haben, wo ich nach Susan zu suchen hatte.

Just unterbricht mich nicht und scheint mal nachdenklich, mal amüsiert.

»Haben Sie Ihr Flugticket noch?«

»Im Hotel bei meinen Sachen.«

»Und Sie sind sicher, dass Sie gestern und nicht vorgestern hier gelandet sind?«

»So sicher, wie ich mir bin, dass sich die Stewardessen und eine Mitreisende, deren Aufenthalt mir bekannt ist, an mich und an Johanna erinnern werden. Sagen Sie mir jetzt endlich, wo sich das Kind befindet? – Bitte.«

Just nickt und schweigt noch ein wenig, bevor er mir, die Wirkung voll auskostend, eine Antwort gibt, der ich entnehme, dass er meiner Geschichte keinen allzu hohen Wahrheitsgehalt beimisst.

»Bei seiner Mutter natürlich. Wo es hingehört. Im Übrigen hat Frau Kowalke keine Anzeige erstattet. Sie bleiben also, was die Mitnahme des Kindes betrifft, unbehelligt.«

»Was soll das heißen? Was heißt hier unbehelligt? Wer ist Frau Kowalke? Wer soll denn das sein? Wer hat sich denn da als Johannas Mutter ausgegeben?«

Just würdigt mich keiner Antwort mehr, belehrt mich stattdessen, dass er über jeden meiner Ortswechsel informiert werden möchte und ich in Berlin für ihn erreichbar zu sein habe. »Wir sind noch nicht fertig miteinander, Herr Adam.«

»Allzu viele Ortswechsel kommen da nicht in Betracht«, presse ich durch die Zähne. »Ich werde die nächste Maschine nach Hause nehmen und mich bei Ihren Vorgesetzten über Sie beschweren, Herr Just!«

»Tun Sie das. Nehmen Sie meine Karte, das vereinfacht die Suche nach meinen Vorgesetzten.«

Mit massiver Wut im Bauch wieder im Hotel angekommen, buche ich telefonisch den nächstmöglichen Flug nach Hause, und da ich gerade beim Telefonieren bin, soll es mir auf ein Ferngespräch nach Leipzig nicht ankommen. Diesem Herrn Börner würde ich gern noch ein paar Fragen stellen. Zumindest die eine: Wieso hat er mich auf die Fährte einer Frau Susi Kellner gesetzt, die nun plötzlich Kowalke heißt? Doch stopp – das kann ein Denkfehler sein. Ich zwinge mich zur Konzentration und komme auf folgende Varianten:

– Die im Hotel gemeldete Frau Kellner ist tot. Dann kann sie nicht Johannas Mutter sein, denn die lebt angeblich.

– Die im Hotel gemeldete Frau Kellner, meine Susan, ist unter falschem Namen abgestiegen, heißt in Wirklichkeit Kowalke und lebt. Dann ist eine andere Frau zwischen Puerto de Mogan und Puerto Rico auf die Klippen gestürzt.

– Die Frau, die behauptet, Johannas Mutter zu sein, ist eine Betrügerin, die sich der Polizei gegenüber als Kowalke ausgewiesen hat. Die Tote ist die mir bekannte Susan.

– Die mir bekannte Susan war Babysitter oder eine Betrügerin, die das Kind einer anderen in ihrer Wohnung hatte. Die andere ist die rechtmäßige Mutter und hat ihr Kind nun zurück. Für Susan bleibt wieder die Rolle der Toten …

Ich ahne, dass es noch ein halbes Dutzend weiterer Möglichkeiten gibt und passe. Schon jetzt gelingt es mir nicht mehr, mich an die vier zu erinnern, die ich aus dem Stand zusammenbekommen habe, und ich laufe Gefahr, mich im Kreis zu bewegen.

Jetzt ärgere ich mich doch, dass ich es abgelehnt habe, der spanischen Polizei bei der Identifizierung der Leiche zu helfen. Ich hätte es ja wenigstens versuchen können. Möglicherweise hätte ich mir als hilfreicher Mensch auch den Nachmittag im Knast erspart, sinniere ich und überlege, wie der Tag dann verlaufen wäre. Juan kommt mir in den Sinn, und ich gehe hinunter zur Rezeption.

»Juan hat frei«, sagt die attraktive Brünette, die ich spontan Juanita taufe. Sie spricht mindestens ebenso gut Deutsch wie ihr Kollege. Überall verstehe man Deutsch außer bei der Polizei, beschwere ich mich, und sie stimmt mir zu.

»Die Polizei hört nur zu, wenn sie was gefragt hat. Wenn du die Polizei was fragst, dann hat sie keine Zeit.«

Wir schwatzen ein wenig, und Juanita scheint es zu gefallen. Ich vermute, dass ihr Abwechslung ganz guttut, da das Hotel fast ausschließlich von Rentnern bewohnt wird.

Sie stimmt mir zu. »Keine Stimmung in dem Laden, aber eben auch kein Krach, kaum Ärger …«

»Apropos Ärger – haben Sie die junge Frau gesehen, die vorgestern hier Quartier bezogen hat, so eine dunkelbraun gelockte, besonders hübsche?«

»Die arme Susi?«

»Genau.«

»Die Susi kam vor vier oder fünf Tagen an und hatte herrlich blondes Haar, mein Herr. Naturblond. Da meinen wir wohl nicht die Gleiche.«

Mein Herz verdoppelt seine Schlagfrequenz bei diesen Worten. Wenn das stimmt … »Hatte sie ein weißes Kleid, wissen Sie das zufällig?«

Juanita schüttelt den Kopf. »Keine Ahnung. Sie hatte eigentlich jedes Mal etwas anderes an, wenn sie kam. Ich weiß auch, was Sie mich als Nächstes fragen werden. Ob sie die Tote von Puerto Rico ist. Weiß ich aber auch nicht. Ihr Verschwinden würde zeitlich dazu passen. Aber genauso gut kann sie in fünf Minuten oder in ein paar Tagen wieder hier aufkreuzen. So war das immer. Wenn Susi bei uns absteigt, muss sie ja nicht automatisch hier schlafen. Unser Hotel ist schließlich keine Absteige, wenn Sie wissen, was ich meine.«

»Was heißt – so war das immer? Wie oft war sie denn

hier schon zu Gast?«, frage ich, während mir bereits ein Licht aufgeht.

»Die Susi kam so alle acht bis zehn Wochen. Mal übers Weekend, mal etwas länger. Meistens wurde sie von einem Wagen abgeholt, aber es war kein Taxi. Manchmal hat sie auch hier übernachtet, oft allerdings nicht. Es hätte keinen Grund gegeben, die Polizei ins Haus zu holen. Aber die kam von selbst. Hat alle Hotels und Ferienanlagen abgeklappert. Die Tote soll keine Papiere bei sich gehabt haben, deshalb.« Mein Hoffnungsschimmer verblasst. Wenn die relativ oft hier logierende Susi Kellner, oder wer immer sich so nannte, von der Haarfarbe her nicht meine Susan war, aber möglicherweise jeden Moment wieder aufkreuzen kann, dann muss die Tote eine andere sein, und die ist möglicherweise blond.

»Ist Ihnen der Name Kowalke schon mal untergekommen?«

»Tut mir leid, damit kann ich Ihnen nicht dienen, Herr Adam.«

»Sie kennen meinen Namen?«

»Natürlich. Sie und Ihre süße kleine Tochter waren heute Thema Nummer eins bei uns. Wo ist sie eigentlich?«

»Wenn ich das wüsste«, murmele ich und sehe nicht gerade aus wie jemand, der sich freut, Thema Nummer eins zu sein. »Die Polizei meint, Johanna sei in mütterlicher Obhut, aber das ergibt für mich keinen Sinn. Ich gäbe sonst was dafür, herauszubekommen, wer sich da als Mutter ausgibt. Mit irgendeinem Stück Papier kann das jede Frau zwischen fünfzehn und fünfzig behaupten, und sie muss nicht einmal eine Deutsche sein, denn Johanna spricht noch keine Sprache.

Juanita schüttelt verständnislos den Kopf. »Ich kenn hier so einige Leute, und die kennen auch wieder welche, auch von der Guardia Civil – ich könnte mich ja mal umhören«, bietet sie mir an, und ihr Blick lässt Mitgefühl erkennen.

Ich spüre, dass sie es gut meint mit mir, und ich gebe zu, ich würde mich gern von ihr trösten lassen in diesem Moment. Susan, verzeih. Aber du warst nicht gerade besonders fair.

»Wenn ich Ihnen sonst noch behilflich sein kann – fragen Sie nach Kirsten, das bin ich.«

»Klingt ja so deutsch.«

»Aber ich bin Deutsche – hört man das nicht?«

8

Die Sekretärin des Chefs sagt nicht mehr als guten Morgen, aber ihr Daumen spricht Bände. Schräg nach hinten deutend, weist er mir unmissverständlich die Richtung. Damit ist nicht nur die Tür des Alten gemeint, sondern auch das Urteil vorweggenommen: Hinrichtung des Gladiatoren.

Dem gleichmäßigen Wippen der mir zugewandten schwarzen Rückenlehne des Chefsessels entnehme ich die gespannte Anwesenheit des Imperators. Etwa zehn Sekunden lässt er mich in Türnähe stehen, dann vollführt der Sessel eine exakte Drehung um 180 Grad, und Langes Bulldoggengesicht hat mich fixiert.

Ohne weitere Kunstpausen lässt er mich wissen, was er von mir hält. Er spricht so leise, dass ich Mühe habe, ihn zu verstehen, und das ist ein schlimmes Zeichen. Wenn Lange flüstert, ist er kurz vor dem Explodieren, und wenn er erst in die Luft geht, dann ist mit dem jeweils Schlimmsten zu rechnen. In Bezug auf meine Person wäre das wohl die Entlassung. Und wen der Big Boss rausschmeißt, den stellt aus der Branche so schnell keiner ein – behauptet er zumindest. Vielleicht eine Wachschutzfirma, aber keine Detektei. »Punkt eins bis vier: An welchen Fällen haben Sie am Dienstag, am Mittwoch, am Donnerstag und am Freitag gearbeitet? Punkt fünf: Wer zahlt die Stunden und die Spesen? Punkt sechs: Wie kommen Sie dazu, ohne Rücksprache im Ausland zu ermitteln? Punkt sieben: Was haben Sie im Fall Budgereit erreicht? Punkt neun: Wie stehen Sie eigentlich zu Ihren Kollegen Engler und Müller, die sich Tag und Nacht abstrampeln, um Ihre Arbeit mitzumachen, oder was oder wie?«

»Punkt zehn: Ich bitte rückwirkend um drei Tage Urlaub, es war ein familiäres Problem, und meine Reisekosten trage ich selbst«, versuche ich, seinen Zählfehler ignorierend, die Sache abzukürzen.

Lange gibt sich aber nicht zufrieden, was ich als gutes Zeichen werte. Er sinnt also nicht nur auf Strafe, die wäre nun zu verkünden, sondern ist neugierig wie ein altes Waschweib.

»Wenn Sie, wofür ich zur Not Verständnis aufbringen könnte, eine private Affäre zu klären hatten, dann frage ich mich doch, was die Vermisstenliste der Polizei damit zu tun hat und in welchen Kreisen Sie zur Zeit verkehren.«

Ich atme auf. »Gut, Herr Lange. Ich danke Ihnen, dass Sie mir Verständnis entgegenbringen wollen. Wenn Sie mir dann vielleicht noch einen Stuhl anbieten würden, wäre ich gern bereit, etwas mehr zu erzählen, als ihre Frage hergibt.«

Lange murmelt irgendetwas, das nach Erpressung klingt, erhebt sich und nimmt in der Besucherecke Platz. »Setz dich«, sagt er, nun nicht mehr flüsternd. Das Gewitter ist vorbeigezogen, denke ich und zucke augenblicklich zusammen.

»Kaffee!«, brüllt Lange in Richtung seines Vorzimmers

und verschafft sich auf diese Weise nun doch noch Befreiung.

Anders als Herrn Oberkommissar Just erzähle ich ihm die ganze Geschichte und lasse nichts unter den Tisch fallen. Im Gegensatz zu Just beherrscht Lange die Kunst des Zuhörens, ja, er genießt es geradezu, eine Geschichte erzählt zu bekommen. Bei der Erwähnung der Liebesnacht mit Susan brummt er beifällig wie ein alter Zirkusbär, der an die Honignester der freien Wildbahn erinnert wird, und als ich mein Versagen in Sachen Personalien und Wohnung vor ihm ausbreite, löst das bei ihm nur ein überlegen mitleidiges Grinsen aus. »Wie der erste Mensch, was Adam«, murmelt er dazwischen und hört sich die Story dann schweigend zu Ende an. Meine Sorge um Johanna aber will er nicht ganz teilen.

In solchen Dingen seien die Vorschriften sehr streng, meint er, da würde die Polizei schon wissen, was sie tut.

»Ich hab so den Verdacht, dass deine abgestürzte Sexbombe«, Lange sagt ›Sechsbombe‹, »auf die du reingefallen bist, überhaupt gar nicht die Mutter von der Kleinen war. Wer weiß, wer sich da als Mami ausgegeben hat. Aber ich kann mich ja mal umhören«, versucht er – ähnlich wie Juanita-Kirsten –, mich zu beruhigen, und schlürft seinen Kaffee aus. »Pankow, Maximilianstraße …«, hängt er meinen Worten nach.

Dort hatte ich Susan kennen gelernt, dort war auch die Bierbar, in der sich Kaminski, ihr Chef, mit mir getroffen hat. Und dort müsste eigentlich noch immer ihr

Fiat Uno stehen, wenn sie oder jemand anderes ihn nicht weggefahren hätte. Wenn ich wenigstens den Wagen hätte, wäre ich vielleicht etwas schlauer …

»Nein, zu der Adresse fällt mir nichts ein«, sagt Lange, »habe aber das Gefühl, dass der Fall noch nicht vom Tisch ist.«

Ich nicke und will mich erheben.

»Vom Tisch ist dagegen der Fall Budgereit«, wechselt mein Chef urplötzlich das Thema und den Ton, bleibt aber immerhin beim Du. »Und zwar ohne dich. Die Alte war hier und hat das Mandat zurückgenommen. Ihr Sohn war's, der hat den Plunder zum Sperrmüll gebracht.«

»So weit war ich auch, Chef. Ich wollte den Bericht am Dienstag schreiben und auch die Rechnung fertig machen lassen, aber es kam etwas dazwischen, wie Sie wissen …«

»Na, dann lass dir mal einfallen, was du jetzt auf deine Rechnung schreibst. Das Weib wird nicht ganz zu Unrecht darauf verweisen, dass sie den Fall mittlerweile ohne uns gelöst hat, oder siehst du das anders? Wir können froh sein, wenn sie uns acht Stunden Recherche plus Spesen und Kilometer glaubt und nicht noch ihren Vorschuss zurückhaben will.«

In Langes Schweinsaugen flackert der Zorn neu auf, und ich schweige betreten. Am besten Land gewinnen, denke ich mir und erhebe mich, artig das benutzte Geschirr mit mir nehmend.

»Urlaub abgelehnt«, ruft er mir nach. »Die drei Tage ziehe ich dir von Gehalt ab, mein Lieber!«

»War's schlimm?«, fragt mich Bärbel, die Sekretärin, und ich zeige ihr im Vorbeigehen die Faust.

»Hier geblieben!«, ruft sie und beginnt, mir eine Lektion in Arbeitsmoral und Kollegialität zu verpassen. Sie habe Order vom Alten, mich heute nicht ohne Auftrag aus dem Haus zu lassen.

»Musstest du ihm unbedingt stecken, dass ich dich neulich um einen Gefallen gebeten habe?«, beschwere ich mich, ohne auf ihre Belehrung einzugehen.

»Wegen des vermissten Kindes, das niemand vermisst hat – na sicher doch, denn immerhin hat der Chef dich sehr vermisst«, sagt sie leicht ironisch und leiert noch einen Satz hinterher, der wohl mütterlich klingen soll: »Wir haben uns alle ganz große Sorgen um dich gemacht.«

Ich sehe ihr in die Augen, und sie lächelt. Nein, sie ist schon in Ordnung, die Kleine. Sie konnte nicht anders. Irgendwie erinnert sie mich in diesem Moment an eine andere Frau, die mich kürzlich erst so ähnlich angesehen hat, und ich frage mich, wieso ich neuerdings so gut ankomme bei Frauen. Wahrscheinlich wecken meine Missgeschicke ihre mitleidigen Instinkte. Da wollen sie den kleinen Jungen dann beschützen oder so.

»Mach mir mal fix diese Nummer«, sage ich und schreibe ihr eine Zahlenreihe aus meinem Notizbuch auf einen Zettel.

Sie stutzt. »Zwei Nullen vorn sind aber teuer«, werde ich belehrt. »Wo soll's den hingehen, he?«

»Das geht den Alten nichts an. Außerdem will er mir die drei Tage vom Lohn abziehen, der Geizkragen. Da kann er wohl mal drei Minuten Gran Canaria spendieren.«

Bärbel reicht mir den Hörer und verzieht keine Miene. Ganz die Unbeteiligte, raschelt sie in ihren Papierchen und spitzt ihre Öhrchen. Na meinetwegen.

»Ich möchte bitte Señorita Kirsten sprechen, wenn sie da ist. Mein Name ist Adam, ich war Gast bei Ihnen bis Samstag.«

»Guten Tag, hier ist Juan, Augenblick bitte«, höre ich eine bekannte Stimme.

Nach kurzem Warten meldet sich Juanita, die in Wirklichkeit Kirsten heißt.

»Ich rufe aus Deutschland an«, begrüße ich sie und erinnere an ihr freundliches Versprechen, mir gegebenenfalls behilflich zu sein – jetzt hat sie die Chance dazu. »Unsere gemeinsame Bekannte, die Susi, sagen Sie bitte, ist die inzwischen wieder im Hotel gewesen? Ist sie nicht. Aha. Ist immer noch verschwunden. Ja, ob es wohl möglich wäre, ich hätte auch eher draufkommen können, ich meine, weil sie doch schon mehrmals bei Ihnen gewohnt hat«, stottere ich herum, »ob da wohl irgendwo ihre deutsche Adresse vermerkt ist?«

Es folgt ein Schweigen, dem ich nicht entnehmen kann, ob die Leitung oder Kirsten zusammengebrochen ist oder ob sie nur am Grübeln ist, wie sie mir am nettesten sagt, dass sie solche Auskünfte nicht geben darf. Vielleicht muss sie aber auch erst das Polizei-Tonband in Bewegung setzen für Herrn Just und seine Compañeros, oder sie ist angewiesen, mich so lange wie möglich an der Strippe zu halten, damit man meine

Nummer ermitteln kann. Aber dann müsste sie ja eigentlich mit mir flirten und nicht schweigen.

Plötzlich ist ein Räuspern zu vernehmen, dem der Name und die vollständige Anschrift der Susanne Kellner folgen – mit Postleitzahl.

»Musste erst den Computer anwerfen«, erklärt Kirsten und fragt, ob das schon alles sei.

Ich könnte sie küssen und sage ihr das auch, ungeachtet der immer noch emsig in ihren Papieren wühlenden Bärbel.

»Zu spät«, sagt Kirsten und wünscht mir viel Erfolg.

»Hier geblieben!«, wiederholt Bärbel, als ich mit der Adresse in der Hand aus dem Büro stürmen will, und reicht mir noch einmal den Hörer. »Die Arbeit ruft, mein Lieber. Da wird sich gleich der Müller melden«, kündigt sie während des Wählvorgangs an. »Der muss endlich abgelöst werden. Mach das selber mit ihm aus.«

Eine knappe Stunde später sitze ich im weißen Samara, rund hundert Meter von einem neu eröffneten Geschäft entfernt, das Funktelefone anbietet. Dreimal die Woche habe man dort Randale gemacht, die Scheiben eingeschmissen, Auslagen geklaut, Farbe versprüht, informiert mich Müller knapp. Die Vandalen seien zwar immer nur nachts gekommen, der Besitzer wünsche aber eine Observation rund um die Uhr, und wenn er die bezahle, dann bekomme er die leider auch.

Müller hat seit Mitternacht Wache geschoben und sieht ganz verfroren aus. Mein Angebot, mit meinem Civic nach Hause zu fahren, lehnt er verantwortungsbewusst ab. Er sei völlig übermüdet, außerdem komme er vom S-Bahnhof Prenzlauer Allee mit der Umweltkarte ganz gut heim. Meine mehrtägige Abwesenheit erwähnt er mit keinem Wort.

Gut, dass ich ihn und nicht Engler ablöse, denke ich. Der hätte sich gewiss nicht vornehm zurückgehalten, sondern versucht, mich fertigzumachen, bis ich vor ihm zu Kreuze gekrochen wäre. Dem Klaus werde ich vorläufig nichts von der Sache erzählen, nehme ich mir vor, dem nicht.

Einen von Müllers Äpfeln kauend, die der immer tütenweise im Wagen hat, stiere ich auf das bescheuerte Geschäft an der Ecke und kann mir beim besten Willen nicht vorstellen, dass da jetzt einer kommt und Kleinholz draus macht. Zwei Häuser weiter wird gerade eingerüstet, ein Lkw wird abgeladen, unzählige Herrchen führen ihre Hunde Gassi.

Wenn der Alte wieder besser auf mich zu sprechen ist, muss ich mal ein Wörtchen mit ihm reden, nehme ich mir vor. Ein Detektivbüro ist kein Wachschutz. Und so schlecht kann die Geschäftslage eigentlich nicht sein, dass wir gezwungen sind, derartige Aufträge anzunehmen. Der Herr Oberst scheint nicht mehr zu wissen, wie so was auf die Knochen geht.

Jetzt kommt sogar noch eine Bullenschaukel von vorn und parkt zwischen mir und der zu observierenden Bude. Der eine steigt aus und geht zum Bäcker, ein anderer faltet seine Zeitung auseinander.

»Na, dann passt mal schön auf, Jungs, dass nichts passiert«, sage ich, werfe den Motor an, und ab geht die

Post. Es gibt wahrlich Wichtigeres, als hier Maulaffen feilzuhalten. Das Kärtchen, das ich von Herrn Oberkommissar Just erhalten habe, weist mir den Weg Richtung Reinickendorf in die Flottenstraße.

Die Direktion 1 der Berliner Polizei hat ihren Sitz in einem Gebäudekomplex aus geklinkerter Vorzeit. Auf dem kopfsteinigem Straßenpflaster davor mögen schon die Droschkenkutscher um ihre Fahrzeuge gebangt haben, sage ich mir und lege die letzten Meter zu einem provisorischen Parkplatz im ersten Gang zurück. Der zweigeschossige Klinkerbau ist von einer ebenfalls roten Ziegelmauer umgeben, die nur an einer Stelle durchbrochen ist. Dort steht ein wiederum rotgeklinkertes Wachhäuschen und an der dazugehörigen Schranke ein stoppelbärtiger Angehöriger der Schutzpolizei. »Wohin?«, fragt er beiläufig.

Was mag den das angehen, denke ich mir. Ich will zum Chef des Herrn Just, und wenn das nicht reicht, zu dessen Chef. Ich will endlich wissen, wohin Johanna verschleppt wurde, wer sich als ihre Mutter ausgegeben hat und wo diese Person zu finden ist. Und wenn ich diese simplen Fragen nicht beantwortet bekomme, dann werde ich Anzeige gegen Unbekannt erstatten, nehme ich mir vor, und zwar wegen Kindesentführung. Dem dunkelgrau Uniformierten zeige ich aber lediglich Justens Karte.

»Zu diesem Herrn bitte, vielleicht rufen Sie mal an, dass er mich hier abholt«, sage ich entschlossen. Der Schupo deutet unbeeindruckt auf das Gebäude auf der anderen Seite der Toreinfahrt: »Kripo – dann gehen Sie man rüber, die Zimmernummer steht ja drauf.«

Herr Just sei nicht im Lande, werde ich von einem älteren Polizisten in Zivil informiert, der es unterlässt, sich mir vorzustellen. Ich könne mein Anliegen oder meine Aussage jedoch auch bei ihm loswerden, sagt er knapp.

Ich sage ihm ebenso unausführlich, worum es mir geht.

Er bittet mich, Platz zu nehmen, und wendet sich an einen anderen Kollegen, der in einer Zeitschrift versunken scheint. Dieser hört sich mein Anliegen nun aus dem Munde desjenigen an, der es von mir kennt, steht auf und verschwindet im Nebenzimmer, offenbar, um mein Begehren einem weiteren Mitarbeiter vorzutragen, der mit gewiss noch wichtigeren Aufgaben betraut ist als er selbst. Der ältere, der also, den ich selbst angesprochen habe, bittet mich überflüssigerweise um etwas Geduld.

Nach wenigen Minuten kommt der andere in Begleitung eines mir bisher unbekannten Dritten zurück, der seinem Habitus nach der Chef sein könnte. Er reicht mir die Hand und stellt sich als Hauptkommissar Henning vor.

»Sie möchten zu dem Kind, mit dem sie zusammen in Gran Canaria waren?«

»So ist es. Und ich möchte wissen, wer sich Ihrem Kollegen gegenüber als Mutter des Kindes ausgegeben hat. Ich möchte ganz sicher sein, dass Mutter und Kind Mutter und Kind sind und dass es beiden gut geht. Bisher nämlich habe ich Anlass, daran zu zweifeln.«

»Oberkommissar Just übergibt niemandem ein Kind, der nur mal eben behauptet, die Mutter zu sein, Herr Adam. Sie dürfen sicher sein, dass das überprüft worden ist.«

»Das genügt mir nicht. Ich bestehe auf einer Gegenüberstellung«, beharre ich auf meinem Anliegen.

»Niemand hindert Sie daran. Warum fahren Sie nicht einfach hin und stellen sich der Frau Kowalke gegenüber?«, fragt Henning mit ungekünstelter Naivität.

»Es wird Sie überraschen, aber ich kenne weder die Adresse der Frau, die mir ihr Kind anvertraut hat, noch die Adresse der Frau, der Sie das Kind anvertraut haben. Ich kann nur hoffen, dass es sich um ein und dieselbe Person handelt, aber ich kann nicht ruhig schlafen, bevor ich es nicht wirklich weiß.«

Henning scheint mir irgendwie zu glauben, hat aber offensichtlich noch ein paar Fragen, die er mir jetzt nicht stellen möchte, um nicht als Vorgesetzter dazustehen, der nicht bereits bestens über das informiert wurde, was seine Leute herausgefunden haben.

»Mhmm«, sagt er, »verstehe. Verstehe Sie durchaus, aber Sie müssen auch mich verstehen. Ich kann Ihnen hier nicht so einfach Adressen herausgeben. Sie sind Detektiv und ermitteln oder stellen wer weiß was damit an. Vielleicht fühlt sich die Frau durch Sie belästigt – das müsste erst einmal abgeklärt werden, denke ich.«

Ich zeige auch Verständnis, rühre mich aber nicht von der Stelle. »Dann klären Sie doch bitte ab«, sage ich und schaue den Hauptkommissar mit unschuldigen Augen an.

»Wir haben soeben versucht, Frau Kowalke telefonisch zu erreichen, aber sie meldet sich nicht«, lügt der mir frech ins Gesicht, aber ich kann es ihm nicht beweisen. »Ich schlage vor, Sie melden sich morgen oder besser übermorgen noch einmal bei uns, dann sehen wir weiter.«

Da ich nicht der Typ bin, der in uralten Polizeizentralen mit der Faust auf den Tisch schlägt, und da ich sehr genau ahne, wie wenig mir eine Dienstaufsichtsbeschwerde weiterhelfen würde, versuche ich es, wie zu DDR-Zeiten oft genug geübt, mit Untertänigkeit gegenüber der Staatsgewalt.

»Ich weiß, dass Sie wahnsinnig viel um die Ohren haben, steht ja jeden Tag in der Zeitung, aber bitte glauben Sie auch mir, dass ich sehr besorgt bin. Wenn Sie diese Frau Kowalke erreicht haben, dann wäre es furchtbar nett von Ihnen, wenn Sie mich gleich anrufen könnten, hier ist meine Karte. Sollte sich mein Anrufbeantworter melden, dann …«

»Aber selbstverständlich doch – gar keine Frage«, fällt mir Hauptmann Henning erleichtert ins Wort und reicht mir abermals die Hand.

Als ich die Tür hinter mir geschlossen habe und noch für einen Augenblick auf dem Gang verweile, um mich nach links oder rechts zu orientieren, höre ich, dass der Chef den anderen gegenüber recht laut wird, kann aber leider nicht verstehen, was er sagt. Auch für einen Privatdetektiv ziemt es sich nicht, das Ohr an die Bürotür der Kripo zu pressen.

Von der Flottenstraße ist es nicht allzu weit ins alte Pankow. Als wenn alle Fäden nach Pankow führen würden, geht es auch jetzt dorthin, aber nicht in die Maximilianstraße, sondern in die Trelleborger. Da soll nach Meinung von Juanita-Kirstens Hotelcomputer die Susanne Kellner wohnen oder, falls sie die Tote ist, gewohnt haben.

Das Haus ist leicht zu finden und macht einen soliden Eindruck. Nicht gerade frisch rekonstruiert, aber auch nicht so heruntergekommen wie manch andere in der Gegend hier. Ein Blick auf das moderne Klingelschild lässt mich aufatmen. Was Kirsten gesagt hat, trifft zu: L. Kellner, zweiter Stock.

Na dann, sage ich mir, vorwärts und der Wahrheit ein Stück näher. Hilft dir die Polizei nicht, dann hilf dir selbst. Führt kein gerader Weg zum Ziel, dann vielleicht ein Umweg. Beim Treppensteigen aber beginne ich zu zögern.

Wie, wenn mir eine Dame öffnet, die Susanne Kellner heißt? Was tun, wenn Johanna bei ihr ist? Wie reagieren, wenn ein Herr Kellner auf seine Gattin wartet? Ihm andeuten, dass das vergebliche Mühe sein könnte, und ihn nach Gran Canaria schicken, damit er einen Körper mit zerschmettertem Kopf identifizieren kann?

Ich atme tief durch und fasse mir, wie man so schön sagt, ein Herz. Nach dem zweiten Klingeln wird geöffnet.

»Kommen Sie rein«, sagt der Kerl um die dreißig. *Mann* oder *Herr* würde es nicht treffen. Nichts Männliches, nichts Seriöses geht von ihm aus. Eine heruntergekommene Gestalt im Bademantel, unrasiert und speckig. Er geht mir voraus und zieht eine Schnapsfahne hinter sich her.

Ich schließe die Tür und betrete die Wohnung. Die passt nicht zu ihm. Allenfalls etwas unaufgeräumt und verstaubt, macht sie doch einen ordentlichen, gut eingerichteten Eindruck. Geschmackvolle Gardinen, Glastische, ein Sideboard, Hi-Fi und TV relativ neu, ein paar Grafiken an den Wänden, ein großes Aquarium, nicht frei von Algen allerdings, aber beleuchtet und belüftet. Mein Blick bleibt an ihm hängen, und mein Gastgeber, der weder auf meine noch seine eigene Vorstellung Wert zu legen scheint, bemerkt meine Neugier. »Fehlt was, wie?«, stößt er aus sich heraus, und nun fällt es mir auf.

»Keine Fische drin.«

»Drei Punkte für den Kandidaten«, sagt mein Gastgeber. Obwohl er offensichtlich einiges intus hat, und das am Vormittag, lässt seine Sprechweise nicht auf Kontrollverlust schließen, ist allenfalls etwas schleppend. »Bin der einzige Überlebende hier.«

»Sie sind Herr Kellner, ja?«

»Na, wer denn sonst, du Schlauberger. Pardon. Sie sind wohl nicht von der Polizei?« Das erste Mal gibt er sich Mühe, mich anzusehen, kann sich aber offenbar keinen Reim auf mein Gesicht machen.

»Nein, ich bin nicht von der Polizei. Erwarten Sie denn jemanden von der Polizei?«

Kellner, der sich in den ledernen Fernsehsessel hat fallen lassen, sieht zu mir hoch, als hätte ich ihm eine Prüfungsfrage gestellt, von deren Beantwortung sein künftiges Schicksal abhinge.

»Neieiein«, würgt er gequält hervor und wird dann unversehens laut: »Die waren doch schon hier!«, ruft er mich an, sackt gleich darauf ebenso unerwartet in sich zusammen und verfällt in jämmerliches Schluchzen.

Was ich aus seinem Gestammel heraushören kann, genügt, um zu wissen, er ist informiert und gerade dabei, damit fertig zu werden.

»Meine Frau ist tot«, sagt er plötzlich irgendwie verwundert und sieht zu mir hoch. »Susanne lebt nicht mehr, verstehen Sie, es gibt sie nicht mehr.« Er schüttelt den Kopf. »Weg. Wie nie gelebt, Fliegenscheiße.«

Dann macht er eine sehr lange Pause, nickt und bestätigt sein Nicken mit dem endgültigen Satz, mit dem er alles Übel dieser Welt erklärt: »Und ich, ja, ich hier, ich allein bin Schuld daran, nur ich.« L. Kellner sackt in sich zusammen und sein Schluchzen geht in Wimmern über, das er für den Rest seiner Tage nicht mehr beenden zu wollen scheint.

Ich muss an den Schmerz denken, den ich empfand, als mir die Polizisten die Fotos der Toten gezeigt haben, und weiß nicht, ob ich stolz darauf sein soll, so gefasst geblieben zu sein, oder ob ich mich als gefühlskalt einzustufen habe. Bevor ich gehe, muss ich aber noch eines wissen. Haben wir, wenn auch mit unterschiedlicher Ausdruckskraft, um dieselbe Frau getrauert, oder hat nur einer von uns beiden Grund zum Heulen?

Ich laufe im Wohnzimmer auf und ab, ohne Herrn Kellners weiteres Interesse zu finden. Wahrscheinlich hätte ich den Fernseher unter den Arm nehmen oder das sinnloserweise mit Wasser gefüllte Aquarium vom

Tisch stoßen können, ohne ihn aus seinem Zustand zu reißen.

Ich gehe in die Küche und suche nach Kaffee. Der Hausherr hat mich hereingelassen und nicht hinausgebeten. Warum soll ich ihm nicht was Gutes tun? Außerdem ist mir selbst nach einer kleinen Aufputschtasse zumute.

Als ich ins Wohnzimmer zurückkomme, sitzt Kellner ausdruckslos in seinem Sessel, aber er heult nicht mehr.

»Wo sind die Fische?«, frage ich so nebenbei wie möglich.

»Verhungert.«

Gott sei Dank ist er in der Lage, Fragen zu beantworten, stelle ich fest. »Und wer hat sie verhungern lassen?«

»Und wer sind Sie?«

Na endlich. L. Kellner hat bemerkt, dass sich eine ihm unbekannte Person in seiner Wohnung befindet, und mit dieser Frage unter Beweis gestellt, dass er das Interesse an seiner Umgebung weder versoffen noch anderweitig ganz verloren hat.

Daran gilt es anzuknüpfen. »Mein Name ist Dirk Adam. Ich bin Privatdetektiv und versuche, ein paar Ungereimtheiten aufzuklären. Unter Umständen stoße ich dabei auf den Mörder Ihrer Frau – falls sie ermordet worden ist. Wenn Sie mir ein paar Fragen beantworten könnten …«

Der Mann im Sessel schüttelt seinen ungepflegten Kopf und sagt: »Ja. Kommen Sie morgen wieder, wenn Sie Lust haben. Ich werde nicht trinken. Aber heute, Entschuldigung, heute geht nichts mehr bei mir.«

Das nehme ich ihm ab und erhebe ich mich, bevor er wieder zu heulen anfängt. »Eine einzige Frage noch, Herr Kellner: Haben Sie Kinder, Sie und Ihre Frau?«

Kellner schüttelt wortlos den Kopf.

»Und welche Haarfarbe hat Ihre Frau – gehabt?«

Er antwortet wiederum nicht, sondern greift hinter sich, wo auf dem Sideboard ein Schuhkarton steht. Den zieht er sich auf den Schoß und greift beinahe wahllos hinein. Das Foto, das er mir gibt, zeigt eine sehr schöne Frau mit einem Sektglas in der Hand. Diese Frau ist auffallend blond und mir zu meiner großen Erleichterung völlig unbekannt.

9

Nach dem Besuch bei Herrn Kellner bin ich in das nächstbeste Postamt gegangen und habe das entsprechende Telefonverzeichnis nach Kowalke abgesucht. Der Name ist in Berlin zwar drei Dutzend Mal vertreten, aber eine Susan ist nicht dabei. Ich habe auf den Versuch verzichtet, der Reihe nach alle Kowalkes anzurufen, um sie nach Susan zu befragen, und bin stattdessen pflichtbewusst zurück zu meinem Beobachtungsposten gefahren.

Der Telefon-Shop ist inzwischen weder eingeäschert noch in die Luft gesprengt worden, und auch bis zu meiner Ablösung durch Klaus Engler hat niemand versucht, vandalistisch Hand an den Laden zu legen.

Engler ist unerwartet nett zu mir gewesen, aber ich vermute natürlich eine Falle dahinter. Er hat mich wohl aus der Reserve locken wollen, auf dass ich ihm leichtsinnigerweise eine neue Folge aus meiner privaten Pleiten-Pech-und-Pannen-Serie präsentiere, von der sein Riecher wohl Wind bekommen hat. Da kann er allerdings warten, bis er schwarz wird.

»Tolle Frauen aufgerissen?«, hat er augenzwinkernd angefragt, doch ich bin standhaft geblieben. Langes Liebling musste sich mit einem mageren »Kann schon sein« zufriedengeben, dann bin ich in meinen Civic umgestiegen und in meine Wohnung gefahren.

Wie er nur wieder auf Frauen kommt, frage ich mich, und überprüfe meine Vorräte im Kühlschrank. Für ein

Bauernfrühstück reicht es gerade so, und Bier habe ich von unterwegs mitgebracht.

Vermutlich hat er sich bei der Bärbel lieb Kind gemacht, der alte Gauner, und die hat ihre privaten Schlussfolgerungen aus meinem Telefonat gegen ein paar Komplimente des Schwerenöters getauscht. Na, soll sie nur. Mögen sie nur alle denken, was sie für richtig halten. Observieren, spekulieren, kombinieren – warum nicht auch unter Kollegen, das übt für die Praxis. Insbesondere für die Art von Jobs, mit denen wir momentan unsere Brötchen verdienen …

Das Telefon reißt mich aus meinen Gedanken, und da ich mit den Jahren die Fähigkeit entwickelt habe, bereits aus dem Klingelton Rückschlüsse auf die Wichtigkeit eines Anrufes zu ziehen, bin ich in diesem Moment einigermaßen elektrisiert, ja fast schon in Panik.

Mit kribbelnden Fingern greife ich zum Hörer und traue meinen Ohren kaum.

»Ich glaube, ich muss mich bei dir entschuldigen oder so ähnlich«, sagt eine Stimme, die so viel Zärtlichkeit ausstrahlt, wie ein Mann sie nur braucht.

Dem Mann wird von innen her heiß, und er merkt, dass er seit Tagen gefroren hat, ohne es zur Kenntnis genommen zu haben. Ich habe geahnt, dass sie lebt, die ganze Zeit habe ich es irgendwie geahnt – abgesehen vielleicht von den Stunden nach der Ankunft im Hotel, nach dem Besuch der Polizei und der Vorlage dieser Fotos.

»Hörst du mich, Dirk? Bist du bereit, mich anzuhören, ja?«

»Ich will nichts hören«, sage ich, um sie zumindest für einen Augenblick zu bestrafen. »Nichts anderes jedenfalls als deine verdammte Adresse. Und zwar sofort!«

Sie gibt sie mir, und ich sehe sie lächeln beim Sprechen. Dann atme ich tief durch und habe das Gefühl, reinen Sauerstoff zu tanken.

»Fahr vorsichtig«, flüstert sie noch.

Die Begrüßung fällt weniger stürmisch aus, als ich sie mir während der wilden, verwegenen Jagd durch die abendlichen Straßen ausgemalt habe. Nein, wir verschmelzen nicht schon an der Tür zu einem Glückskonzentrat, wir verurteilen uns nicht etwa zum Schweigen durch den Austausch von nicht enden wollenden Küssen, und wir reißen einander auch nicht die Kleider vom Leibe. Leider.

Mit »Pssst, Johanna schläft!«, werde ich an der Tür empfangen und ins Wohnzimmer bugsiert. Auf dem Tisch stehen eine Flasche Spätlese und zwei Gläser. Der Wein ist schon entkorkt, die Gastgeberin aber besetzt den Sessel, sodass ich mich einsam auf der Couch niederlassen muss. Distanz bleibt gewahrt, zumindest für den Augenblick. Der Tod ist zwischen uns getreten, analysiere ich die Situation, nun ist alles ein wenig anders als vor ein paar Tagen. Wir sehen uns wortlos an, und ich ahne, dass sie weiß, was ich denke.

Mit »Susi …« beginne ich schließlich das, was ich mir als Mischung aus Verhör und Vergebung gedacht hatte, und werde sofort unterbrochen.

»Sag erstens nie wieder Susi zu mir – ich hatte dich, glaube ich, schon beim ersten Mal darum gebeten. Sag zweitens, wenn du kannst, eine Weile gar nichts und höre mir zu. Ich möchte dir eine Geschichte erzählen.«

Geschichten mag ich, und so nicke ich.

Susan schenkt ein, nippt und leckt sich die Lippen.

»Es waren einmal vier Freunde«, beginnt sie. »Die hießen Susi und Susan, Holger und Marian. Marian und ich waren noch Lehrlinge, die beiden anderen haben schon gearbeitet. Susi als Sekretärin, Holger hauptamtlich irgendwas mit Kultur. Wir waren, auch wenn du das jetzt denkst, keine Pärchen, jedenfalls nicht im Leben. Höchstens mal ab und zu auf der Bühne. Sprechtheater und Volkstanz, Laienkünstler sozusagen. Unsere Kulturgruppe gehörte zum Kombinat und war ganz schön gut. Bei den letzten Arbeiterfestspielen in Frankfurt an der Oder sind jedenfalls allerhand Preise gepurzelt.«

»Wie alt warst du da?«, ignoriere ich mein Sprechverbot.

»Sechzehn oder siebzehn, kurz vor der Wende. Nach der Wende war es, wie du weißt, vorbei mit Partei und FDJ, und der Betrieb hatte natürlich kein Geld mehr für unser Gehopse, wie man sagte. Lieber den Kindergarten und das Ferienheim retten. Erst wurden wir gestrichen, danach das Ferienheim, dann der Kindergarten, und ein halbes Jahr später war der Betrieb selber am Ende, trotz Streichung, na ja.

Für Marian und für mich war es insofern blöd gewesen, als wir da gerade kurz vor dem Ende der Lehre gestanden haben. Schicksal, nicht zu ändern. Auf so was nimmt die Geschichte keine Rücksicht.«

»Die Geschichte, die du mir erzählst?«

»Nein, die große Geschichte. Unterbrich mich nicht ständig. Ja, wo war ich stehen geblieben? Wir haben dann alle mehr oder weniger rumgehangen und erst mal den Westen getestet. Kennst du ja alles. Wenn ich mehr oder weniger sage, dann meine ich mehr mich und weniger die Susi. Die war ja damals schon verheiratet und hat sich mit der Neugestaltung ihrer Wohnung die Zeit vertrieben. Ab und zu haben sich ein paar aus der Kulturgruppe ...«

»Eurer Sprechtanzgruppe?«

»Volkstanz und Sprechtheater heißt das, du Spinner, bring mich nicht durcheinander. Wir haben uns ein paar Mal noch getroffen, weil der Holger so Ideen hatte mit der Gründung einer freien Kulturwerkstatt aus öffentlichen Mitteln oder einer Wort und Tanz GmbH. Wurde natürlich nichts. Wer wollte kurz nach der Wende schon Geld für eine Art Kultur ausgeben, die er all die Jahre umsonst gekriegt hat.«

»Ich auch nicht.«

»Mir ging's finanziell ganz schön mies, weil es meinen Eltern auch mies ging damals. Die sind dann rüber nach Baden-Württemberg, wo mein alter Herr einen Job gefunden hat. Aber in den Monaten davor war es echt schlimm zu Hause. Da habe ich die Worte Wohn- und Arbeitslosengeld öfter gehört als Taschengeld, wenn du verstehst, was ich meine. Und als Holger mich eines Tages angehaun hat, ob ich mitmachen würde bei

’ner Art telefonischem Sprechtheater, da hab ich gesagt, warum nicht, kann man ja alles mal ausprobieren. Er hatte schon vorgearbeitet, ein Zimmer besorgt, mit Telefon, versteht sich, eine Anzeige geschaltet, wie er das nannte, tja, und dann ging’s los.«

»Was ging da los?«, frage ich, obwohl ich mir einigermaßen sicher bin, zu wissen, wovon sie spricht.

»Nun stell dich nicht so an. Hast du wirklich so wenig Fantasie, oder tust du nur so? Aha – der Herr grinst. Na also, alles menschlich, mein Lieber. Die Sache kam, wie gesagt, ganz schön schnell in Schwung. Erst waren wir zwei Mädchen. Tamara aus Westberlin, die hat das früher schon mal gemacht und den Holger wohl auf die Sache erst gebracht. Ich bin als zweite dazugekommen, aber der Markt war groß, und Holger wollte expandieren. Er hatte eine größere Wohnung in Aussicht und gegen ordentlich Schmiere auch einen zweiten Anschluss von einer Rentnerin nebenan. Das rechnete sich aber nur, wenn er noch zwei Mädchen dazunahm und auf Schichtbetrieb umstellte. Die eine hat er selbst aufgetrieben – rate mal, wo?«

»Ich darf nicht dazwischenreden.«

»Auf dem Arbeitsamt«, Susan kichert. »Da hat er sich ein paar Stunden umgesehen und sich eine ausgeguckt, und die hat er angequatscht. Das war Heike. Ich habe dann, weil er sich nicht getraut hat, mit Susanne geredet, und die hat mir mal eine Stunde bei der Arbeit zugesehen …«

»… zugehört.«

»Richtig. Und dann hat sie ganz spontan Ja gesagt.«

»Und was hat ihr Mann dazu gesagt?«

»Der Lutz? Das is'n ganz Lieber. Der Lutz hat ihr die Sache nicht vermasselt. Außerdem war er damals selbst arbeitslos. Die beiden konnten das Geld gut gebrauchen.«

»Du hast am Anfang was von vier Leuten gesagt.«

»Ach ja, der wunderschöne Marian. Der war damals ein wenig in mich verknallt. Wir wären das ideale Paar gewesen oder hätten es werden können, haben alle gesagt. Aber erstens hab ich ihn nicht so geliebt, wie man jemanden lieben muss, damit man keine Dummheiten mehr macht, und zweitens braucht eine gute Paarbildung auch ein solides Fundament, und das hat er nicht geschnallt, der Marian.«

»Du meinst, er konnte finanziell mit deiner neuen Karriere nicht mithalten.«

»Bitte nicht so ironisch, Herr Adam. Ein Job ist keine Karriere. Und Marian hat lieber lange geschlafen und auf den nächsten Tag vertraut, auf Gott oder eine neue Wende. Aber die Zeit der Wenden war vorbei, und nun galt das Gesetz der Wendigen. Seine Haut zu Markte tragen hieß es. Aber eben nicht für den schönen Marian. Der hat immer ein wenig zu lange geschlafen.«

»Was ist aus ihm geworden?«

»Weiß nicht. Nachdem ich ihm den Laufpass gegeben habe, ist er noch eine Weile um meine liebe Freundin Susi herumgeschwänzelt, aber die wusste auch, was sie von ihm zu halten hatte.«

»Und war schließlich verheiratet.«

»Na ja.«

»Verstehe. Dem schönen Marian kann keine Frau widerstehen.«

»Am Anfang vielleicht nicht. Aber wenn man ihn kennt, dann schon eher. Du sollst mich doch nicht dauernd unterbrechen, Dirk. Ich verlier schon den Faden.«

Ich schenke uns nach und frage, ob die Geschichte denn nicht bald an der Stelle angekommen ist, an der wir uns kennen gelernt haben.

»Noch lange nicht. Aber ich will mich kurz fassen, da ich offensichtlich beginne, dich zu langweilen.«

»Noch lange nicht.«

»Also gut. Es gab Ärger. Nicht von der Seite, von der er zu erwarten gewesen wäre. Polizei, Gewerbeaufsicht oder so was. Du musst wissen, das lief alles illegal. Nirgends war was angemeldet, die Einnahmen wurden netto für brutto sauber geteilt, nach Abzug der Unkosten, versteht sich, es ging uns einfach blendend. Zu gut, um auf die Dauer gut gehen zu können.«

»Von welcher Seite kam der Ärger?»

»Zunächst natürlich aus dem Telefon. Woher denn sonst? Drohungen aller Art. Wir sollten unsere Kabel freiwillig zerschneiden, sonst würde man uns die Zunge abschneiden und so weiter. Es gab auch geschmacklosere Versprechungen.«

»Klingt nach Konkurrenz.«

»Die Konkurrenz waren wir. Unser lieber Holger hat sich ohne Lizenz bei denen, die das Geschäft wirklich in der Hand haben, auf einen Markt gedrängelt, der mit der Vereinigung des Berliner Telefonnetzes kein reiner

Ostberliner Markt mehr war, sondern ein bereits gut aufgeteilter.«

»Gab es mehr als nur Drohungen?«

»Wahrscheinlich. Aber nicht mehr per Telefon. Irgendwie müssen die Herren aus Ost und West sich dann aber verständigt haben.«

»Das heißt?«

»Das heißt, dass wir verkauft worden sind«, sagt Susan bedächtig und lächelt dabei. »Nicht wie auf dem Sklavenmarkt, aber irgendwie doch. Ich habe es daran gemerkt, dass Holger nicht mehr mit uns Mädchen über diese Dinge gesprochen hat. Er hat sich verschlossen und nur noch über nichtgeschäftliche Sachen gequatscht, aber auch darüber nicht mehr so locker wie früher.

Nicht, dass er uns übers Ohr gehauen hätte, nein, das glaube ich nicht. Die Knete kam wie üblich rüber, aber er war eben anders. Nicht mehr der Kumpel, mit dem man zusammen was macht, und schon lange, lange, lange nicht mehr der Kulturfreund vom Volkstanz und Sprechtheater. Eines Tages hat er uns dann gesagt, dass künftig ein guter Bekannter von ihm den Laden führen würde, weil er selbst in Leipzig eine bessere Sache in Aussicht hätte. Mich wollte er nachholen, sobald alles in Sack und Tüten ist.«

»Wie heißt der Holger weiter?«

»Holger Börner, wirst du kaum kennen.«

»Da hätte ich sogar richtig geraten, ob du es glaubst oder nicht. Mit dem habe ich nämlich vorige Woche ein paar Mal telefoniert.«

Susan sieht mich ungläubig an, ohne jedoch an meinen Worten zu zweifeln.

»Pass auf, Dirk, ich erzähle jetzt meine Geschichte zu Ende, und dann bin ich neugierig auf deine, okay?«

»Okay, aber einmal darf ich noch raten. Der neue Chef und alte Freund hieß Marian, die Nummer vier aus eurer Bauchtanzgruppe.«

»Zweimal falsch. Erstens Volkstanz und Sprechtheater und zweitens Kaminski. Ein echter Wessi und Vollprofi in dem Geschäft. Der Lohn ging zwar runter, aber aus der illegalen Sache wurde was Solides. Wir sind noch einmal umgezogen, in eine größere Bude, also in die Maximilianstraße, haben seitdem noch einen Anschluss mehr als zuvor, und vor allem arbeite ich jetzt mit Steuernummer und bin versichert.«

»Gegen was denn«, frage ich blöd. »Falsche Geräusche, Leitungsausfall oder Absturz der Gefühle?«

»Ha, ha, ha. Schon mal was von Krankenversicherung und Altersvorsorge gehört, Herr Geheimdetektiv? Hat alles der Kaminski in die Hand genommen.«

»Pardon. Das hätte ich nicht gedacht.«

»Ich vorher auch nicht«, werde ich getröstet. »Aber so ist das eben. Was nicht verboten ist, dafür zahlt man Beiträge und Steuern.«

»Warum bist du am Dienstag früh einfach von hier verschwunden?«

Die Frage trifft Susan unvorbereitet.

Ich spüre, dass sie die Absicht hat, sich sehr langsam an diesen Punkt heranzutasten, und nehme ihre Umwege, nochmals nachschenkend, in Kauf.

»Es gibt ein eisernes Gesetz in unserem Job. Das heißt: Triff dich nie mit einem Kunden. Mag er betteln und versprechen, was das Zeug hält. Wenn du diesen Beruf ausüben willst, darfst du dich darauf um nichts in der Welt einlassen. Man kann die Illusion von Sex nicht mit Sex vermischen. Dann platzen entweder die Illusionen, oder du rutschst in die Tiefe. Susanne ist tot, also darf ich wohl darüber reden. Sie hat die Sache nicht nur gut, sondern auch ganz gern gemacht. Sie hat sich wohlgefühlt bei dem Gefühl, ein Gefühl zu verkaufen. Sie hat es gemocht. Die Grenze zu den Kunden, die mehr von ihr wollten als Sprechtheater, war immer dünner geworden. Eine Weile habe ich sie davor bewahrt, diese Grenze zu überschreiten, dann aber hat jemand, von dem ich das nie erwartet hätte, Susi dazu gebracht, sich ins Verderben zu stürzen.«

»Du meinst das jetzt bildlich, das *Stürzen?*«

Susan sieht mich erschrocken an, nickt dann aber heftig. »Ja natürlich. Ist mir jetzt gar nicht aufgefallen, diese Doppeldeutigkeit.« Sie muss sich sichtlich sammeln, bevor sie fortfährt. »Holger hatte gesagt, dass er uns nachholen will, wenn seine Gaststätte läuft.«

»Dich und Susanne Kellner.«

»Quatsch. Mich und Johanna. Hab ich dir nicht gesagt, dass Johanna seine Tochter ist?«

»Nein.« Jetzt muss ich schlucken. Erst den Speichel, der sich urplötzlich in meinem Rachen befindet, dann etwas Wein, um meine Überraschung zu überspielen. Warum schließlich nicht. Irgendwer muss ja der Vater sein, und besser, ein guter alter Bekannter ist es als ein Fremder aus der Disko.

»Er hat dieses Nachholen nur wieder und wieder hinausgeschoben. Und dann habe ich etwas mitbekommen, das allem die Krone aufsetzte. Er hat mit Susanne telefoniert, nicht nur einmal. Und nun frage ich dich, was der Mann, der mich angeblich liebt, der ein Kind mit mir hat, der mich nachholen will, der keine Alimente zahlen kann, weil er jede Mark braucht, um was Gemeinsames aufzubauen für uns, was dieser Mann wieder und wieder mit meiner Freundin zu quatschen hat?»

»Keine Ahnung. Aber du wirst es mir sicher gleich verraten.«

»Werde ich nicht, weil ich es nicht weiß. Aber du weißt jetzt, in welcher Verfassung ich mich vorige Woche befunden habe, als ich in dein Auto gestiegen bin.«

»Du hättest einen Detektiv gut brauchen können …«

»Zum Beispiel.«

»Und einen Mann, mit dem du dich rächen könntest für das, was Herr Börner dir angetan hat.«

»Kann schon sein.«

»Und eine vertrauenswürdige Person, die auf dein Kind aufpasst, während du – während du, ja, was denn nun, verdammt noch mal?»

»Heike wollte sich die zwei oder drei Tage um Johanna kümmern, aber sie hat einen Rückzieher gemacht.«

»Wann war das?«

»Nachdem du mich nach Hause gefahren hast, bin

ich rasch zum Reisebüro, um den Flug zu buchen. Als ich die Bestätigung hatte, dass es klappt, habe ich sie von dort aus angerufen, aber sie wollte oder konnte plötzlich nicht mehr.«

»Und da blieb in der Not nur ich …«

»So ungefähr. Ich bin am nächsten Morgen auf dem Weg zum Flughafen mit dem Taxi noch schnell rum zu Heike, aber sie war nicht da oder wollte nicht aufmachen, die Zicke. Da habe ich dann tief durchgeatmet und meiner Menschenkenntnis vertraut, also dir.«

Susan scheint am Ende ihrer Geschichte angelangt und schickt sich an, die Rollen zu tauschen. Doch bevor ich bereit bin, ihre Neugier zu befriedigen, würde ich gern noch einiges erklärt bekommen. Die nachgelieferte Vorgeschichte war ja nicht uninteressant, aber das Eigentliche fehlt mir noch.

»Hast du vermutet, dein Börner und deine Freundin hätten einen gemeinsamen Trip auf die Insel unternommen, um dort die Palmen zum Schwingen zu bringen?« Keine Antwort ist auch eine Antwort. Irgendwie muss ich wohl ins Schwarze getroffen haben oder zumindest nur ganz wenig daneben. »Wie bist du darauf gekommen?«, frage ich nach.

»Kaminski. Der sonst so abgekochte Sex-Wessi war wie ein kleiner Oberschüler in die Susanne verknallt, völlig unpervers und romantisch. Er wollte sie nur für sich haben, hätte sie sogar zur Geschäftsführerin gemacht. Susi aber wollte nichts mit ihm zu tun haben und sich nie und nimmer scheiden lassen. Ihr Mann war ihr sehr wichtig. Lutz war ihr Bindeglied in die vertraute Welt, zur guten alten Moral, er war ihr Halt und ihr Hafen, ihr letztes Stückchen DDR, hat sie mal gesagt.«

»Mhhh. Und wie bist du darauf gekommen, dass Susanne mit deinem Börner verreist ist?«

»Dass sie weg wollte, hat sie mir selbst gesagt. Sie hat mir sogar ihr Flugticket gezeigt. Angeblich aber wollte sie alleine fliegen und den netten Herrn, der die Rutschpartie bezahlt, erst auf der Insel treffen. Und angeblich wusste sie vorher nicht mal den Namen.«

»Vielleicht einer von euren Telefonkunden?«

»Unsinn. Dann hätte sie ihn gekannt und ich auch. Dann hätte sie auch nicht geschwindelt.«

»Vielleicht hat sie die Wahrheit gesagt.«

»Vielleicht. Für mich sah es aber anders aus. Kaminski hat mitbekommen, dass sie mehrmals, auch kurz vor ihrem Abflug noch, mit Holger Börner telefoniert hat.

»Wie denn das?«

»Er konnte mithören, von seinem Zimmer aus, aber das weiß ich erst jetzt. Da er mich in seiner Eifersucht als natürliche Verbündete angesehen hat, zog er mich in sein Vertrauen.«

»Leuchtet mir ein.« Ich nicke, und mir wird einiges klar. »Er hat das Gefühl gehabt, da spannt ihm jemand nicht nur die Arbeitskraft, sondern gleichzeitig die Geliebte aus …«

»Obwohl die Susi ihn abgelehnt hat?«

»Na, dann doch erst recht. Dann muss er ja gemeint haben, den wahren Grund dafür zu kennen, dass sie ihn nicht erhört. Nicht die Ehe, sondern der Nebenbuhler ist es, wird er gedacht haben. Also hat er dich ein wenig aufgehetzt, damit du Hals über Kopf hinterher jagst und die Liaison zerschlägst. Wer, wenn nicht du. Und als ich bei ihm aufgekreuzt bin, da war er vermutlich schon unruhig, weil er auch von dir keine Nachricht erhalten hat.«

»Ich hab nicht im Traum daran gedacht, ihn anzurufen.«

»Und da ist deinem Herrn Chef eine Idee gekommen. Dich hat er ohne sichtbares Ergebnis deiner Freundin nach Gran Canaria hinterhergeschickt, und mich hat er durch eine irreführende Auskunft auf Herrn Börners Spur gesetzt.«

»Wie meinst du das?«

»Ganz einfach. Da ich deinen Nachnamen nicht gekannt und der Einfachheit halber nach Susi gefragt habe – woher sollte ich wissen, dass es außer dir noch eine Susanne in eurem Laden gibt, Pardon, gab – hat er mich der Einfachheit halber eben mal nach der Susi suchen lassen, für die er sich interessiert. Ich frage mich nur, warum er nicht selbst in Leipzig angerufen hat.«

Susan lächelt. »Das wiederum kann ich dir erklären. Seit der Übernahme unseres Büros haben Börner und Kaminski kein Wort mehr miteinander gewechselt. Die sind nicht gerade als Freunde geschieden. Außerdem war Kaminski sicher, dass sein Intimfeind verreist ist, warum sollte er da versuchen, ihn anzurufen?«

»Mir aber hat er den Tipp und die Nummer gegeben«, überlege ich laut und komme selbst auf eine mögliche Erklärung: »Hätte er mir erzählt, mit wem und wo sich die Susi seiner Meinung nach aufhält, dann hätte er mir wahrscheinlich noch einige Fragen mehr beantworten müssen. Ich hätte mich jedenfalls kaum so leicht abspeisen lassen. Da er gespürt haben muss, dass ich Susanne oder Susan aus einem recht wichtigen Grund gesucht habe, konnte er hoffen, dass ich über den Namen Börner und dessen Telefonnummer die Fährte aufnehme. Und das ist ja dann auch so gewesen.«

Susan schüttelt den Kopf, aber nicht, weil sie anderer Meinung ist. Sie tut es bewundernd und sieht mir dabei forschend in die Augen.

»Und alles mit Johanna auf dem Arm. Ich kann mir kaum vorstellen, wie das abgelaufen ist, Dirk. Das grenzt an Zauberei. Ich jedenfalls hatte fest damit gerechnet, dass du es die zwei, drei Tage in meiner Wohnung aushalten würdest.«

Mit dir gemeinsam noch viel länger, ist die Antwort, die mir auf der Zunge liegt, aber es ist nicht der rechte Augenblick für Liebeserklärungen, und ich erwidere: »Vorrat hast du mir jedenfalls für eine ganze Woche hingestellt.«

»Sicherheitshalber, ja – aber nicht dir, sondern, wie gesagt, der Heike. Als die unzuverlässige Person mich hat hängen lassen, war ich irgendwie sogar froh gewesen, dass nicht sie, sondern du bei Johanna warst. Auf dich würde mehr Verlass sein, habe ich mir eingeredet. Warum bist du mir bloß nachgereist, Dirk?«

»Wäre ich bestimmt nicht, wenn ich in einer Verkettung saublöder Zufälle nicht deine Wohnung aus den Augen verloren hätte. Obendrein kannte ich ja nicht einmal deinen vollständigen Namen. Und Johanna konnte mir auch nicht weiterhelfen. Aber stopp, das ist schon meine Geschichte. Du bist mit deiner ja noch nicht ganz am Ende.«

Susan macht zwei große Kulleraugen und sieht mich fragend an. »Eigentlich schon.«

»Wie bitte?«, gebe ich meiner Verwunderung unangemessen zurückhaltend Ausdruck. »Du warst also nur kurz mal so weg, und nun bist du eben wieder hier. Ich dagegen denke, seitdem ich nicht mehr denken muss, du seist tot, dass auf Gran Canaria deine Freundin ums Leben gekommen ist. Und darüber weiß ich fast überhaupt noch nichts.«

»Ich auch nicht«, erfahre ich knapp. »Ich war auch umsonst da. Ich wurde auch nur verhört und nach Hause geschickt. Tut mir leid. Mehr weiß ich wirklich nicht.«

Nun bin ich wahrlich manchmal ein wenig naiv und gehe, bis sich ein anderer Eindruck verstärkt, prinzipiell zuerst davon aus, dass mir die Leute die Wahrheit erzählen. In diesem Fall aber muss sich nicht erst ein anderer Eindruck verstärken – diesmal bin ich bereit, mehr als nur meine letzte Socke darauf zu verwetten, dass ich angelogen werde. Susan war mit Eifersucht geladen gewesen wie die Starterbatterie ihres Flugzeuges, als die Reise begann. Am Ziel dann soll sich nichts Erwähnenswertes ereignet haben, rein gar nichts? Das mochte sie ihrer Großmutter weismachen.

»Warst du nicht in dem Hotel, in dem Susanne abgestiegen ist?«

»Nicht sofort. Ich habe mir erst einen Mietwagen besorgt und mich dann in Las Palmas verfahren. Als ich nicht mehr ein noch aus wusste, habe ich den Wagen in einer total verstopften Straße abgestellt und mir von einem Polizisten den Weg zum Hotel *Los Palmitos* zeigen lassen. Ich bin dort zum Abendbrot aufgekreuzt, aber Susi war nicht da, und ein Zimmer war nicht mehr frei. Also habe ich an der Bar gewartet, etwas gegessen und bin gegen 20 Uhr zu Fuß zurück zum Wagen.«

Susan erzählt mir das, als gäbe sie den Inhalt eines langweiligen Filmes wieder, den sie sich – ebenfalls aus Langeweile – angesehen hat.

»Noch Fragen?«

»Wo hast du die Nacht verbracht?«

»Ist doch unwichtig. Susanne ist am Nachmittag gestorben, also brauche ich kein Alibi für die Nacht.«

»Ich frage nicht nach deinem Alibi. Ich möchte mir ein Bild von deiner Reise machen, wegen der ich immerhin einige Unannehmlichkeiten hatte, wenn ich dich daran erinnern darf. Verstehst du das nicht?«

»Meinetwegen«, sagt Susan, noch immer sichtlich gelangweilt. »Ich habe mich also wieder zum Wagen begeben. Der Stau hatte sich aufgelöst, und ich bin, ohne ein einziges Mal die Richtung zu wechseln, geradeaus gefahren. Nach einer Viertelstunde war ich aus der Stadt. Auf einem Parkplatz in Strandnähe habe ich das Licht ausgemacht, mich in eine Decke gerollt, geheult und irgendwann geschlafen. Aber nicht für lange. Es wurde hundekalt in der Kiste, und ich hatte keine Lust, mir eine Grippe einzufangen. Um mir aber doch noch ein Zimmer zu suchen, dafür war es zu spät, außerdem war ich zu geizig.«

Susans Stimme klingt nicht mehr gelangweilt, eher ärgerlich. Ich stelle sie mir einsam und vor Kälte zitternd in dem Mietwagen vor und verspüre den Wunsch, sie nachträglich noch zu beschützen und zu wärmen.

Die Erinnerung hat Susan eingeholt, und sie scheint vor sich zu sehen, wovon sie erzählt. »Erst habe ich nur den Motor angelassen, um die Kiste warm zu bekommen, dann bin ich zurückgefahren, woher ich gekommen war. Die Uferstraße langsam durch Las Palmas wieder bis zum Flughafen. Im Wartesaal habe ich auf den Morgen gewartet, zweimal gefrühstückt, und dann bin ich noch einmal in die Stadt gefahren. Ich wollte vor dem Hotel auf Susanne warten, denn irgendwann musste sie ja mal herein- oder herauskommen, aber das hatte sich gegen Mittag erledigt. Die Guardia Civil kam ins Hotel, und ich habe sofort geahnt, dass es um Susanne gehen würde. Also bin ich rein und habe mich, mittlerweile zum dritten Mal, nach ihr erkundigt. Die Polizisten wurden auf mich aufmerksam und baten mich, sie zu begleiten. Von dem Moment an brauchte ich mir um Unterkunft und Verpflegung keine Gedanken mehr zu machen. Fast achtundvierzig Stunden nicht.«

Susan sieht verbittert aus, und ich spüre, dass sie Trost braucht. Sie nimmt meinen mitleidvollen Blick auf und wechselt aus ihrem schützenden Sessel herüber zu mir auf die Couch.

»Nun zufrieden?«, fragt sie.

»Noch nicht so ganz«, hauche ich zurück.

10

Der Dienstagmorgen dieser Woche gleicht beinahe dem Mittwochmorgen der vorigen. Der wesentliche Unterschied besteht darin, dass ich beim Erwachen nicht einen einsamen Kranich auf der Bettwäsche erblicke, sondern den Kopf eines wunderschönen Mädchens. Susans dunkle Locken überziehen das Kopfkissen wie die Wellen eines Schokoladensees, in dessen Mitte das ebenmäßige Oval ihres Gesichtes eine Insel ist. Sie lächelt im Schlaf, und ich hauche einen Kuss auf dieses Lächeln.

»So lieb hat mich lange niemand geweckt«, flüstert Susan, und mir ist plötzlich so, als hätte sie schon ein Weile darauf gewartet, dies sagen zu können. Ihre braunen Augen sind nicht verschlafen, sondern hellwach, groß und ein wenig unheimlich.

Dass so viel Faszination allein von zwei Augen ausgehen kann, staune ich, und klopfe auf den Busch: »Ich weiß, dass du vor mir wach warst, aber du bist trotzdem wunderschön«, versuche ich sie zu irritieren, aber es gelingt mir nicht.

Susan lässt sich Zeit beim Ankleiden, und ich frage mich, wozu sie es überhaupt tut.

Wir flüstern beim Frühstück, um Johanna nicht aus dem Schlaf zu reißen, es nützt uns nicht viel. Sie meldet sich schon allzu bald, und Susan holt sie aus dem Bett.

»Aage!« Ein Fingerchen zeigt in meine Richtung, von einem Lächeln begleitet.

Na klar, ich bin ja immer hier, wer sonst. Kein Grund zum Staunen, kleine Urlaubsbegleitung.

»Sie hat dich wiedererkannt«, klärt Susan mich auf, und ich fühle mich fast ein wenig beleidigt.

»Na hör mal«, wende ich ein. »Wer wie wir durch dick und dünn gegangen ist – das hält fürs Leben.«

»In siebzehn Jahren kannst du sie heiraten«, sagt Susan spitz. »Meinen Segen hast du.«

Dann läutet das Telefon. Susan greift zum Hörer und sagt in viel zu freundlichem Ton, da sei wohl falsch verbunden worden.

Ich hasse Telefone, denke ich verärgert und kämpfe gegen eine völlig deplatzierte Eifersucht an. Gleichzeitig fällt mir ein, dass an dem ersten Morgen, an dem ich in dieser Wohnung mit Johanna allein war, auch das Telefon geklingelt hat, ungefähr zur selben Zeit, wenn ich nicht irre.

»Wer hat sich denn da schon wieder verwählt«, frage ich hinterlistig.

»Keine Ahnung, ein Mann.«

»Vorigen Mittwoch früh hat auch ein Mann angerufen, und der hat sich nicht verwählt. Er hat gedacht, eine Susi hätte abgenommen.«

»Wie sah der denn aus?«, revanchiert Susan sich mit einer noch blöderen Frage.

»Pfeifender Atem und primitive Anspielungen. Er meinte, dich mit ›Süßilein, Susilein‹ anreden zu dürfen.«

Susans Miene verdunkelt sich augenblicklich. Ich spüre, wie sie nach Worten sucht und mit sich ringt.

»Dirk, ein für allemal: Das war mein Job. Versuch bitte nicht, ihn im Nachhinein mit meinem Privatleben zu vermischen.«

»Hast du *war* gesagt?«

»Ja. Und wenn ich *war* sage, dann meine ich das auch. Ich mach das nicht mehr, egal, wovon ich in Zukunft lebe, aber Telefonsex ist aus. Das bin ich Susi schuldig.« Sie macht eine kleine Pause und sieht mich dann sehr direkt an. »Wenn dir was an mir liegt, dann akzeptiere bitte, was gewesen ist.«

Das sind starke Worte, finde ich. Da muss ich nicht minder starke dagegen setzen. »Okay, Baby. Erstens: Wenn ich das nicht akzeptiert hätte, wäre ich gestern Abend wieder nach Hause gefahren. Und zweitens: Wenn dir was an mir liegt, dann bleib bei der Wahrheit und hilf mir, ein paar Dinge zu verstehen. Zum Beispiel kapiere ich nicht, wieso ein Kerl, den du im Rahmen deines Jobs betreut hast, bei dir in der Wohnung anruft. Dem Dialekt nach ein Rheinländer übrigens.«

»Hotte«, flüstert Susan, nimmt ihre Tochter und flieht mit ihr in deren Zimmer.

Nach fünf Minuten kommen sie zurück. Johanna hat eine rote Strumpfhose, einen roten Pullover und ein kleines schwarzes Röckchen an. Ihre winzigen Schuhe sehen aus wie zwei kleine Katzen, die mich aus vier grünen Augen anstarren.

Susan spürt mein Schweigen, und ich spüre, dass es sie stört. »Hotte heißt natürlich Horst, und er leitet eine Meldestelle oder so was Ähnliches. Er ist zweimal geschieden, fährt selbstverständlich Benz und ist im Grunde eine arme Sau.«

»Wieso?«

»Ich weiß nicht, ob es dir was bringt, wenn ich's erkläre«, sagt Susan, und ich merke, wie sie sich sperrt.

»Er weiß es, du weißt es, warum soll ich es nicht auch wissen?«

»Hast du eine Ahnung, was du dir so alles wünschst?«, fragt Susan zurück und betont jedes Wort ihrer Frage. Das Kind setzt sie auf den Boden.

»Ich weiß nicht, wie du das meinst – keine Ahnung.«

»Dann trennen dich wahrscheinlich Welten von deinen Brüdern.«

»Bin Einzelkind.«

Susan lacht böse. »Das sind die Schlimmsten, glaube mir. Von deinen Geschlechtsgenossen, meine ich. Oder denkst du, die sind beim zwanzigsten Anruf noch mit der Beschreibung von Reizwäsche zufrieden und mit ein paar Stöhnern?«

»Zwanzigster Anruf?!«

»Na, was glaubst du denn? Die meisten sind Stammkunden, manche stecken jede Mark, die sie übrig haben, in den Versuch, aus dem Sexersatz einen Beziehungsersatz zu machen. Die Kunst besteht darin, sie bei der Stange zu halten, ohne dass sie wirklich näher kommen. Dann rollt der Rubel.«

»Pfui, wie gemein.«

»Ach ja? Findest du, ja? Ich kann dir ja mal sagen, was pfui und was gemein ist, du Oberlehrer.«

Susan ist drauf und dran, ihre Beherrschung zu verlieren, aber das schreckt mich nicht. Wenn schon, denn schon, sage ich mir. Es hat keinen Sinn, wenn sie es für sich behält. Einer trage des anderen Last. Ich hör mir das jetzt an.

»Nur den Rheinländer bitte.«

»Bitte gern. Kein Problem. Wir haben auf Arbeit an der Fensterbank ein Blumenkännchen. Weißt du, wofür? Richtig, zum Blumengießen. Aber darunter steht ein nie ganz leerer Wassereimer, und weißt du auch, wozu wir den brauchen?«

»Wahrscheinlich, um das Blumenkännchen nachzufüllen.«

»Richtig, mein Herr, aber nicht nur. Hin und wieder wird auch die Gegenrichtung gewünscht.«

»Ich kann dir nicht folgen.«

»Aber gleich, mein Bester, aber gleich. So arm kann deine Fantasie doch nicht sein. Stell dir das Geräusch vor, das am Telefon entsteht, wenn ich das Blumenkännchen in den Eimer entleere und den Hörer daneben halte. Begriffen? Was meinst du, wie oft das verlangt wird, und nicht nur von Hotte.«

»Und darauf fallen die rein?«

»Aber ja. Die denken doch, ich liege einsam zu Hause in meiner Wohnung und bringe mich auf Touren wie ich sie. Ein bisschen zieren gehört natürlich dazu. Das bringt Geld. Da will man erst mal nicht, da kann man erst mal nicht, muss man erst noch was trinken, muss erst mal sehen, ob die Strippe reicht und so weiter. Hotte aber war misstrauisch.«

»Inwiefern?«

»Als das Blumenkännchen leer war, wollte er die Spülung hören. Das ging natürlich beim besten Willen nicht. Du hättest den mal hören sollen, wie der mich beschimpft hat. Kann man gar nicht wiedergeben. Ich hätte ihn um sein zweitschönstes Erlebnis betrogen, und er würde mich erwürgen, wenn er könnte, das wäre dann seine allerschönste Wonne und so.«

»Und das lässt du dir bieten?«

Susan belächelt mich wie einen armen Irren. »Soll ich ihn verklagen, oder was? Ich hab dann natürlich aufgelegt, aber er hat bald wieder angerufen, was blieb ihm anderes übrig? Er hat gesagt, er würde mir unter einer Bedingung verzeihen.«

»Dass du dich mit ihm triffst oder ihm deine Privatnummer gibst.«

»Nein, das ist normal. Das will ja jeden Tag ein Dutzend.«

»Was dann?«

»Johanna, nicht in die Küche, komm her, mein Schatz. Ich geb dir eine Schrippe, komm her. Der Onkel will das wirklich wissen, der dumme Onkel, der ist ja noch dümmer als du – Dirk, lass uns das jetzt beenden, bitte.«

Ich schüttele entschieden den Kopf. »Nein. Unter welcher Bedingung wollte der Rheinländer dir verzeihen, dass du ihm mit dem Blumenkännchen ein X für ein U vorgemacht hast?«

»Ich sollte ihm per Post einen Slip von mir nach Hause schicken, einen frisch getragenen selbstverständlich.«

Mein Lebtag wäre ich nicht darauf gekommen, gebe

ich zu und frage, ob sie jemals mit dem Gedanken gespielt hat, dem Rheinländer diesen Wunsch zu erfüllen.

»Susanne hat's für mich erledigt. Der Kaminski hat ihr gesagt, wie es geht, per Postfach und so, und Hotte war glücklich. Beim ersten Mal hat er sich zwar wieder beschwert, das Ding sei nicht getragen genug, man müsse das auch sehen können, aber dann war er zufrieden. Eine Weile zumindest.« Susan ist sichtbar erleichtert, als ich keine weiteren Details mehr zu hören wünsche.

»Wer hat Susanne umgebracht?«, wechsele ich das Thema wie den Belag meines Brötchens. Nach Lachs nun Heidelbeeren.

»Wer, wenn nicht Börner, habe ich bis gestern gedacht«, sagt sie verbittert. »Nach dem, was du mir erzählt hast, kann er es aber nicht gewesen sein, weil er zur Tatzeit mit dir telefoniert hat. Da hast du ihn unter seiner Leipziger Nummer erwischt.«

»Ein besonders pfiffiger Kommissar hat mir was von Anrufumleitung erzählen wollen«, erinnere ich mich. »Aber das wäre unmöglich. Ich hatte erst die Pizzaria dran, und die hat mich dann augenblicklich mit Börners Büro verbunden und nicht nach Gran Canaria.«

»Wenn Börner nicht Susis Begleiter in Gran Canaria war, dann eben jemand anders. Am ehesten wohl noch der, mit dem sie dort verabredet war. Aber warum der sie umgebracht haben soll, das weiß ich natürlich auch nicht.«

Ich erzähle, was ich von Juanita, die in Wahrheit Kirsten heißt, erfahren habe und dass Börner mir gesagt hat, er selbst habe den Termin für Susi gemacht. »Das heißt für mich erstens, dass deine Freundin so etwas wie eine Edelnutte geworden ist, die hin und wieder ein Date in Gran Canaria hatte, um sich dort vom *Palmitos*-Hotel aus in seidene Betten entführen zu lassen. Und zweitens heißt das, dass Herr Börner, der offensichtlich der Vermittler war, nicht nur Pizzas verkauft, sondern auch lebende Ware vermietet.«

»Was sie gemacht hat, nennt sich Seriös-Begleitung.«

»Pardon«, ich verbeuge mich, »ich wollte niemandem zu nahe treten. Obgleich ich nicht viel Seriöses an dieser Art Geschäft erkenne. Dein Börner lässt die Puppen tanzen, das kannst du mir glauben. Und dich hat er bis jetzt nur rausgehalten aus dem Geschäft, weil er dich für seine Braut hält – hältst du dich selbst eigentlich auch dafür?«

»Ein Kind ist heutzutage kein zwingender Grund mehr«, weicht Susan mir aus. »Aber ich werde ihn fragen, an wen er Susanne vermittelt hat.«

»Siehst du ihn denn? Oder rufst du ihn an?«, frage ich wie nebenbei.

Susan zuckt mit den Schultern. »Wie es sich ergibt. Er hat Johanna lange nicht gesehen.«

»Wenn du mich fragst«, rate ich ihr unaufgefordert, »dann höre nicht nur mit dem Sprechtheater auf, sondern lass die ganze Volkstanzgruppe sausen, vor allem den künstlerischen Leiter. Du brauchst ihn nicht, und für Johanna muss er nicht zwingend der Papa sein. Mit einem Jahr kann man noch vergessen.«

Susan antwortet nicht. Mechanisch zerstampft sie die

Eierschale mit dem Löffel im Becher und starrt aus dem Fenster. »Bababa«, plappert Johanna fröhlich in ihrer Spielecke und beißt in eine Zeitung.

Ich sehe auf die Uhr. »Es ist gleich neun. Um zwölf muss ich meinen Kollegen ablösen, und vorher habe ich jemandem noch einen Besuch versprochen«, bereite ich meinen Abgang vor.

Susan nickt und sieht weiter aus dem Fenster, wo es nichts zu sehen gibt. Sie fragt nicht, mit wem ich verabredet bin. Wahrscheinlich denkt sie über meinen Vorschlag nach. Na soll sie. Das ist keine Entscheidung wie Kino oder tanzen gehen, das braucht Zeit.

Ohne sie aus ihren Gedanken zu reißen, räume ich beinahe geräuschlos den Tisch ab und suche meine Straßenkleidung zusammen. »Auf Wiedersehen, Susan.«

Susan antwortet nicht.

»Susan, möchtest du mich eventuell wiedersehen?«, frage ich, nun doch schon ein wenig besorgt. Wie, wenn sie meinen Vorschlag, Herrn Börner den Laufpass zu geben, ins Gegenteil verkehrt, und gerade darüber nachdenkt, wie sie es mir schonend beibringen soll? Was eigentlich lässt mich annehmen, ihr mehr zu bedeuten als der Vater ihres Kindes? Nur wegen zweier gemeinsamer Nächte und eines zweifelhaften Abenteuers im Schatten des Todes?

»Ich möchte dich gern engagieren«, sagt sie, und wir sind genau wieder da, wo wir vor einer Woche waren, wenn auch auf einer höheren Ebene.

Als ich vorigen Dienstag zum ersten Mal in dieser

Wohnung saß, hatte sie ein Problem, und ein Detektiv war ihr gerade willkommen. Ich hätte es als göttlichste aller Fügungen betrachtet, wenn sie mich engagiert hätte, weil ich ihre Nähe gesucht habe. Nun aber haben wir diese Nähe, und ich gebe zu, der Gedanke, von ihr bezahlt zu werden, der schmeckt mir nicht sonderlich.

Ich könnte auch kaum gratis für sie tätig werden, ohne Ärger mit Lange zu bekommen. Also Vertrag, Vorschuss, Spesen, Rechnung und so weiter. Ich fürchte, das würde dann zwischen uns treten, und habe das Gefühl, dass eine Vermischung von Job und Privatleben nicht nur bei der Art Beruf, dem Susan nachgegangen ist, ungünstig ist.

»Die Polizei wird den Mörder schon finden. Die hat ganz andere Möglichkeiten, und die kassiert vom Steuerzahler.«

»Erstens bin ich, was die Polizei betrifft, etwas skeptisch, und zweitens sollst du nicht den Mörder suchen«, überrascht mich meine wunderschöne Freundin.

»Sondern?«

»Ich möchte wissen, ob Börner in irgendetwas verwickelt ist und ob er, wie auch immer, mitschuldig ist an Susis Tod oder ob nicht. Das ist nicht ganz das Gleiche, wie den Mörder suchen.«

»Geht aber in die gleiche Richtung. Weißt du, wie mir das vorkommt, was du da willst? Du möchtest von mir ein detektivisches Führungszeugnis für den Vater deiner Tochter, du hoffst auf eine Art Unbedenklichkeitsbescheinigung für den Mann, der dich haben will. Findest du das nicht irgendwie etwas bescheuert?«

Susan hat sich wieder auf die Schönheit ihres Fensterblickes besonnen und stiert in das leere Geviert der Fünfgeschosser.

»Früher«, so fahre ich fort, »hat eine Frau, die sich mit einem Mann zusammentun oder ihn verlassen wollte, in erster Linie auf die Stimme ihres Herzens gehört, anstatt ihm einen Detektiv an die Fersen zu heften.«

»In unserem *Früher* gab es weder deinen noch meinen Beruf«, lautet Susans einfache Antwort, auf die mir so schnell keine Erwiderung einfällt.

»Wo ist eigentlich dein Auto abgeblieben?«, kommt mir stattdessen zu fragen in den Sinn.

Susan wendet sich erschrocken zu mir um, sieht mir aber nicht in die Augen. »Hab ich gestern abholen und in die Werkstatt schleppen lassen«, murmelt sie.

Ich gehe, ohne die Kraft aufzubringen, noch etwas zu erwidern. Im gleichen Moment hasse ich mich für meine Feigheit, Susan der Lüge zu überführen. Ist es Angst, sie zu verlieren, oder nur Mitleid mit dem ach so schwachen, ach so schönen Geschlecht?

11

Herr Kellner, über den ich inzwischen weiß, dass er mit Vornamen Lutz heißt, erweist sich heute als etwas gesprächiger.

Als ich ihn gestern aufgesucht habe, sei die Polizei gerade wieder bei ihm gewesen. Die habe mit ihrer Fragerei derart taktlos in der frischen Wunde gebohrt, dass er sich ohne ein paar kräftige Schlucke nicht habe beruhigen können. »Ich weiß, das war falsch. Ich durfte es nicht.«

»Unsinn«, versuche ich, mich einzuschmeicheln, »wenn mir so etwas passieren würde, ich glaube, ich würde mich zuschütten bis zum Abwinken.«

»Sie können das auch. Aber ich darf es nicht. Bin Alkoholiker.«

Ich hätte es mir denken müssen, kritisiere ich mich für meine mangelnde Menschenkenntnis und den fehlenden analytischen Blick. Jetzt, da er es gesagt hat, sehe ich es selbstverständlich auch. Man erkennt es an den Augen, in denen ein leichtes, kaum wahrnehmbares Zittern für stete Unruhe sorgt, an der ungesunden Röte und den eingefallenen Wangen. Aber gestern, so räume ich mir ein, war Kellner unrasiert, und das hat diese Kennzeichen wohl überlagert.

»Trocken?«, frage ich ihn und meine nicht die Technik der Rasur.

»Wie könnte ich das nach gestern wohl von mir behaupten? Ich bin seit Donnerstag wieder zu Hause« – Mittwoch ist die Susi gestorben, fällt mir spontan ein –, »und am Freitag ist die Polizei das erste Mal hier gewesen. Da musste ich mir dann eine Granate holen, ich musste einfach, da haben mich die zwei Wochen Entzug nicht dran gehindert.«

»Zwei Wochen sind nicht gerade viel.«

»Ich weiß. Aber ich will jetzt wirklich nicht mehr saufen, ich habe den festen Willen. Sie können die ganze Wohnung auf den Kopf stellen, nicht ein Tropfen ist im Haus.«

Ich zweifle seine Worte nicht an und nicke ihm zu. »Warum haben Sie die Therapie abgebrochen, wenn Sie einen so festen Willen besitzen?«

»Warum wohl? Wegen Susi natürlich. Sie war dienstlich verreist, und wir hatten ausgemacht, dass ich sie hin und wieder heimlich anrufe. Umgekehrt ging es nicht, weil ich in der Probezeit, so nennen die das, Kontaktsperre habe. Das würde auffallen, wenn ich dauernd Anrufe kriege. Also bin ich, wenn mal niemand in der Nähe war, selbst zum Telefon. Wählen ist leiser als klingeln, Sie verstehen. Am Mittwoch dann konnte ich sie nicht mehr erreichen. Da habe ich mir Sorgen gemacht, konnte nicht schlafen. Ich habe das Gefühl gehabt, dass sie in Not ist. Aber wenn Susi wirklich meine Hilfe gebraucht hätte, dann hätte sie mich nicht anrufen können, sie hatte ja nicht mal die Nummer von da, wo ich war. Erreichbar war ich nur zu Hause, und darum bin ich weg am nächsten Morgen nach dem Frühstück. Sie sind wohl nicht verheiratet?«

Ich gebe es zu. »Hat man Sie einfach so gehen lassen?«

»Aber ja. SYNANON ist keine Anstalt, sondern ein Verein von Freiwilligen, die sich helfen, ohne Stoff zu leben, ohne Alkohol, ohne Rauschgift, nicht mal Zigaretten sind erlaubt. Der Knut, was mein Betreuer war zum Eingewöhnen, hat natürlich versucht, mich umzustimmen, aber festgehalten wird da niemand.« Lutz Kellner hält grübelnd inne und sagt: »Vielleicht gehe ich wieder hin, falls …«, er zögert erneut. Falls du dir gegen deinen festen Willen weitere Granaten holen musst, beende ich den Satz in Gedanken.

»Ich hoffe, meine Fragen regen Sie nicht so sehr auf, dass ich Schuld daran bin, wenn …«

»Wenn ich mir wieder ein Rohr hole, wollten Sie sagen?«

»Eine Granate.«

»Das ist dasselbe. Nein, machen Sie sich da mal keine Gedanken. Ich vermute, Sie können im Gegensatz zu anderen Leuten eine Unterhaltung von einem Verhör unterscheiden. Der Herr Oberkommissar sagte nämlich auch was von Beileid und von unterhalten, bevor er dann durchblicken ließ, dass ich es ja gewesen sein könnte, der Susi umgebracht hat.« Ich sehe, dass Lutz Kellner Gefahr läuft, sich bei der Erinnerung daran erneut zu erregen. »Keine Bange«, beruhige ich ihn, »von mir haben Sie so etwas nicht zu erwarten, zumal die Polizei Ihr Alibi wahrscheinlich inzwischen überprüft hat, nehme ich an.«

»Nehme ich auch an. Zeit genug hatten die Brüder,

und die nötigen Angaben habe ich gemacht, schon am Freitag. Aber gestern war ein anderer hier, und der hat noch mal ganz von vorne begonnen. Just hieß er, glaube ich. Kann nur hoffen, dass morgen nicht wieder ein Neuer kommt, der wieder von vorne beginnt. In der Zwischenzeit sind die Spuren kalt geworden oder vom Mörder beseitigt.«

Just ist also auch aus Gran Canaria zurück, nehme ich zur Kenntnis. Und wenn er sich erst mal an den Ehemann der Toten gehalten hat, deutet das nicht gerade darauf hin, dass seine Ermittlungen vor Ort von Erfolg gekrönt waren. Bei der Methode kein Wunder, denke ich verächtlich. Alles greifen und dann nach und nach aussieben – wahrlich nicht sehr originell. Da bleibt allenfalls ein Dummer übrig, der kein Alibi hat, und der muss es dann gewesen sein. Irgendwie scheint Susan mit ihrer Skepsis gegenüber der Polizei nicht ganz unrecht zu haben. Je größer die Maschinerie, die zur Verfügung steht, desto plumper das Vorgehen, lautet der einfache Nenner, auf den ich es bringe, und ein wenig bin ich bereits davon überzeugt, dass ich es sein werde, der den Mörder findet, und nicht der Herr Just.

»Sie sind sich also sicher, entschuldigen Sie die Frage, Herr Kellner, dass Ihre Frau umgebracht wurde?«

»Wie meinen Sie das?«

»Wie ich es gesagt habe. Sehen Sie, Herr Kellner, ich habe mir die Stelle angeschaut, an der …«, ich zögere einen Moment, »… an der es geschehen ist. Und ich habe so bei mir gedacht, dass ich mir, wenn ich mich mal würde umbringen wollen, kaum einen passenderen Ort wünschen könnte, vom Eifelturm vielleicht abgesehen, aber der ist diesbezüglich schon etwas abgenützt, und außerdem hat man wohl, wenn ich richtig gelesen habe, die günstigste Plattform für die potenziellen Selbstmörder dichtgemacht. Verstehen Sie, was ich sagen will: Potenziell sind wir alle selbstmordgefährdet, unfallgefährdet, suchtgefährdet, krebsgefährdet. Kommen in einem schwachen Augenblick und am richtigen Ort eine schleichende Ursache und ein auslösendes Moment zusammen, wäre dann – wer weiß das schon genau –, wäre dann so etwas nicht denkbar, ich meine, in Bezug auf Ihre Frau?«

So hat Lutz Kellner das bisher wahrscheinlich noch gar nicht betrachtet, sage ich mir und beobachte ihn. Ich sehe, wie es arbeitet in seinem Kopf, sehe, wie es ihn quält.

»Ihre Frau war dienstlich unterwegs, sagen Sie. Was genau hatte sie eigentlich auf Gran Canaria zu tun?«

Mein Gesprächspartner scheint erleichtert, eine einfachere Frage gestellt zu bekommen als die vorangegangene. Er richtet sich auf, als sei eine Last von ihm gefallen, und erzählt voller Stolz und in der falschen Zeitform, dass sie Sekretärin sei. »Eins a, ihre Fähigkeiten. Sie kann jedes Gespräch mitstenografieren und schreibt selbstverständlich mit zehn Fingern blind. Ihr Chef schwört auf sie und nimmt keine andere ins Ausland mit, obwohl er nun in Leipzig sitzt. Meine Frau durfte im Berliner Büro bleiben – mit Rücksicht auf die Familie, also auf mich, wir haben keine Kinder – sie …« Kellner hat immer schneller gesprochen und unterbricht plötzlich seine hastigen Worte, von denen ich nicht weiß, ob er selbst an sie glaubt. »Was hatten Sie gefragt?«

»Schon gut, Herr Kellner. Können Sie mir den Namen des Chefs Ihrer Frau geben?«

»Der heißt Börner. Meine Frau kennt ihn schon seit ewig, früher war er auch mal zu Besuch bei uns, aber seine neue Anschrift, die habe ich nicht, weil er nämlich weggezogen ist aus Berlin.«

»Danke, Herr Kellner, die bekomme ich schon heraus. Ich werde ihn wahrscheinlich in den nächsten Tagen mal besuchen in Leipzig. Vermute, er ist nicht mehr ganz der nette Kerl, für den Sie ihn halten. Aber man kann sich ja irren«, sage ich, offen lassend, wen ich mit *man* meine.

Lutz Kellner ist sichtlich irritiert, und ich ahne, dass er wieder eine ganze Menge zu verarbeiten haben wird für den Rest des Tages. Hoffentlich bleibt er seinem Vorsatz treu.

Beim Gehen fällt mein Blick wieder auf das leere Aquarium, in dem noch immer stromverschwenderisch das Licht brennt und die Pumpe kleine Blasen auf die Reise schickt.

»Ihre Frau hat wohl das Füttern vergessen, als Sie bei SYNANON waren«, frage ich, ohne eine Antwort zu erwarten. »Vielleicht sollten Sie neue Fische kaufen, sind angeblich gut für die Nerven. Ich melde mich wieder bei Ihnen, tschüs dann auch, ja.«

»Vielen Dank für den Tipp«, erwidert Lutz Kellner verletzt, obwohl ich es eigentlich gut gemeint habe.

Offenbar besitze ich heute nicht die richtige Ader dafür, anderen Leuten Ratschläge zu geben.

Der Alte zeigt sich nicht sonderlich davon überrascht, dass ich ihm Susan Kowalke als unsere neue Mandantin präsentiere und förmlich um die Übernahme des Falles nachsuche. »Habe mir schon so was gedacht«, brummelt er und macht ein säuerliches Gesicht.

Ich verstehe das nicht ganz, denn weder soll er den Fall lösen, noch berührt der sein Privatleben, sondern meines. Was für Gründe hat ein Chef, sich nicht zu freuen, wenn neue Aufträge hereinkommen, frage ich mich und zweifle an meiner marktwirtschaftlichen Neu-Bildung.

Der dicke Lange aber klärt mich auf. »Hab mich ein wenig kundig gemacht«, beginnt er. »Klingt gar nicht so gut, was ich da gehört habe.«

»Wen oder was betreffend, Chef?«

»Diese Pizza-Bude, in die es dich vermutlich ziehen wird.«

»Ihr Draht reicht bis Leipzig?«, hofiere ich meinen Arbeitgeber mit Bewunderung in der Stimme. Selbstverständlich weiß ich genau, dass er in der Ex-DDR überall noch seine Quellen hat, von denen die eine oder andere ihm nach wie vor treu verbunden ist, nicht wenige davon in den verschiedensten Dienststellen der Polizei, zwar kaum noch auf wichtigen Stühlen, dafür aber um so verbitterter gegenüber ihren Vorgesetzten, die zum überwiegenden Teil aus dem Westen kommen.

»In Leipzig wird verdeckt ermittelt gegen Bazzi und

Co. Nicht nur um Prostitution und Erpressung, auch um Waffen und Rauschgift geht es da, mein Lieber. Ein verdammt heißes Eisen.«

Wer ist Bazzi?«

»Einer von den größeren Fischen. Bazzi klingt zwar italienisch, ist aber nur ein Spitzname, soll von Pazifist kommen, weil er angeblich gegen Gewalt ist und nicht mit Waffen handelt. Insider meinen, er handele entweder mit allem außer mit Waffen oder vor allem mit Waffen, und sein Spitzname sei sein Witzname. Er ist von Düsseldorf nach Leipzig gekommen oder geschickt worden, um was aufzubauen«, erklärt er und brummt eine alte Melodie: »Bau auf, bau auf – dein Börner baut mit. Er ist einer von Bazzis Strohmännern, hat diese Pizza-Bude kaufen dürfen. Pizza, Rauschgift, Geldwäsche und so weiter. Nichts, was es nicht gibt – die Richterskala ist nach oben offen.«

Ich muss Lange recht geben. Das klingt nicht gut. Und da ich die Gefahr nicht gerade liebe, bin ich umso mehr am Zweifeln, ob ich den Fall wirklich will. Ich habe keine Ambitionen, wegen zu großer Neugier im Fall Susi selbst zum Trauerfall zu werden.

Diese ganze Überprüfung des Herrn Börner passt mir insgesamt nicht in den Kram. Finde ich heraus, dass er ein Bösewicht ist, winkt mir zwar Susan als Finderlohn, aber auf der anderen Seite kann es geschehen, dass meine Fähigkeit, mich an ihr zu erfreuen, dann bei plus minus null liegt.

Komme ich hingegen zu dem Resultat, dass Börner doch noch zu den etwas besseren Menschen gehört, allenfalls selbst reingelegt wird oder skrupellos benutzt, dann bekomme ich mein Honorar und Johanna ihren Papi.

Einen Augenblick spiele ich mit dem Gedanken, das soeben von Lange Gehörte als eigenes Ermittlungsergebnis an Susan weiterzureichen, ein wenig mit Details ausgeschmückt, versteht sich, und zu hoffen, dass ihr dies genügen möge.

Aber sie wird mich wahrscheinlich nach der ersten Zwischenfrage durchschauen. Ob ich denn da war, wird sie wissen wollen, ob ich mit Börner ins Gespräch gekommen bin und was ich von ihm halte. Nein, so läuft das nicht. Hilfesuchend sehe ich Lange an.

»Ich würde dir zur Sicherheit gern einen zweiten Mann mitgeben«, sagt der, »aber ich habe leider keinen. Ich habe nicht mal ein Auto für dich. Nimm dein eigenes, setz den Sprit mit auf die Abrechnung und sei vorsichtig, ja.« Er blickt auf die Uhr und wechselt den Tonfall von väterlich-besorgt zu väterlich-streng. »Heute musst du aber noch mal den Müller ablösen, ist dir klar, will ich hoffen. Mach dich also auf die Socken.«

Scheißtelefon-Shop-Job, kommt es mir in den Sinn, und ich habe schlechte Laune. Soll die Polizei doch die Vandalen stellen, soll der Vogel sich einen Wachschutz mieten, soll der Börner doch tot umfallen. Ich schieße das Geld einfach vor und gehe zur Konkurrenz, sprich zu einem Berufskollegen in Leipzig, spinne ich mich ein. Dem erzähle ich eine entschärfte Fassung der ganzen Geschichte und setze ihn auf Börner an, ohne mir selbst die Finger zu verbrennen. Was er herausfindet, liefere ich an Lange und an Susan und bekomme mein Geld zurück, abzüglich Steuern.

Dann verdient der Staat aber doppelt, und ich zahle drauf. Außerdem bin ich ein Feigling, der einen anderen für sich ins Messer laufen lässt. Nein, ich sollte mir besser einen neuen Job suchen. Telefonsex für einsame Damen vielleicht …

Das mit der entschärften Geschichte ist gar nicht so übel, spinne ich meinen Gedanken weiter, nachdem ich Müller abgelöst habe. Freundliches Auftreten, harmlose Fragen und möglichst jemanden finden in dem Schuppen, dem man vertrauen kann. Leicht gesagt. Ich neige eher dazu, an die falschen Leute zu geraten. Und wenn die dann quatschen, ist es aus. Nein, es gibt nur einen einzigen Weg, bin ich mir plötzlich einigermaßen sicher, und zwar den direkten. Ich muss Herrn Börner dazu bringen, dass er mir vertraut. Nur wie, das ist mir momentan noch völlig schleierhaft.

Während mein Großhirn eifrig an der Vorstufe eines Schlachtplanes bastelt, sehen meine Augen, die in einer Art Stand-by-Schaltung zwar geöffnet, aber nicht aktiviert sind, was auf der Straße vor mir geschieht. Das Kleinhirn speichert die Bilder mechanisch ins Kurzzeitgedächtnis ab, wo sie, wie es der Name schon sagt, nach kurzer Zeit von neuen Bildern überlagert und gelöscht werden. Das Ganze funktioniert wie ein Videorecorder mit einem kurzen Endlosband. Stundenlang.

Da hampeln drei Knaben, ihre Beutel lässig geschultert, an mir vorbei und verschwinden in die nächste Querstraße, da lassen sich ein paar Tauben direkt vor meinem Wagen nieder und suchen erfolglos nach Futter, da betritt auch mal ein Kunde den Telefonsalon, kommt aber sogleich wieder heraus, offenbar von den Preisen geschockt. Sich noch ein-, zweimal umschauend, hat er es plötzlich eilig. Ich sehe sein Gesicht erst von vorn, dann, da er die Straße nach links überquert, von der Seite und bemerke eine gewisse Ähnlichkeit mit einem französischen Schauspieler, dessen Name mir jedoch nicht einfällt – so ein großer, bulliger Typ mit längeren Haaren. Fast auf meiner Höhe, steigt er in einen roten Wagen und fährt für meine Begriffe etwas zu rasant an. Im gleichen Augenblick kommt der Inhaber des von mir zu observierenden Telefon-Shops aus seiner Tür gesprungen und mein Kleinhirn versetzt das Großhirn in die höchste Alarmstufe.

Zündung einschalten, Kupplung drücken, Gas geben ist bei mir ein einziger Vorgang, der nur zwei Sekunden in Anspruch nimmt, das Wenden aber dauert etwas länger, da die Straße nicht breit und beidseitig vollgeparkt ist.

Der in die für mich ungünstigste von zwei möglichen Richtungen davongeprescht ist, konnte seinen Vorteil effektiv nutzen. Mit anderen Worten, er ist aus meiner Sichtweite verschwunden, bevor ich in die Gänge komme, wahrscheinlich auf die Prenzlauer rauf und in Richtung Zentrum auf und davon. Um dem Klischee Genüge zu tun, das ich aus Film und Fernsehen kenne, beginne ich mehr oder weniger zügig, die Verfolgung aufzunehmen. Eher weniger.

Alle Autofahrer im Umkreis von einigen Kilometern

müssen im selben Moment übrigens die gleiche Absicht haben. In nicht abreißender Folge jagen sie zielbewusst in die eine, aber auch in die andere Richtung, vermutlich, um sich die Arbeit zu teilen.

Mir ist klar, dass meine Mitwirkung mit jeder Sekunde weniger Sinn macht, und darum kehre ich um, denn schließlich weiß ich ja überhaupt noch nicht, was eigentlich vorgefallen ist. Meine kurze Videoschleife im Kopf hat jedenfalls keinen Vandalismus registriert, nicht eine Scheibe ist zu Bruch gegangen, kein Graffiti verziert die Werbung für die allumfassende Kommunikation an den Scheiben des Geschäftes. Ich muss nicht erst eintreten. An den Gesichtern des herausgetretenen Verkäufers und einer Frau, vielleicht einer Kundin, sehe ich, dass kein Video der Welt die Sauerei würde wiedergeben können, die hier passiert ist. Geruchsvideo gibt es noch nicht.

Was aus der geöffneten Tür dringt, ist allerdings mit dem Wort Geruch nicht zu benennen, ja selbst der Terminus Gestank scheint mir noch untertrieben. Jauchig allein und faulig allein und kotig allein, das trifft es ebenfalls nicht – allenfalls alles zusammen und mehrfach verstärkt.

Von nun an werde ich für alle Zeit wissen, wie Buttersäure wirklich riecht, und schon bei dem Wort einen Brechreiz verspüren.

12

Der Civic nimmt die Autobahn nicht besonders gut, stelle ich fest, wahrscheinlich ist er ein paar Zentimeter zu kurz für die Wellen im Asphalt. Ich gehe mit dem Tempo runter und lasse mich fortan von den Audis, Mercis und BMWs überholen.

Lutz Kellner, den ich aus einer Eingebung heraus nach dem Frühstück angerufen habe, stört es ebenfalls nicht, überholt zu werden, er erzählt mir gerade sein Leben. Dieses ist relativ arm an Höhepunkten und ein wenig nostalgisch auf die Zeit verklärt, als er noch ganz am Beginn einer bescheidenen Karriere im DDR-Wirtschaftsministerium stand.

Bevor er wieder zur Flasche greift, kann er mir helfen, den Börner zu finden, habe ich mir gedacht. Lutz Kellner kennt ihn von Angesicht, ist arbeitslos, weiß mit sich nichts anzufangen. Allenfalls bläst er Trübsal oder macht sich verrückt. Außerdem ist so eine Fahrt zu zweit wirklich besser als allein.

Er hat meinen Vorschlag angenommen, ohne eine Sekunde zu überlegen, nennt mich schon Chef und sich selbst bescheiden meinen Assi. »Vom Asozialen zum Assistenten«, kommentiert er den Zweiklang des Wortes. »Wer keiner geregelten Tätigkeit nachgeht, ist asozial im ursprünglichsten Sinne«, klärt er mich auf, »also ein Assi.«

Unser Einsatz Telefon-Shop ist gestern nach dem Eintreffen der Schutzpolizei beendet worden. Der völlig entnervte Besitzer des Ladens kündigte seinen Vertrag mit der Bemerkung, nur um einen Zeugen zu haben, der den Tathergang bestätigt, werfe er dieser Detektei keinen Pfennig mehr in den Rachen, und ich musste ihm im Stillen recht geben.

Lange hat telefonisch ein wenig an meiner Leistung herumkritisiert, war im Grunde aber selbst froh, dass die Sache ein Ende gefunden hat. Um seiner Leute willen, die allesamt schon Unmut zeigten.

Der Engler hat dann später noch bei mir zu Hause angerufen und sich bedankt. Er hätte dem Täter zwar, wäre er an meiner Stelle gewesen, sicherlich ein Bein gestellt und somit an der Flucht gehindert, hat er gemeint, für mich aber sei die Leistung, die ich gebracht hätte, schon als ganz ordentlich zu bewerten. Hauptsache, der Fall ist erledigt, egal, wie. Bevor er mir dann alles Gute für Leipzig wünschte, schalt er sich einen Esel, weil ihm die Sache mit der Buttersäure nicht selbst eingefallen sei. Dann hätte es eher vorbei gewesen sein können.

Lutz Kellner, der in seiner Lebensbeichte die Neuzeit erreicht hat, welche bis auf eine kurze Unterbrechung unter der Überschrift »Arbeitslosigkeit und Alkoholismus» stand, kommt wie von selbst auf Herrn Börner zu sprechen. Seines Wissens mache der in Hotels, Ferienanlagen, Clubs und so. »Also er beteiligt sich daran, kauft, verkauft, investiert, meine ich. Aber Genaueres ist nie zur Sprache gekommen zwischen Susanne und mir. Hat mich auch nicht sonderlich interessiert. Solange er sie ordentlich bezahlt hat, was ging's mich an, hab ich doch recht, oder nicht?«

»Mir wiederum ist erzählt worden«, halte ich vorsichtig dagegen, »er besitze lediglich eine Pizzeria in Leipzig. Mag ja sein, dass er seinen Koch aus Italien geholt hat, aber viel mehr Auslandsreisen sind da kaum zu erklären, jedenfalls nicht auf die Kanaren und nicht in Verbindung mit dieser Pizzakneipe.« Ich habe beschlossen, meinen Begleiter von ein paar falschen Vorstellungen über seine Frau zu befreien und ihm reinen Wein einzuschenken – jedoch in ganz kleinen Schlucken.

Die bauliche Substanz der Gaststätte mit dem Namen *Bella Pizza* – »klingt eher nach Hundefutter«, sagt Kellner, – ist recht heruntergekommen, zumindest äußerlich. Das Gebäude an der Ecke Roscherstraße beherbergt Parterre die Pizzeria, darüber liegen wahrscheinlich die dazugehörigen Räume mit Büro und in den oberen Stockwerken vier oder sechs Mietwohnungen.

Vor der Tür auf dem Bürgersteig lenken zwei Maschinen meine Aufmerksamkeit auf sich, die es verdient haben, bestaunt zu werden. Die in Dunkelblaumetallic gehaltene ist eine Yamaha, groß, bullig und mit mehr Bedienungselementen verziert, als ich überhaupt kenne. Auch die andere, eine silbern und schwarz gelackte Harley-Davidson, gleicht zwischen ihren Lenkradhörnern eher einem Cockpit als einem Zweirad. Beide verfügen über eine Sprechfunkeinheit, die, so vermute ich, mit dem Helm des Fahrers zu verbinden ist. Wahrscheinlich kostet so ein Hirsch mehr als mein Auto, denke ich, und wäre in diesem Augenblick doch ganz gern ein Dutzend Jahre jünger und um ein paar Tausender reicher. Das Ristorante selbst macht im Gegensatz zu seiner äußeren Fassade innen einen durchaus renovierten Eindruck. Hier ist der ungeputzte Stein nicht Beweis für Jahrzehnte Misswirtschaft, sondern ein Stilelement, das im Kontrast mit golden getünchten Resten von Putz und Stuck an eine ganz andere Epoche erinnert. Schwere eiserne Kerzenhalter am Mauerwerk passen durchaus dazu, nicht so gut die modernen Freischwinger, auf denen die wenigen Gäste sitzen. Es liegt ein schwacher, aber angenehmer Hauch von Carbonara und Pizza in der Luft.

Lutz Kellner habe ich gebeten, vorerst im Wagen zu bleiben, was wahrscheinlich etwas übervorsichtig war, von ihm aber klaglos akzeptiert worden ist. Börner, den er vor Jahren einmal gesehen hat, würde ihn, wenn er sich zu dieser Stunde hier aufhalten sollte, gewiss kaum wieder erkennen.

Ich frage nach Herrn Börner, und es ist, wie ich vermutet habe. »Vielleicht am Nachmittag, vielleicht abends, kann sein.«

Auf ein verabredetes Zeichen hin, das ich Kellner vom Fenstertisch aus gebe, kommt der herein und setzt sich an einen anderen Tisch. Wir kennen uns besser nicht – wer weiß, wofür es noch gut ist.

Während Lutz Kellner sich mit einem Gast unterhält, ich kann nicht verstehen, worüber, beobachte ich den Betrieb. Es ist späte Mittagszeit, und die Gäste werden weniger. Der Wirt hat bald begriffen, dass ich auf den

Chef warte, und belästigt mich nicht mehr alle zehn Minuten mit der Frage nach meinen Wünschen.

Meinem Assistenten hat er mindestens schon die dritte Cola gebracht, und ich gebe dem ein Zeichen, dass er verschwinden möge. »18 Uhr wieder hier«, zischle ich ihm zu, als er seinen Mantel vom Haken holt. Wir hatten ausgemacht, dass er sich die Gegend ansehen oder ins Kino gehen soll, solange ich allein ermittle.

Etwas später, beim Gang zur Toilette, sehe ich die Besitzer der Super-Maschinen an einem Tisch in der Nische. Sie sind um die zwanzig, haben beide glänzendes schwarzes Haar und sind selbstverständlich in schwarzes Leder gekleidet. Südländer, vermute ich. Zwischen ihnen auf dem Tisch stehen zwei leere Biertulpen und zwischen den Gläsern ein kleiner Schach-Computer, auf den sie wie versteinert starren. Beim Vorbeigehen trifft mich jedoch ein schneller, blitzender Blick aus den Augenwinkeln des einen, der mir beweist, dass der Typ durchaus auf der Hut ist, auch bei Sport und Spiel.

Bis gegen 16 Uhr passiert absolut nichts. Dann kommt ein gut aussehender Mann Mitte dreißig herein, teuer gekleidet, sehr selbstbewusst. Ich hege die Hoffnung, dass es sich nicht um den Zwilling von Kevin Costner, sondern um den Herrn Börner handelt.

Die Hoffnung erfüllt sich, denn auf das männliche Modell geht sogleich sehr beflissen der Ober zu, flüstert etwas und deutet kaum wahrnehmbar in meine Richtung. Ich nehme es selbstverständlich dennoch war, werde aber erst einmal darum gebracht, die Bekanntschaft des Geschäftsführers zu machen. Der Hirsch-Pilot mit dem blitzenden Blick drängelt sich vor. Ohne Herrn Börner vorgestellt werden zu müssen, verschwindet er mit ihm in dem hinter der Theke gelegenen Raum. Den Ober hat er kurzerhand zur Seite geschoben. Manieren sind das, denke ich und warte, was weiter geschieht.

Der Ober kommt, um mir zu sagen, dass Signore Börner jetzt nicht Zeit hat, leider, und ich bitte um die Rechnung. Beim Bezahlen höre ich, wie draußen ein Hochseedampfer in sein Nebelhorn bläst, und wundere mich, dass die Pleiße so nahe und so befahren sein soll.

Ohne seinerseits um die Rechnung zu bitten, stürmt der zweite Schachspieler aus seiner Nische, einen futuristisch anmutenden Helm auf dem Kopf, einen zweiten unter dem Arm. Die Szene kommt nun in Bewegung, sage ich mir, und eile, um nichts zu verpassen, hinterdrein. Auf mein Wechselgeld verzichte ich in einer Anwandlung von Großmannssucht, vor allem aber in Erinnerung an die gestrige erfolglose Verfolgung des flüchtigen Stinkers.

Heute habe ich mehr Glück mit dem Verfolgen, zum einen, weil die Lederboys ihren schnurrenden Maschinchen eine zahme Gangart verordnet haben – sie eskortieren einen dunkelroten BMW, in dem, wenn ich mich nicht täusche, Herr Börner das Lenkrad führt –, zum anderen, weil die Verfolgungsjagd nach etwa fünfhundert Metern beendet ist. Die Bodyguards steigen ab, Kevin Costners Double steigt aus, und zu dritt verschwinden sie im Hotel *Esplanade.* Ich fahre, um nicht aufzufallen, eine Straße weiter und kehre per pedes zurück.

»Ja, der Herr, ein Zweibettzimmer wäre noch frei«, erfahre ich an der Rezeption und nicke zufrieden. Ich stehe nicht auf Männer im Ehebett, aber mit Rücksicht auf die Spesenrechnung, die ich Susan werde vorlegen müssen, will ich mich zusammenreißen. Bei der Fahne lagen wir schließlich zu zehnt auf der Bude, neben- und übereinander.

Als Holger Börner etwa eine Stunde später das Hotel wieder verlässt, diesmal allein, macht er keinen so selbstsicheren Eindruck mehr auf mich. Eher verstört und ermattet, lässt er sich in die Polster seiner Limousine fallen. Beim zweiten Versuch, den Motor zu starten, gibt es ein unschönes Geräusch. »Der war schon angesprungen, Trottelkopf«, murmele ich. »Und wenn die Schach mit dir gespielt haben, dann hast du heute garantiert verloren.«

Ich überlege, ob ich seinen Zustand nicht ausnutzen sollte, dann sehe ich jedoch, dass Börner nicht in seine Pizza-Bude, sondern an ihr vorbeifährt, und mir kommt eine noch bessere Idee. Zumindest hoffe ich, dass sie etwas taugt.

Von dem Ober, der mein Trinkgeld noch nicht vergessen hat, erfahre ich die Adresse von Börners Wohnung relativ schnell. »Importante« ist mein Hauptargument, und das sieht er ein. Draußen läuft mir mein Assistent fast in die Arme. Der hat sich in einem Schmuddelkino zwei Ecken weiter auf etwas andere Gedanken gebracht und ist, so meint er, nun zu jeder Sauerei bereit.

»Sehr gut«, sage ich. »Wir spielen jetzt ein unfaires Spiel. Das heißt *Böse-Böse-Gut* und geht gegen Börner. Dieser Börner hat deiner Frau nämlich nicht nur Briefe diktiert auf seinen Geschäftsreisen. Es kann sein, dass sie Dinge tun musste, die eine Frau sich schämen würde, ihrem Mann zu erzählen. Versteh mich nicht falsch, es ist noch nichts erwiesen, aber wir werden es herausbekommen, okay?«

Kellner nickt intensiv und streckt mir die Hand entgegen. »Danke«, sagt er seltsamerweise. »Ich bin der Lutz. Worin besteht meine Aufgabe, Chef?«

Da habe ich ihm wohl aus Versehen das Du angeboten, merke ich. Und warum auch nicht?

»Gut, ich heiße Dirk und habe schon ein Zimmer für uns heute Nacht. Schnarchst du sehr?«

»Susi hat gesagt, mein Geschnarche würde für zwei Scheidungen reichen«, antwortet er betroffen und bekommt feuchte Augen.

Ich erkläre ihm, was er zu tun hat, und er stimmt mir ohne Zögern zu. »Ein Böse hat er bereits weg, du bist sein zweites Böse, also gnadenlos drauf – angeschlagen ist er schon. Wenn du gegangen bist, müssen ihm die Knie schlottern, und dann komme ich als der Gute.«

»Alles klar, Chef. Was die Sache so einfach macht, ist: Ich muss mich da gar nicht verstellen. Wenn er wirklich was mit Susis Tod zu tun hat, brauchst du ihn nach mir vielleicht gar nicht mehr zu besuchen. Dann ist der Typ erledigt …«

»Keine Dummheiten, Lutz. Bitte keine Selbstjustiz. Und noch etwas: Börner selbst kann deine Frau nicht umgebracht haben. Sein Alibi ist fast so gut wie deins, er war zur Tatzeit in Leipzig. Also nur anklagen und drohen, mehr nicht.« Ich klopfe ihm auf die Schulter, als er aussteigt, und lösche das Licht des Wagens. Im Gegensatz zu Lutz Kellner bin ich plötzlich nervös, denn meine Aufgabe wird schwerer sein als seine.

Kellner braucht sich eigentlich nur selbst zu spielen und kann dabei sogar noch seinen angestauten Schmerz, den er mir gegenüber recht gut unter Kontrolle bekommen hat, aus sich herausbrüllen, je lauter, desto besser. Außerdem weiß er: Da unten sitzt ein erfahrener Detektiv im Wagen, auf den er sich verlassen kann. Auf wen aber kann ich mich stützen, wenn es brenzlig wird?

Noch ein unangenehmer Gedanke kommt mir in den Sinn: Wie, wenn Börner wirklich für den Tod von Frau Kellner verantwortlich ist, wenn er sich durch den tobenden Witwer so in die Enge getrieben fühlt, dass er … mein Gott, bloß das nicht …

Ich steige aus und laufe die Rosa-Luxemburg-Straße bis zu dem Haus hinunter, in das Lutz verschwunden ist. Die Klingelschilder sind verkokelt und zerkratzt, aber die Haustür ist nicht verschlossen. Gott sei Dank muss ich nicht lange warten in dem lichtlosen Treppenhaus.

Lutz Kellner kommt mir entgegen, und sogar in der Dunkelheit sehe ich, dass er grinst.

»Ich musste gar nicht viel reden, der Börner hat mich gleich erkannt und auch sofort gewusst, weswegen ich da bin. Ich habe die ganze Zeit meine rechte Hand in der Manteltasche gelassen, und er hat immer dahin geguckt. Der ist so was von fertig mit den Nerven, kann ich dir sagen, wenn jetzt noch der Gasmann kommt, fällt er tot um vor Schiss.

Chef, mein Auftritt war Spitze, aber leider hat keiner gefilmt.«

»Und, was sagt er zu deinem Vorwurf?«

»Geschworen und gewinselt hat er. Er sei es nicht gewesen, er habe nichts damit zu tun, er habe Susi schon ewig nicht mehr gesehen und so weiter. Dass er sich dabei total verquatscht hat, ist ihm gar nicht aufgefallen.«

»Inwiefern verquatscht?«

»Der Idiot hat mir das alles geschworen, bevor ich eine einzige Frage gestellt oder ihn für Susis Tod verantwortlich gemacht habe. Er hat nichts mit ihr zu tun, sagt er, aber woher wusste er dann, was ich von ihm wollte? Wieso hatte er schon Schiss vor mir, bevor ich ihm an den Kopf geknallt habe, was wir besprochen haben?«

Da ist was dran. Ich belobige Lutz für seinen Einsatz und schicke ihn zum Wagen zurück. »Setz dich rein und fahr mal eine Ecke weiter, die nächste Querstraße rechts rein, und warte dort auf mich – es kann eine Weile dauern. Wenn dir kalt wird, dann mach dir warme Gedanken.«

»Leicht gesagt bei dem Scheißwetter hierzulande. Wenn ich fünfzigtausend Mark hätte, würde ich mir ein Häuschen in Spanien oder Griechenland kaufen, in Deutschland, da hält mich nichts mehr, absolut gar nichts …«

»Schon richtig, Lutz, aber jetzt ist keine Zeit dazu.

Mach dich ins Auto, der Börner soll sehen, dass du wegfährst.«

»Dritter Stock links«, weist mir Lutz Kellner den Weg.

Börner sieht durch den Spion und denkt gar nicht daran, mir zu öffnen. »Wer sind Sie denn, ich kenne Sie nicht, verschwinden Sie, aber sofort!«

Nach der dritten Klingelattacke, offenbar kann er das Ding nicht abstellen, wird er weich und fragt nach meinem Namen. Aber erst, als ich ihn daran erinnere, dass er mir das Geld für ein Flugticket schuldet, klingelt es wohl statt an der Tür in seinem Kopf.

Börner reißt sich noch einmal zusammen, und es gelingt ihm, mir für fünf Minuten den gediegenen Geschäftsmann vorzuspielen. Er bietet mir sogar französischen Cognac an. Muss wohl so sein für einen guten Volkskünstler, sage ich mir, und beginne, ihn einzuwickeln.

»Wer ich bin, das wissen Sie ja inzwischen, Herr Börner. Sie haben sich bei unserer Agentur erkundigt. Ich für meinen Teil habe mir die weite Reise nicht nur gemacht, um Sie an die zugesagten fünfhundertfünfzig Mark zu erinnern, sondern auch, weil ich mich verpflichtet fühle, sie zu warnen.« Börners Augen sind mit einem Schlag schreckgeweitet und sein Gentlemanlike fällt von ihm ab. Er trinkt hastig und schenkt sich noch hastiger nach.

»Wer schickt Sie?«, fragt er und zieht aus der Schublade unter der Hausbar einen Tausender hervor. »Der Rest für Sie. Ich habe Sie vorhin in meiner Pizzeria gesehen, korrekt?«

»Absolut korrekt, Herr Börner. Wären Sie an meinen Tisch gekommen, anstatt sich von den Leder-Machos mitnehmen zu lassen, hätte ich mir den Weg zu ihnen sparen können. Vielen Dank auch,« sage ich und lasse das braune Scheinchen mit der Absicht verschwinden, ihn mir bei Gelegenheit genauer anzusehen – wann hat man so etwas schon mal in der Hand? »Kein Mensch schickt mich«, sage ich, »aber ich muss Ihnen etwas erzählen. Darf ich auch noch einen kleinen …? Schmeckt nicht übel, das Zeug.«

Börner schenkt uns mit irgendwie dankbarem Blick nach, und ich ahne, dass meine Taktik funktioniert. Nach einer halben Stunde haben wir die Flasche geleert und eine Reihe nützlicher Informationen ausgetauscht. Holger Börner hat von mir erfahren, dass ein Verrückter hinter ihm her ist, der ihn für den Drahtzieher der Ermordung seiner Angetrauten hält und davon nicht abzubringen ist, ihn entweder zum Geständnis zu bewegen oder aber den Tod seiner Frau zu rächen. Darüber hinaus weiß er von mir, dass ich ihn für unschuldig und stattdessen den feinen Herrn, den die schöne Susi *seriös* zu begleiten hatte, für den Täter halte.

Ich habe im Gegenzug von Börner zu hören bekommen, dass genau dieser feine Herr bei seinen Ausflügen nach Mogan, wo in dem größten und vielleicht auch schönsten Yachthafen Europas sein Schiffchen liege, immer nur die eine haben wollte, nämlich die blonde Susi. Und auch, dass er ungehalten darüber war, sie vorige Woche im Hotel nicht vorgefunden zu haben. Sehr ungehalten, ja schwer erzürnt sogar sei der Kunde dann über die Ermittlungen der spanischen Polizei gewesen, die die Spur des Callgirls bis zu ihm verfolgt habe, obwohl sie diesmal doch überhaupt nicht bei ihm gewesen sei und obwohl ihm völlige Diskretion zugesichert worden wäre. Verantwortlich für diese Panne mache man nun ihn, Börner, der sich die ganze Geschichte aber auch nicht erklären könne.

»Haben Sie deswegen heute Besuch gehabt?«, frage ich scheinheilig.

»Nee, nee, das war der Verrückte, vor dem sie mich gewarnt haben. Vielen Dank übrigens. Können Sie mir den nicht vom Leibe halten irgendwie?«

Ich antworte nicht, und er holt eine weitere Flasche aus der Bar und bei der Gelegenheit auch gleich einen weiteren Tausender aus dem Fach darunter. Noch ist er so geistesgegenwärtig, ihn mir zwar hin-, aber so lange festzuhalten, bis ich antworte.

»Will sehen, was sich machen lässt«, sage ich diplomatisch und habe den Schein. Susans Rechnung ist damit bezahlt, denke ich befriedigt. Oder hat der Papa nur die schuldigen Alimente für Johanna beglichen?

»Ich habe eigentlich mehr den motorisierten Besuch in Ihrer Pizzeria gemeint«, stelle ich klar und nebenbei fest, dass diese Erinnerung die größere Angst bei Börner auslöst. Vermutlich würde er noch einige Tausender herüberwachsen lassen, wenn ich ihm die nehmen könnte.

»Ach, die meinen Sie«, winkt er ab. »Rein geschäftliche Angelegenheiten.« In seinen Augen flackert die Furcht, durchschaut zu werden.

Ich weiß nun, wie er aussieht, wenn er ängstlich lügt, und bin bereit, ihm die andere Sache zu glauben. Nein, mit Susis Tod hat Börner nichts zu schaffen. Allem Anschein nach hat man ihn selber am Kanthaken deswegen.

»Könnte es nicht sein, dass sie sich selbst umgebracht hat?«, stelle ich auch ihm meine Standardfrage, von der ich meine, dass nur jemand sie bejahen wird, der von sich selbst ablenken will. »Der Ort dazu war sehr geeignet, vielleicht hat sie ihre Doppelbelastung als liebende Hausfrau und Liebesverkäuferin nicht mehr ertragen können – bei so einem Gatten …«

»Durchaus sehr jut möglich, jeht aber nicht«, der Leipziger Jungunternehmer schüttelt sein schwerer werdendes Haupt, und der Slang verrät, dass er kein Leipziger ist.

»Wieso jeht det nich?«, frage ich, seine Mundart kopierend, und mir wird bewusst, dass ich nahe daran bin, ganz von selbst so zu sprechen.

»Susi konnte nich Auto fahren. Hatse nich jelernt inne DDR. Und ohne Auto wärse da nie hinjekomm.«

13

Der Traum kurz vor dem Erwachen ist eigentlich gar kein richtiger Traum, sondern eher eine sehr plastische Erinnerung. Ich sehe den Guanchen bergab auf die Absturzstelle zulaufen, gestikulieren und – das ist der Unterschied zur Realität –, ich höre ihn rufen: Sieh her! Sieh, was ich dir zeige, Fremder, schreit er mich an. Ich führe dir vor, was ich gesehen habe, Fremder, denn wir Guanchen reden nicht mit euch. Doch wenn du Augen hast, dann kannst du sehen, was ich dir zeige. So ist es gewesen, sieh her! So ist er gelaufen, so hat er sie gepackt und gestoßen, und so hat sie geschrien im Fall!

Die Erinnerung an den Schrei lässt mich schweißgebadet erwachen, und ich wähne mich für einen Augenblick im Hotel *Los Palmitos.*

Wie ich in das Leipziger Hotel gekommen bin, bleibt mir ein Vorgang im Nebel. Gefahren ist jedenfalls, soweit erinnere ich mich undeutlich, Lutz Kellner, der mich mehr von der Straße aufgelesen hat, als dass ich zu ihm ins Auto gestiegen bin. Erstaunlich nur, dass meine Fahne ihn nicht hat rückfällig werden lassen. Bei richtigen Alkoholikern soll ja die kleinste Dosis genügen.

Während ich meine Kopfschmerzen wegzumassieren versuche, fällt mir ein, dass ich mich nicht daran erinnern kann, ob Lutz Kellner nun so schrecklich geschnarcht hat, wie seine Frau behauptet haben soll, oder nicht.

»Könntest du zu deinen guten Taten noch eine hinzufügen und mir eine Tablette besorgen?«, bitte ich ihn, da er schon angezogen und rasiert ist. Die Uhr zeigt halb elf.

Erst als er verschwunden ist, fällt mir auf, dass ich ebenfalls in Tageskleidern stecke – noch. Ich quäle mich gebeugten Schrittes zum Waschbecken, sehe mir den Kerl im Spiegel an und erinnere mich vage an gestern Abend. War wohl ziemlich erfolgreich, glaube ich. Die Einzelheiten werden mir wahrscheinlich später wieder einfallen, denn einen richtigen Filmriss hatte ich bisher noch nie.

Zum Rasieren komme ich nicht mehr. Der Polizist, den ich im Spiegel erblicke, ist eingetreten, ohne anzuklopfen. Ein zweiter sichert ihn mit vorgehaltener Pistole, und der schmerzhafte Griff, mit dem meine Arme auf den Rücken gedrückt werden, wird erst gelockert, nachdem ich geschworen habe, nicht Lutz Kellner zu sein, und anbiete, dies durch Vorlage meines Personaldokumentes zu beweisen.

Auf die Frage, wo dieser Lutz Kellner sich zur Zeit aufhält, muss ich nicht mehr antworten, da der gerade zur Tür hereinkommt. Mein auf ihn gerichteter Blick liefert ihn unverzüglich an die sächsische Staatsgewalt aus.

Wir werden getrennt vernommen. Meine Kopfschmerzen lassen nicht nach, da die polizeiliche Wachsamkeit erfolgreich gegen den Versuch des Herrn Kellner vorgegangen ist, mir die Tablette bei seiner Festnahme noch zuzustecken. Mit den Worten »Wer weiß, was das ist«, wurde das Medikament vorsorglich beschlagnahmt.

Nach einer guten Stunde, in der ich von einem großen und korpulenten Polizisten, der seiner Sprachführung nach keinesfalls ein West-Import ist, immer wieder die gleichen drei Fragen gestellt bekommen habe – Was ich denn in Leipzig treibe? Woher ich den Herrn Kellner kenne? Wo ich mich gestern vor Mitternacht aufgehalten habe? –, erklärt man sich bereit, mir ein Schmerzmittel zu besorgen und zu verraten, weswegen man mich festhält.

Dass ich als Privatdetektiv ermittle und über den Stand meiner Ermittlungen nur meinem Auftraggeber Auskunft zu geben bereit bin, wischt man jedoch mit einer Handbewegung hinweg.

»Nu horche mal druff, du so genannter Dedegdiev. Dein Freind hat vorsche Nacht jemanden abgeschlachdet und ihm danach den Bimmel in de Gusche gestopft. Du hast mit dem in dem gleichen Bett gebennt nach der Dat, stinkst nach dem gleichen Fusel wie der Dote und häldst hier Märschenstunde ab. Eure schwulen Sauerein, die inderessiern mich nich, dass du da glar siehst, aber wenn's um Mord gehd, da wirsde mir jetzt vernünftche Andworden gehm, oder du gannsd mich kennen lernen.«

Das hat gesessen. So viele harte Worte in so einer weichen Mundart habe ich nicht erwartet. Aber ich weiß nun wenigstens, was passiert ist, und ich brauche etwas Zeit, das im Kopf zu sortieren und, soweit es gelingt, zu bewerten.

»Na gut, Sie so genannter Polizist«, versuche ich eine Retourkutsche, »erstens habe ich Ihnen nicht das Du angeboten, und ob ich mich darüber beschwere, möchte ich von Ihrem weiteren Verhalten abhängig machen, zweitens geht es Sie einen alten Arsch an, welcher sexuellen Konfession ich angehöre, und drittens werde ich Ihnen über die bereits erteilten Auskünfte hinaus, bei denen es sich keineswegs um Märchen gehandelt hat, nichts erzählen, bevor ich nicht mit meinem Anwalt telefoniert habe.«

Ich hole nach dem langen Satz tief Luft und warte auf die Wirkung. Der stämmige Diener seines Staates – Freistaates – zieht es vor, sich wortlos zu entfernen.

Man lässt mich eine halbe Stunde in dem eher spärlich eingerichteten Vernehmungszimmer schmoren, dann bringt mir eine ebenfalls uniformierte Dame ein Telefon. Wortlos stellt sie es auf ein Schränkchen in Türnähe. Dank meiner hypnotischen Fähigkeit gelingt es mir ebenfalls ohne Worte, aber mit einem tiefen Blick in ihre Augen, sie zum Rückzug zu bewegen.

»Dass doch die Weiber immer lauschen wollen«, murmele ich, während ich Langes Nummer wähle. Immerhin habe ich ihn sofort an der Strippe, und siehe da, er sagt, er sei schon etwas unruhig geworden, weil ich mich noch nicht gemeldet habe.

Ich schildere ihm mit knappen Worten, in welcher Lage ich mich befinde und was nach meiner Meinung passiert sein muss. Denn noch hat mir ja niemand verbindlich mitgeteilt, wer denn eigentlich ermordet wurde. Mein detektivischer Spürsinn jedoch und meine ausgezeichnete Kombinationsgabe lassen mich mit gewisser Sicherheit annehmen, dass es sich bei dem Opfer, welches die letzte Nacht gefordert hat, eigentlich nur um den falschen Zwillingsbruder von Kevin Costner handeln kann.

Ohne auf Einzelheiten einzugehen, teile ich mit, dass Lutz Kellner und nach ihm auch ich gestern Abend bei Herrn Börner waren. »Wir haben ihn beide lebend verlassen«, beschließe ich mein Stenogramm und frage, wie ich mich verhalten soll.

»Von deiner Seite muss alles offen auf den Tisch, aber nicht zu irgendeinem Untermeister. Verlange den Leiter der Ermittlung. Von meiner Seite aus will ich mal sehen, was sich machen lässt, ich kann dir aber nichts versprechen.«

Die Tatsache, dass gegen Mittag bereits Oberkommissar Just vor mir steht, nötigt mir etwas Respekt ab, weil es darauf hindeutet, dass der Berliner von selbst auf die Börner-Spur gestoßen sein muss. Die Leipziger Polizisten werden kaum einen Anlass gesehen haben, die Berliner Kollegen hinzuzuziehen, oder etwa doch – etwa wegen Kellner und mir?

Ich wette eins zu tausend, dass Just mir diese Frage nicht beantworten wird, und gewinne meine Wette sofort.

»Nett, Sie mal wieder zu sehen«, sagt er statt einer Antwort und lässt nicht erkennen, ob er mich bereits wieder für den Mörder hält. »Ich nehme an, Sie haben hier nichts als ein wenig ermittelt.«

»So ist es.«

»Und warum liegt, kaum dass Sie auftauchen, schon wieder eine Leiche in der Gegend herum?«

Da muss ich ihn korrigieren. »Beim vorigen Mal lag erst eine Leiche herum, und dann bin ich im kanarischen Luftraum aufgetaucht, Sie hatten das vermutlich überprüft. Und was den aktuellen Fall angeht, da könnte man mir mal endlich mitteilen, wer denn eigentlich diese Nacht nicht überlebt hat. Vielleicht kommen wir dann ins Gespräch, Herr Just, ich betone – ins Gespräch.«

»Meinetwegen«, brummt Just. »Ich kann Ihnen im Übrigen nicht nur sagen, wer ermordet worden ist, sondern auch, wer der Täter war. Und Sie werden mir erklären, wieso Sie mit dem gemeinsam Ihre Nächte in Hotels verbringen.«

»In einem einzigen Hotel, Herr Just, und wie Sie schon sagten, *gemeinsam* – und zwar diese eine ganze Nacht. Ob es Ihnen in Ihre Theorie hineinpasst oder nicht, Herr Just: Der Herr Kellner hat damit ein Alibi. Ich geb's Ihnen schriftlich.«

»Ich überhöre, was Sie gesagt haben, um Sie vor einer Falschaussage zu bewahren. Die Kollegen von hier sind nämlich etwas fixer als ihr Ruf und haben ihre Ermittlungen auch ohne Ihre Hilfe, Herr Adam, so gut wie abgeschlossen.«

Scheinbar gelangweilt, blättert der Herr Oberkommissar in seinen Papieren herum. »Bestialisch ermordet worden ist in den späten Abendstunden des vergangenen Tages der Restaurantbesitzer Holger Börner, der

Ihnen eventuell bekannt sein dürfte.« – Er zieht fragend die Augenbraue in die Höhe, und ich nicke. – »Der Mieter der Nebenwohnung des Toten, ein Herr Meißner, der übrigens unter Schwerhörigkeit leidet, ist bereit, beim Tod seiner Frau und beim Leben seiner Kinder zu beschwören, dass er folgende Worte von nebenan deutlich vernehmen konnte: ›Du hast meine Frau auf dem Gewissen, ich bringe dich um!‹«

Und eine Dame Höhne aus dem ersten Stock gibt an, dass sich gestern Abend ein Mann, den sie recht gut beschreibt, bei ihr nach der Wohnung des Ermordeten erkundigt hat, weil die Klingelschilder zerkratzt waren. Ihre Angaben passen auf den Festgenommenen – bis hin zur sehr genau beschriebenen Kleidung übrigens. Frau Höhne hat ihr Leben lang als Herrenschneiderin gearbeitet, und Herr Kellner hat sich noch nicht einmal die Mühe gemacht, sich umzuziehen.«

Der Oberkommissar genießt die Wirkung seiner Worte ein wenig, bevor er noch eins draufsetzt. »Wussten Sie übrigens, dass der alkoholkranke Lutz Kellner vorige Woche aus einer Anstalt ausgebrochen ist, nachdem er vom Tod seiner Frau erfahren hat? Ich glaube kaum, dass er zurechnungsfähig ist. Er streitet die Tat zwar ab, hat sich aber keine Mühe gegeben, sie zu verschleiern. Er wurde, wie Sie wissen, im Hotel *Esplanade* festgenommen, einen Katzensprung entfernt vom Restaurant des Ermordeten. Dort hat Ihr Freund Kellner nach Aussage des Kellners – kleiner Wortwitz von mir – schon gestern auf sein Opfer gewartet. Reicht das, Herr Privatdetektiv?«

Es reicht mir in der Tat. Ich kläre den oberschlauen Bullen darüber auf, dass auch ich gestern in der Pizzeria war und dort mit Sicherheit die späteren Mörder gesehen habe.

»Mein Besuch bei Herrn Börner hatte rein geschäftliche Gründe, da der Mann mir noch Geld geschuldet hat. Den Herrn Kellner habe ich vorgeschickt, um meinen Schuldner ein wenig kirre zu machen, damit der mir nicht mit dummen Ausreden kommt. Alles zusammen hat der Aufklärung des Todes der Frau Kellner gedient, an der der Ehemann der Toten ein vehementes Interesse hat, wie Sie sich vielleicht vorstellen können. Oder haben Sie den Fall inzwischen gelöst, Herr Just?«

»Nein. Vermutlich gibt es aber Zusammenhänge.«

»Mag schon sein. Die bestehen jedoch nicht darin, dass ich an beiden Orten auftauche. Oder soll ich etwa auch Sie für verdächtig halten, weil Sie an beiden Orten anzutreffen sind? Wenn Sie später als ich zur Stelle sind, haben Sie zwar möglicherweise ein besseres Alibi, aber wahrscheinlich auch die schlechtere Nase!«

Oberkommissar Just grinst. »Gar nicht übel«, sagt er anerkennend, und ich grinse zurück. »Was Sie betrifft, Adam, hege ich keinen Verdacht. Aber der Kellner, der hätte ein Motiv. Dass Sie, der ehrenwerte Detektiv, ihn hergeschleppt haben, ist noch kein Beweis für seine Unschuld. Bleiben Sie dabei, ihm ein Alibi zu geben?«

Eigentlich ist sogar etwas dran an dem, was der Bulle sagt, überlege ich. Wie gut kenne ich diesen Lutz Kellner? Ein wenig wunderlich ist er durchaus, und den Zugang zu Börner, der seine Frau – so oder so – auf dem

Gewissen haben könnte, zumindest indirekt, den habe ich ihm gestern verschafft. Was weiß ich, ob er das Hotelzimmer nicht noch einmal verlassen hat, nachdem er mich im Doppelbett ablud? Denn darauf, dass ich meinen Rausch ausschlafe, konnte er durchaus vertrauen.

»Ich bleibe dabei«, sage ich, auf eine innere Stimme hörend. »Und um gleich noch etwas klarzustellen, das Ihre Leipziger Kollegen wohl für den heißesten Schrei halten mögen: Weder Kellner ist schwul, noch ich bin es. Schwanz abschneiden und in den Mund der Leiche stecken ist eine wenig appetitliche Angewohnheit ganz anderer Kreise.«

»Ich weiß, wen Sie meinen. Und Sie sollen bitte nicht glauben, dass wir nicht allen Spuren nachgehen werden. Da haben Sie mal keine Sorge.«

»Wie sind denn Sie auf Börner gekommen?«, frage ich, den Moment nutzend, in dem sich der Oberkommissar in der Defensive befindet. Ich hätte das nicht tun sollen, denn damit stelle ich mir selbst ein Bein.

Just antwortet mit einem kurzen Satz: »An den sind die Hotelrechnungen vom *Palmitos* gegangen.« Er vergisst aber nicht, sogleich die Gegenfrage zu stellen.

Und die ist nicht so einfach zu beantworten. Würde ich auf Susan verweisen, die er auf Gran Canaria ja persönlich befragt hat, erfolglos vermutlich, dann stünde sie als eine da, die etwas zu verbergen hat. Mit peinlichen Nachfragen wäre zu rechnen. Lange hat gesagt, ich soll mit der vollen Wahrheit auf den Tisch, aber alles kann der aus der Entfernung ja auch nicht überblicken, stelle ich fest, und erinnere mich eines gewissen

Herrn Kaminski, von dem ich den Namen Börner zum ersten Mal gehört habe. Den aber, so fällt mir im gleichen Moment ein, kann ich auch nicht benennen, ohne Susan mit hineinzuziehen. Denn auf die nächste Frage, wie ich auf Kaminski gekommen bin, wüsste ich wieder keine Antwort, die an Susan vorbeiführt, und auf Lutz Kellner kann ich mich nicht berufen, ohne ihn noch tiefer in die Sache reinzuziehen. Der sieht zudem in seiner toten Frau immer noch die Unschuld vom Lande.

Just merkt, dass ich zögere, und sein Jagdinstinkt erwacht sogleich. Das wiederum sehe ich ihm an.

»Na, um die Antwort verlegen, Herr Adam?«

»Keineswegs. Ich weiß nur nicht, ob ich jemanden mit hineinziehen soll, der mir den Namen möglicherweise nicht hätte nennen dürfen.«

»Nur zu. Ich lasse Gnade walten.«

»Eine gewisse Kirsten hat für mich in den Computer ge ...«

»Kirsten Morgenstern?«

»Vermutlich heißt sie so. Ich nannte sie Juanita, da ich sie anfangs für eine Spanierin hielt.«

Just frisst den Braten, und ich nehme mir vor, Kirsten so schnell wie möglich anzurufen, sie zu warnen.

In die Tür tritt ein zwar nicht uniformierter, der Sprache nach aber unbedingt hiesiger Polizist. »Von uns aus kann der Herr Adam seiner Wege gehn«, sagt er zu Just. »Ich weiß nicht, ob Sie ihn noch brauchen, aber das wär dann Ihre Angelegenheit, Herr Oberkommissar. Mir ham ihn sozusaachen bloß emal zur Sache befraacht, festgenommen ist er nicht.«

»Das klang vorhin ja noch ein wenig anders«, meint Just, mir gegenüber kein Blatt vor den Mund nehmend. »Aber meinethalben können Sie auch gehen. Unter einer Bedingung: Wenn Sie wieder an einen Ort wollen, wo ein Mord geschieht, dann sagen Sie vorher Bescheid. Ich komme dann mit.«

»Wissen Sie, wie viele Morde jeden Tag in Berlin und anderswo verübt werden, Herr Just? Vermutlich besser als ich. Da sagen Sie mir doch bitte, wo morgen keiner passiert. Da fahr ich hin, dort bin ich dann sicher.«

Just zuckt mit den Schultern. »Überlassen Sie die Suche nach dem Mörder von Susanne Kellner bitte zukünftig mir.«

Ich zeige Einsicht: »Mein Auftrag hat sich erledigt – Ihr Fall. Darf man fragen, wie weit Sie sind?«

»Sie erwarten doch nicht etwa eine Antwort, Herr Adam?«

»Lassen Sie Lutz Kellner frei?«

»Herrn Kellner habe ich im Fall Kellner längst laufen lassen, wie Sie wissen. Im Fall Börner wird er von den Leipziger Kollegen bearbeitet, das ist nicht mein Bier.«

Der Unbekannte, der mich freigesprochen hat – vermutlich habe ich das dem Lange zu verdanken –, schüttelt den Kopf. »Der Herr Gellner ist bis auf weiteres unser Gast, da beißt die Maus gein Faden ab.«

»Sagen Sie Ihrem Kollegen, dass ich Herrn Kellner für die ganze Nacht ein Alibi gebe«, fordere ich Just auf.

Der Leipziger winkt lächelnd ab. »Wohl de ganze Nacht Mensch-ärger-dich-nich gespielt, was? Gehmse sich keine Mühe, Herr Adam, und seinse froh, dasse gehen gönn.«

»Schon mal was von Guanchen gehört?«, frage ich Just beim Gehen und ernte einen saublöden Blick. »Von denen sollten Sie einen befragen. Wäre den Versuch vielleicht wert. Aber lassen Sie mal, die sind noch schneller von der Bildfläche verschwunden als ich«, sage ich und bin schon so gut wie aus dem Haus.

14

Mit Johannes Lange, der sich nach Feierabend noch Zeit für mich genommen hat, komme ich schnell zu einer übereinstimmenden Bewertung des Falles. Zumindest, soweit er den an die Detektei gestellten Aufklärungswunsch betrifft.

Ja, Holger Börner ist an Kreise geraten, denen er nicht gewachsen war. Beim Tanz um das Goldene Kalb ist er der Teufelsgeige gefolgt. Die ihm das Geld für den Erwerb der Kneipe gegeben haben, brauchten einen bedingungslos gehorchenden und tadellos funktionierenden Strohmann. Seine Mädchengeschäfte hat er entweder zusätzlich betrieben oder im Auftrag. Für uns ist unwichtig, ob er auf eigene Rechnung gearbeitet oder auf andere Weise nicht pariert hat. Mit Susannes Tod hat er nichts zu tun, aber ihr Tod hat ihn das Vertrauen seiner in diesen Dingen nicht sehr toleranten Gönner gekostet. Und dieser Verlust war für ihn tödlich.

»Ich vermute, die haben ihm nicht nur Weisungen erteilt, sondern ihn auch gründlich kontrolliert. Wenn sie ihn zum Beispiel in seiner Wohnung abgehorcht haben, dann könnte schon all das, was er dir so erzählt hat, sein Todesurteil gewesen sein«, meint Lange, und ich stimme ihm zu.

»Mit in den Mund gestopften Schwänzen zeigt die Mafia, wie sie mit Schwätzern umzugehen pflegt.«

»›Pizza-Connection‹ gelesen, was? Kannst recht haben. Die Leipziger haben übrigens keine Spur von den jungen Männern mit den flotten Motorrädern, die du gesehen haben willst. Auch dieser Kellner möchte deine Angaben nicht bestätigen.«

»Lutz Kellner hat nur die Motorräder, nicht aber deren Besitzer gesehen.«

»Den Pizza-Servierer meine ich. Aber vermutlich hängt er nur zu sehr an seinem Schwänzchen. Na, wie dem auch sei. Für einen Schlussbericht an deine Schöne reicht es ja wohl. Außerdem dürfte der Gegenstand ihres Auftrages nun kaum noch von allzu lebhaftem Interesse für sie sein.«

»Kaum, Chef. Aber ich würde gern noch eine letzte Spur beschnuppern, wenn ich darf.«

»Verschwende nicht deine, verschwende nicht unsere Zeit mit Arbeit, die Sache der Polizei ist. Der Ehrgeiz bringt dir nur Ärger, Dirk, glaub es mir.«

Ich nicke einsichtig, aber Langes Tonfall lässt auf Neugier schließen. Ich beuge mich zu ihm hinüber und senke die Stimme. »Die Spur, die ich meine, die hat der Just nicht und die kann ihm auch keiner mehr liefern, es sei denn, Herr Börner spuckt noch mal aus, um zu reden.«

»Pfui, du Ferkel, lass schon hören!«

»Auf der Rückfahrt von Leipzig ist es mir gelungen, die Unterhaltung mit Börner zu rekonstruieren. Und …«

»Wie das denn, hast du etwa während der Fahrt Kognak gesoffen?«

»Ich verstehe nicht ganz.«

»Gedächtnislücken, die im alkoholisierten Zustand

entstehen«, doziert Lange, »sind gar keine echten Gedächtnislücken. Das Gehirn legt die Informationen nur ein paar Millimeter weiter in der Hirnrinde ab, und da kommst du nüchtern nicht ran. Wenn du dich wieder in den gleichen Zustand begibst, hast du gute Chancen, den Speicher zu öffnen. Man sollte dann allerdings viel quatschen und ein Band mitlaufen lassen, sonst ist nach dem Rausch wieder alles duster – habe ich gerade gelesen«, sagt Lange, und ich staune, dass er trotz seiner aktuellen Neugier noch darauf bedacht ist, die Allgemeinbildung seines Mitarbeiters zu heben. Aber vermutlich ist er nur ein Genießer, der seine Lust an der Offenbarung der neuen Spur einfach noch ein Minütchen hinausschiebt.

»Also, so schlimm war es nicht. Mir ist ohne Zuhilfenahme gedächtniserweiternder Drogen einfach noch etwas eingefallen, was der Herr Börner mir ziemlich zum Schluss erzählt hat. Nachdem ich ihm zugesichert hatte, ihn vor dem verrückten Witwer zu schützen, und nachdem ich ihm glaubhaft versichert hatte, dass ich ihn für unschuldig am Tod der Susanne Kellner halte, hat er mir in einer Anwandlung von alkoholischer Verbrüderung nicht nur den Namen des Freiers verraten, zumindest dessen Spitznamen …«

»Bazzi!«

»… genau, sondern hat mir auch den Tipp gegeben, mal in der Kundenkartei des Arbeitgebers der Toten nach dem Mörder zu suchen.«

»Du meinst den Chef der Telefonsexagentur?«

»Ja, diesen Kaminski meine ich. Der soll nämlich eine

ganz und gar geldgeile Sau gewesen sein, der der Versuchung nicht widerstanden hat, die Gespräche, die von seinem Studio aus über seine Anlage gelaufen sind, auch noch mitzuschneiden.«

»Und den Kunden gewinnbringend anzubieten«, vollendet Lange völlig korrekt.

»Nicht allen, aber einigen. Er muss schon das Gefühl gehabt haben, dass da was zu holen ist. Ein armes Schwein, das sich ein paar Schweinereien zuflüstern lässt, zudem noch alleinstehend ist und arbeitslos, das lohnt den Aufwand nicht und nicht das Risiko, das eine Erpressung immer mit sich bringt.«

»Das Gegenteil wäre ein reiches Schwein, das selbst ein paar Schweinereien zurückgeflüstert hat, verheiratet und in verantwortlicher Position beschäftigt ist. Wie willst du so einen aus dem Kundenverzeichnis dieses Kaminski herausfiltern, und vor allem, wie willst du an dasselbe überhaupt herankommen?«, bringt Lange die Schwierigkeiten auf den Punkt. Er ist eben ein Profi und kein Traumtänzer.

»Wäre völlig unmöglich, ist aber auch nicht nötig. Ich habe nicht darum gebeten, nach neuen Spuren suchen zu dürfen, sondern darum, eine bereits vorhandene Spur zu verfolgen. Mit anderen Worten: Ich weiß von Susan, dass sich einer der Kunden so auffällig benommen hat, dass die Mädchen Angst vor ihm hatten. Auf ihn treffen alle soeben von Ihnen skizzierten Punkte zu, und um den zu finden, fehlt nicht mehr viel.«

»Da bin ich aber neugierig.«

»Der Perverse heißt mit Vornamen Horst, stammt

aus dem Rheinland, ist geschieden und befindet sich in einem hiesigen Einwohnermeldeamt in verantwortlicher Position. Vermutlich also so ein Entwicklungshelfer mit Mercedes und Buschzulage – der müsste doch irgendwie zu angeln sein«, meine ich und setze auf Langes großen Bekanntenkreis.

»Gewöhn dir mehr Exaktheit an, wenn du irgendwann einmal befördert werden willst«, sagt der Chef streng und wartet, bis ich ihn darum bitte, mir zu erklären, wie er das meint.

»Du hast gesagt, alle von mir skizzierten Punkte würden auf den Gesuchten passen. Ich hatte ihn für verheiratet gehalten, du aber sagst, er sei geschieden. Na, was denn nun?«

Das erfolgreichste Karriererezept – der Chef hat immer recht – missachtend, biete ich eine Zwischenlösung an. »Auf dem Papier geschieden heißt noch lange nicht unbeweibt. Da gibt's noch dies und jenes.«

»Papperlapapp!«, weist Lange meinen Einwand zurück und nickt, wobei er die Schweinsäuglein zusammenkneift. »Siebener Strecke ist das, könnte sogar klappen.«

»Wie bitte?«

Unwirsch wehrt er meine Frage ab. »Davon verstehst du nichts und wirst du auch nie was verstehen – verstanden?!«

Ich habe mich nicht entscheiden können, ob ich nach Hellersdorf zu Susan oder in meine Wohnung fahre, und an der Kreuzung die Ampel entscheiden lassen.

Geradeaus kam vor links, also bin ich nach Hause gefahren, habe geduscht und mich umgezogen. Nun aber hat sich das Kribbeln im Magen in einen Zustand verwandelt, der mir die Nahrungsaufnahme unmöglich macht, also rufe ich an.

Susan ist nach dem zweiten Klingeln am Apparat und überhäuft mich mit besorgten Vorwürfen. Sie habe gedacht, ich würde noch gestern zurückkommen, und nun sei ich schon die zweite Nacht in Leipzig. Bei wem ich denn schliefe und so weiter. Sie habe in ihrer Verzweiflung vorhin schon bei Börner angerufen, um sich »ganz vorsichtig« nach mir zu erkundigen, sagt sie unsicher. »War das falsch? Habe ich deine Ermittlung gestört? Du musst sie nicht weiterführen, komm lieber zurück …«

»Und du musst mich mal zu Wort kommen lassen, mein Schatz. Ich bin soeben wieder in Berlin angekommen, und den Mafioso Börner hast du mit Sicherheit nicht mehr erreicht. Warum nicht, erzähl ich dir später. Ich für meinen Teil habe gestern im Hotel übernachtet und heute beinahe bei der Polizei. Wenn du möchtest, dass ich doch noch bei dir schlafe, dann brauchst du es nur zu sagen, aber bitte mach mir was zu essen, okay?«

»Mehr als okay«, sagt Susan, und sie klingt mindestens so erleichtert, wie ich mich im gleichen Augenblick fühle. Mein Kribbeln im Magen ist einem Mordshunger gewichen.

»Wer sich in Gefahr begibt, kommt darin um«, kommentiert Susan den Tod ihres Ex-Freundes nachdenklich leise, nachdem sie sich mit dem Handrücken über die Augen gestrichen hat.

Ich wundere mich ein wenig über ihre Gelassenheit, halte aber zweierlei für möglich: Susan mag im Stillen immer damit gerechnet haben, dass Börner etwas zustoßen kann, wenn er sich von Unbekannten Geld für eine Kneipe schenken lässt und sich somit in die totale Abhängigkeit begibt. Und es ist auch gut denkbar, dass Susan ihre Trauer vor mir zu verbergen vermag.

»Nun muss ich mich nicht mehr von ihm trennen. Andere haben es für mich erledigt«, sagt sie und seufzt.

Dass Lutz Kellner mich begleitet hat, erstaunt sie nicht weniger, als es die Polizei verwundert hat.

»Hast du ihm erzählt, was seine Frau so getrieben hat?«, will sie wissen.

»Ein paar Andeutungen ließen sich nicht vermeiden. Ich wollte ihn ja ein wenig scharf machen, um Börner durch ihn zu verunsichern. Aber die volle Wahrheit kennt er sicher nicht. Es sei denn …«

»Ja?«

»Es sei denn, Börner selbst hat ihm reinen Wein eingeschenkt«, kommt es mir mit Wucht in den Sinn. »Aber nein«, versuche ich mich zu entlasten, »als er die Treppe runterkam, bevor ich hinauf bin zu Börner, da hat er einen recht zufriedenen Eindruck gemacht. Er war stolz auf sich und nicht von so etwas schockiert.«

»Oder er hat es überspielt, weil er schon einen Entschluss gefasst hat«, orakelt Susan vor sich hin. »Kannst du wirklich beschwören, dass er euer Hotel nicht später noch einmal verlassen hat?«

Nein, das kann ich nicht. Von der Nacht in Leipzig weiß ich so viel wie ein Eskimo vom Äquator. Aber ich will es einfach nicht glauben, obwohl Kellner ja sogar meinen Autoschlüssel noch in der Hosentasche hatte. Theoretisch hätte er es eins fix drei hinter sich bringen können. Auch das mögliche Motiv könnte man durchaus als stark genug bezeichnen. Immerhin sehe ich ein, dass die Leipziger Polizei ihn nicht so ohne Weiteres laufen lassen kann. Und zumindest daran trage ich meinen Teil Schuld, verdammt noch mal.

Auch Susan scheint dies zu ahnen, denn ihr Blick ist ein wenig unterkühlt. Wahrscheinlich bereut sie es, mich auf Börner angesetzt zu haben.

Ich lege einen der beiden Tausender auf den Tisch, die Börner mir vor seinem Ableben vermacht hat.

»Mit der einen Hälfte kannst du die kleine Rechnung bezahlen, die mein Chef dir in den nächsten Tagen schicken wird, die andere Hälfte ist für Johanna«, erkläre ich und sage, wem ich das Geld aus dem Kreuz geleiert habe.

»Aha«, sagt Susan nur und ist in Gedanken schon einen Schritt weiter. »Wenn die Mafia ihn umgelegt hat, weil er dir zu viel erzählt hat, bist dann du nicht auch in Gefahr?«, spricht sie aus, was ihr die ganze Zeit durch den Kopf gegangen sein mag.

Jetzt begreife ich ihre etwas unterkühlte Art. Sie hat nichts anderes als Angst um mich!

Mir wird heiß ums Herz, ich umarme und küsse sie und versuche, ihr die Sorge zu nehmen.

»Überhaupt keine Gefahr«, sage ich. »Die schönen Südländer, wenn sie es denn überhaupt waren, kennen erstens weder meinen Namen noch meine Adresse«, argumentiere ich, den Unsinn selbst sofort durchschauend. Denn wenn die *Esplanade,* in das sie Börner am Nachmittag zum Gespräch geschafft haben, vermutlich zum Boss, ihr Stammhotel ist, dann sind sie gewiss auch in der Lage, meine und Kellners Personalien, die ich an der Rezeption ja hinterlassen musste, in Erfahrung zu bringen. »Zweitens hat Börner mir nichts wirklich Wichtiges verraten, um dessentwillen man mich beseitigen müsste. Er hat eben nur bewiesen, dass er nicht dichthalten kann, sondern zu quatschen beginnt, wenn er unter Druck steht und unter Alkohol. Hätte ich, und das ist schon drittens, Kenntnis von einer heißen Sache, dann wäre es jetzt schon zu spät, mich aus dem Verkehr zu ziehen. Ich kann ja mittlerweile die Polizei und Hinz und Kunz darüber aufgeklärt haben.« Das überzeugt mich sogar selbst einigermaßen.

Auch Susan scheint erleichtert und streicht mir zärtlich mit fünf Fingern durchs Haar. »Du musst mir versprechen, dass du nicht nach Holgers Mörder suchen wirst und auch nicht nach Susannes Seriös-Begleitung.«

»Versprochen, bei meinem Schw... Schwamm drüber, wollte ich sagen, das geht uns alles nichts mehr an.« Wir lachen, aber mir ist nicht so ganz danach.

»Ein Rest bleibt allerdings noch«, versuche ich, die Kurve zu kriegen. »Da ist mein schlechtes Gewissen gegenüber dem Lutz und, nein, unterbrich mich mal nicht, da ist auch ein schlechtes Gewissen dir gegenüber.«

»Wieso mir gegenüber?«

»Also«, sage ich und weiß nicht recht weiter. »Also, stell dir mal vor, wir beide würden, falls du dir das vorstellen kannst, wir drei, meine ich, Johanna einbezogen, würden weder heute noch morgen auseinanderlaufen, sondern, also ...«

»Ich liebe dich«, sagt Susan trocken und beendet damit mein hilfloses Gestammel.

Mir wird schwarz vor den Augen, ich sehe Rosa und Grün und sage außer »ich dich schon vom ersten Moment an« für einen sehr langen Moment kein Wort mehr. Wir kommen beide nicht dazu, denn weder Münder noch Hände sind frei. Erst sehr viel später nehme ich den Gedanken wieder auf: »Deine Freundin ist wahrscheinlich umgebracht worden. Die Polizei kommt der Lösung nicht näher. Ich bin Detektiv von Beruf. Meinst du, du könntest mich und meine Arbeit auf die Dauer ernst nehmen, wenn ich sang- und klanglos aufgebe? Ich glaube, das würde mich belasten, Liebste.«

»Unsinn.«

»Nein, es ist mir ernst damit. Als wir uns kennen gelernt haben, hattest du ein Problem. Wegen dieses Problems sind wir uns eigentlich erst nahegekommen. So weit, so gut. Nun aber sind zwei Menschen nicht mehr am Leben, die dir ebenfalls recht nahegestanden haben – glaubst du im Ernst, das Problem ist damit vom

Tisch? Ich bin kein Psychologe, aber ich denke, da könnte mal ein Alptraum draus werden. Außerdem habe ich nach wie vor das Gefühl, dass du mir irgendwas verschweigst.«

Susan schaut mich hilflos an. Sie sieht zwar so aus, als wolle sie mir widersprechen, weiß aber wahrscheinlich selbst, wie sinnlos das wäre – weil ich nämlich recht habe.

15

Bevor mir Susan am nächsten Morgen beim Gehen wortlos einen ihrer Wohnungsschlüssel in die Hand drückt, suche ich mir aus ihrem Telefonbuch noch die Nummer von SYNANON INTERNATIONAL heraus. Ich will es genau wissen. Nach zwei Vermittlungen und freundlicher Durchsage anderer Nummern lande ich bei einer Frau Pia Schwarz, die zu meiner Freude einen Knut kennt, der wiederum durchaus der sein könnte, den ich suche.

Ich treffe ihn eine knappe Stunde später im Gebäudekomplex Herzbergstraße – der rote Klinkerbau ist eine Kreuzung aus Burg, Fabrik und Knast, denke ich beim Durchschreiten der vergitterten Pforte – und stelle mich ihm als der vor, der ich bin.

»Ich dachte schon, ein Ehemaliger hat sich an mich erinnert und möchte zurück. Aber dein Gesicht kenn ich noch nicht«, spricht er ganz offen drauflos. Er ist etwa vierzig, blond und hat schon schütteres Haar.

»Gewissermaßen ist es so, wie du sagst. Und ich mache mir auch Sorgen um ihn, weil er sich, ohne es zu wollen, bei der Polizei aufhalten muss.«

»Verstehe«, meint Knut. »Die wenigsten halten durch und bleiben bei uns. Die meisten verlassen uns irgendwann wieder, und von den meisten die meisten tun das zu früh. Ich selbst bin jetzt über fünf Jahre hier und habe vorher alles genommen, was der Markt hergab.

Bis zum Heroin. Dass ich noch lebe, verdanke ich diesem Laden hier, und ich will auch nicht weg. Wer zu früh geht, wird meistens rückfällig – sagen wir mal, acht von zehn. Und dann geht alles von vorne los: das Kiffen und Spritzen, das Klemmen und Anschaffen – mit einem Unterschied vielleicht: Man weiß, wohin man gehen kann, wo man Hilfe findet. Wer einmal hier war, der kommt, wenn es ganz schlimm wird, auch wieder zurück. Es sei denn, es ist schon zu spät oder die Gitter haben sich schon hinter ihm geschlossen.«

»Verstehe«, sage ich. »Der, den ich meine, wird einer Straftat verdächtigt, und die geht weit über das hinaus, was du genannt hast. Er steht unter Mordverdacht. Und ich möchte wissen, ob du ihm das zutrauen würdest, weil solche Menschen ja psychisch unter Umständen mit einer anderen Elle zu messen sind. Ich meine, da kann ja einer vielleicht ein ganz anderer sein, als er vorgibt.«

Knut nickt, wirft aber ironisch ein, solche Typen würden die ganze Gesellschaft prägen, in der wir leben. »Wen meinst du denn?«

Ich beschreibe Kellner, so gut ich kann, und füge noch hinzu, er habe einen Knut als seinen Betreuer genannt. Aber das müsse ja nicht zwangsläufig er sein.

Knut lächelt, da er sich an jemanden zu erinnern scheint.

»Einen anderen Knut findest du hier nicht. Das bin schon ich, und ich weiß auch, wen du meinst. Deine Beschreibung passt eigentlich nur auf den Lutz, und der war nur zwei Wochen bei uns. Ein Mörder ist der auf gar keinen Fall. Ganz schön weit runter im Persönlichkeitsbild, aber gesundheitlich noch nicht am Boden. Nur Alkohol. Versteh mich nicht falsch, Alkohol kann schlimmer sein als der ganze andere Stoff, das steht fest, aber noch nicht bei dem Lutz. Der hätte wohl noch eine Chance, möchte ich meinen, wenn er auch seelisch fix und fertig war. Du meinst doch den Lutz Kellner, oder?«

Ich nicke.

»Wusste ich's doch. Viel zu früh weg ist der wieder. War noch in der Probezeit, der Lutz.« Knut scheint ihn vor sich zu sehen. »Er hat sich ganz gut angestellt, zumindest beim Saubermachen und hier in der Werkstatt. Mehr gibt's ja am Anfang nicht bei uns. Gebildet war er auch, kein Dummer, nein, nein. Hat man übrigens unter euch Ossis auch seltener.«

Ich nehme es als Kompliment und frage mich wieder einmal, ob mir meine Herkunft im Gesicht geschrieben steht.

»Um Mord ging es also«, sinniert Knut nach. »Wieso ging es?«, stutze ich.

»Na ja, die Bullen waren schließlich auch hier, wegen des Alibis von Lutz, aber die haben uns nicht gesagt, wofür er eins braucht. Nun sitzt er also doch, kann's kaum glauben.«

»Muss man auch nicht unbedingt. Mir zum Beispiel wollten sie erzählen, er sei hier aus einer *Anstalt* ausgebrochen, und deshalb wollte ich mal sehen, was man in derselben dazu sagt.«

Knut lacht und fragt, ob er mir die *Anstalt* noch zeigen dürfe, Schlaf- und Gemeinschaftsräume, Werkstätten und so weiter, aber ich lehne dankend ab.

»Alles klar, keine Zeit«, sagt Knut. »Wer hat die schon heutzutage … Nur der Lutz, der hätte sich etwas mehr Zeit nehmen sollen, der Penner. Einen Anruf hat er erhalten, und der war ihm wichtiger als sein Vorsatz, die Sache hier durchzustehen. Von der Flasche ist der nämlich noch lange nicht weg, da bin ich mir sicher.«

Eine halbe Stunde später sitze ich wieder beim Chef im Zimmer, und Bärbel hat mir im Hineingehen gesagt, es würde schon gemunkelt, ich sei der neue Liebling vom Alten. Und der begrüßt mich auch noch mit Handschlag.

»Habe mir den ganzen Feierabend um die Ohren geschlagen wegen deines Horstes vom Rhein«, meint er vorwurfsvoll und stolz zugleich. »Es ist wirklich nicht so leicht heutzutage, so ganz ohne PKZ und ZPDB, aber lassen wir das.«

»Was ist Letzteres, Chef?«

»Das Gegenstück vom ersten, Grünschnabel. Das Beste, was es auf der Welt gegeben hat in dieser Richtung, das kannst du wohl glauben. Das war der große Überblick. Alles den Bach runter, aber ich sage dir eins: Das kommt alles wieder, weil wir sonst an den Gangstern ersticken. Das Organisierte Verbrechen in Europa grenzenlos auf der einen Seite und ein paar freundliche Cops auf der anderen, das wird nicht funktionieren. Ohne eine europaweite Personenkennzahl ist der Ausbreitung der Kriminalität doch gar nicht zu begegnen. Nur mit einer solchen Kennzahl wird's schwer für die, die was zu verbergen haben.«

»Mag sein, Herr Orwell.«

»Ach, hör schon auf. Ich will doch keine Überwachung des Privatlebens. Soll jeder denken und sagen, was er will, und die Nacht verbringen, wo und mit wem er will. Aber eine Kontobewegung, eine Flugbuchung, eine Erbschaft, ein Führerschein, ein Krankenschein, eine Eintragung ins Melderegister, das alles kann doch wohl über einen ganz großen Computer laufen – ich hätte nichts dagegen, weil ich nichts zu verbergen habe.«

»Apropos Melderegister.«

Lange nickt und beendet seinen Exkurs in Richtung unvollendete Vergangenheit so übergangslos, wie er ihn begonnen hat.

»Der Sittenstrolch heißt Horst Theo Ullmann und ist Stellvertreter des Amtsleiters in …«

Das fordernde Läuten des Telefons unterbricht Langes Personenangaben. »Ist für mich«, sagt er nach einem Moment überflüssigerweise, denn für wen sollte ein in seinem Zimmer auflaufender Anruf sonst sein? Er reicht mir seinen Notizzettel herüber, auf dem sich die vollständige Personalien des Sittenstrolches befinden, und ich fasse dies als Aufforderung zum Gehen auf.

Schon fast an der Tür, werde ich jedoch zurückgewunken. »Na dufte, da wird sich mein Mitstreiter aber freuen«, ruft der Alte in den Apparat und nickt mir auf eine so direkte Weise zu, dass selbst ich begreife, wer mit dem »Mitstreiter« nur gemeint sein kann.

»Hattest recht«, gratuliert er mir, nachdem er den Hörer auf die Gabel geknallt hat. »Dein Kellner ist es nicht gewesen. Die Leipziger Genossen haben ihn auf freien Fuß setzen müssen, wenn auch widerwillig.« Er bemerkt mein verdutztes Gesicht. »Hab ich Genossen gesagt? Na, steckt noch so drin, nach fast dreißig Jahren. Jedenfalls haben die unter den Fingernägeln des toten Börner Hautpartikel gefunden, die a) Kratzer verursacht haben müssen und b) nicht von Herrn Kellner stammen. Der Kellner hat auch gar keine Kratzer und wurde gegen 22 Uhr 30 an der Hotelbar alkoholisch versorgt. Das aber war mit ziemlicher Genauigkeit der Zeitpunkt, an dem der Tod von diesem Börner eingetreten ist.«

»Na bitte«, sage ich und bin für einen Augenblick wirklich erleichtert. Immerhin hatte ich Kellner ein Alibi zu geben versucht, dessen ich mir nicht ganz sicher sein konnte.

»Ich gebe dir die berühmten vierundzwanzig Stunden Zeit«, verabschiedet Lange mich, auf den Zettel in meiner Hand deutend. »Dann ist der Fall vom Tisch oder deine Privatsache für's Wochenende, klar? Und wenn's irgendwie brenzlig wird, dann ruf die Kripo an, sonst nimmt der Just dir das übel.«

»Alles klar, Chef. Bis übermorgen früh«, verabschiede ich mich und runde somit die vierundzwanzig Stunden unbemerkt ein wenig auf.

Im Einwohnermeldeamt herrscht zu meiner Überraschung nur wenig Betrieb. Als ich zuletzt darauf angewiesen war, die Dienste der hier Beschäftigten in Anspruch zu nehmen, ging es ein wenig hektischer zu. Mittlerweile dürften fast alle Einwohner der ehemaligen Deutschen Demokratischen Republik im Besitz eines amtlichen Personaldokumentes der Bundesrepublik Deutschland sein, und die Anforderungen an die Bediensteten haben sich auf ein erträgliches Maß reduziert.

Mein Wunsch, Herrn Ullmann persönlich zu sprechen, wird keineswegs zurückgewiesen. Nach einem Telefonat und nach zweiminütigem Warten darf ich in das Zimmer des Stellvertreters und bekomme sogar Platz angeboten. Der Anbieter ist kleinwüchsig, also womöglich gefährlich, aber er ist auch überdurchschnittlich beleibt, also vielleicht doch gemütlich. Neugierig darauf, was diese Statur für eine Mischung der Temperamente ergibt, beschließe ich, ihn mit keiner überlangen Einleitung zu nerven. Ohne mich vorzustellen, bringe ich mein Anliegen auf den Punkt.

»Bitte versuchen Sie nicht, mich hinauszuwerfen oder mit dümmlichen Antworten abzuspeisen, es würde die Sache für Sie nicht verbessern«, beginne ich, lächle einen Moment sehr kühl und warte zwei Momente auf die Wirkung. Als sich das feiste Gesicht nach abrupt eintretender Blässe mit Zornesröte zu schmücken beginnt, fahre ich fort. »Es geht mir um eine junge Frau namens Susi.« Ich warte erneut.

»Für Einzelauskünfte wenden Sie sich an meine Mitarbeiterin im Kundenraum«, sagt der Fettsack gepresst.

»Susilein, Süßilein« präzisiere ich mein Anliegen und sehe, dass ich Gefahr laufe, den Stellvertreter des Amtsleiters von Mund zu Mund beatmen zu müssen. Und da mir, abgesehen von Alaska, nichts ferner liegt als dies, trete ich den kleinen Rückzug an.

»Ich bin nicht von der Sitte«, sage ich mit dem Unterton des schmierigen Gönners. Und als das nicht wirkt: »Ich bin überhaupt nicht von der Polizei.«

Ullmann atmet flach, aber regelmäßig.

»Und ich muss die Polizei nicht über das informieren, was wir beide hier besprechen. Aber ich könnte natürlich …«

Geschafft. Ich sehe es am gebrochenen Blick des Stellvertreters des Amtsleiters. Dass es so einfach gehen würde, hatte ich nicht zu träumen gewagt.

»Wie viel wollen Sie?«, fragt er tonlos und blickt an mir vorbei. Offensichtlich hat er eine ganz bestimmte Meinung über mich, die ich nicht unbedingt sofort korrigieren muss.

»Wofür?«, frage ich süffisant. Soll er ruhig denken, ich wisse noch mehr, als er ahnt. Soll er, falls er der Mörder Susannes ist, den Eindruck haben, ich hätte die Beweise in der Hand. Soll er mir sagen, wie die aussehen könnten und was er dafür zu zahlen bereit ist.

»Für Ihr Ehrenwort«, sagt er resignierend und fügt hinzu: »Falls Sie eines zu vergeben haben.«

Das überrascht mich nun doch. Da lässt sich einer erpressen, ohne die Trümpfe sehen zu wollen, und ist offenbar zur Zahlung bereit, ohne mehr zu verlangen als ein Wort. Ich hätte wirklich nicht gedacht, dass man so einfach reich werden kann. Vielleicht sollte ich einen Schnitt machen und den Beruf wechseln, denke ich. Möglicherweise ist das der Moment der Wende in meinem Leben. Ab heute nicht mehr die Rübe hinhalten, sondern die Hand ausstrecken. Amtsleiter gibt's noch genug, die etwas zu verlieren haben. Wenn da nur jeder dritte was zu verheimlichen hat, wovon ich übrigens zutiefst überzeugt bin, könnte man auf ein gutes Brutto kommen und brauchte dieses nicht auf Netto umzurechnen, weil es das Gleiche wäre.

»Wenn Sie mir jetzt sagen, dass Sie mir die Originalbänder verkaufen, ist das eh nur Gewäsch. Sie können ja so viele Kopien haben, wie in Ihre Schränke passen. Also was soll's. Vernichten Sie alles, geben Sie mir Ihr Wort, dass nichts mehr da ist, und glauben Sie mir, dass ich mich gegen Nachzahlungswünsche zur Wehr setzen werde.«

»Wie denn zum Beispiel?«, versuche ich, seinen Redefluss zu zerbröseln, um so viel wie möglich aus ihm herauszuholen.

Ullmann steckt sich eine Zigarette in den Mundwinkel, schreibt ein paar Worte auf ein Stück Papier und zündet es, nachdem er es kurz vor meine Nase gehalten hat, gemeinsam mit dem Glimmstängel an. »Vielleicht schneiden Sie ja schon wieder mit«, begründet er sein Verhalten und nimmt einen sehr tiefen Zug. Offensichtlich hat er seine Handlungsfähigkeit zurückgewonnen und will Courage demonstrieren.

Ich sehe überhaupt keine Veranlassung, mich seiner Kommunikationsweise anzupassen. Im Gegenteil. Wenn der das lautlose Gespräch will, dann will ich das laute. Ohne allerdings gleich zu brüllen, erhebe ich meine Stimme und beantworte seine Notiz mit der Gegenfrage, ob er etwa auch die Susi von einem bezahlten Killer hat umbringen lassen. Sein Blick verrät mir, dass diese Verdächtigung für meinen Gegenüber einem gelandeten Uppercut im Boxsport gleicht. Er schnappt nach Luft und sinkt in seinem Sessel zusammen. Und er wirft das Handtuch. Ullmann sagt nichts mehr. Weder mündlich noch schriftlich. Er glotzt mich an wie ein geprügelter Hund. Nur das Winseln fehlt.

Unklar ist mir nur, was den Volltreffer zu einem Volltreffer hat werden lassen. Hat den Herrn die Wahrheit umgehauen oder die Nachricht von Susis Tod? Fühlt er sich getroffen, sprich überführt, oder nur betroffen?

»Wer sind Sie?«, fragt er stattdessen mit einer Mischung aus Ergebenheit und vorsichtiger Neugier, sich offenbar daran erinnernd, dass ich kein Polizist bin.

Wenn er der Mörder oder der Auftraggeber für den Mord an Susanne Kellner ist, dann könnte mir Gefahr drohen, ahne ich. Dann will er jetzt, nur scheinbar am Boden zerstört, eine Falle für mich bauen. Nein, solange ich selbst nicht genug weiß, werde ich ihn über meine Person im Dunkeln lassen, beschließe ich und versuche, mich möglichst genau an den Anruf zu erinnern, den ich in Susans Wohnung vorige Woche Mittwoch entgegengenommen habe.

Dass es die Stimme des Mannes war, der vor mir sitzt, daran besteht kaum ein Zweifel. Aber warum sollte er bei Susan anrufen, wenn er ein paar Stunden später Susanne umbringen wollte? Hat er sich wie ich durch die Ähnlichkeit der Namen verwirren lassen? Nein, das ergibt keinen Sinn. Zumindest nicht unter der Annahme, dass er für den Mord verantwortlich ist, denn dann hätte er auch gewusst, wo das Opfer zu finden sein würde, nämlich in Gran Canaria und nicht in Berlin. Nein, wenn er der Täter war, dann muss ihm auch bekannt gewesen sein, dass er es mit zwei jungen Frauen zu tun hat.

»Woher hatten Sie Susis Nummer?«, frage ich weiter, in der Hoffnung, die wirklich wichtigen Fragen nebenbei zu klären.

»Aus dem Telefonbuch.«

»Woher hatten Sie Namen und Adresse?«

»Von ihr selbst.«

»Das ist gelogen, Herr Ullmann. Und das kann ich Ihnen beweisen, wenn Sie es darauf ankommen lassen wollen.« Ullmanns Stimme klingt noch kleinlaut, aber sein Verstand hat sich vom Tiefschlag offenbar erholt: »Das könnte sie nur selbst widerlegen. Da sie aber, wie Sie eben sagten, umgebracht worden ist, nicht von mir übrigens …«

»Sie haben es nicht selbst getan. Mit Ihrem Anruf wollten Sie sich davon überzeugen, dass sie das Haus verlassen hat! Der Hörer wurde aber abgenommen, von mir übrigens.«

»Nein, nein und noch einmal nein!«, begehrt Ullmann auf. Durch seine hastige Handbewegung fällt ihm Zigarettenasche aufs Hemd. Er bemerkt es nicht.

»Ja, ich habe bei dieser mistigen kleinen Ostschlampe angerufen, aber nur, um ihr Angst zu machen. Ich wollte, dass sie weiß, dass ich weiß, wo sie zu finden ist. Sie sollte sich noch mal überlegen, worauf sie sich da einlässt.«

»In Sachen Erpressung.«

»Ja doch. Weswegen denn sonst? Warum fragen Sie das? Sind sie nicht gekommen, um das Geschäft für sie fortzuführen?«

»Nein, bin ich nicht«, rücke ich mit der Wahrheit heraus und schiebe eine Frage nach: »Woher sind Sie sich denn so sicher, dass die, die Sie angerufen haben, die ist, von der Sie erpresst worden sind?«

Ullmann stutzt, als würde er die Frage nicht begreifen. »Na, von wem denn sonst?«, bringt er hervor. »Auf dem Band sind nur ihre und meine Stimme. Wenn ich nicht mitgeschnitten habe, und das habe ich nicht, dann kann doch nur sie es gewesen sein, die kleine Ostschlampe.«

Du vergisst die Möglichkeit, dass außer dir noch ein anderes Schweinchen in der Leitung war, denke ich und bin einigermaßen davon überzeugt, dass der Herr, der vor mir im Sessel sitzt und sich langsam wieder auf Originalgröße reckt, mit dem Mord an Susi nichts zu schaffen hat. Dennoch frage ich, ob er denn immer nur ein und dieselbe Dame an der Strippe hatte, wenn es zur Sache gegangen ist.

»Am liebsten die eine. Die beiden anderen auch, aber da lief nicht so viel«, gesteht er mir sozusagen von Mann zu Mann, worauf ich nicht den geringsten Wert lege. »Echt gut war nur die, die mitgeschnitten hat. Und wenn sie jetzt tot ist, dann verzeihe ich ihr.«

»Sie können sich Ihre Großmut sparen, Herr Ullmann. Sie ist nicht tot, und sie hat sie auch nicht erpresst. Aber eines will ich noch wissen, bevor ich gehe. Wie sind Sie an Namen und Adresse gekommen?«

»Wie kommt der Bäcker an die Brötchen?«, fragt der Herr Stellvertreter des Amtsleiters gegen, erhebt sich und weist mir die Tür.

Wir haben uns nichts mehr zu sagen.

16

Bevor ich zu Susan fahre, besuche ich erst einmal den aus sächsischem Polizeigewahrsam entlassenen Lutz Kellner und bitte ihn um Entschuldigung.

»Hat mir überhaupt nichts ausgemacht, im Gegenteil, es war eine Ablenkung für mich«, antwortet der und meint, dass er sich über meinen Besuch wahnsinnig freue. Am liebsten würde er mir etwas anbieten, aber außer Selters sei nichts im Haus – ich wisse ja.

Ich trinke das Wasser und frage ihn vorsichtig, wie gut er wirklich darüber im Bilde ist, womit seine Frau ihre Brötchen verdient hat. Ich halte es einfach für an der Zeit, ihn noch ein wenig besser über gewisse Dinge aufzuklären. Zu meiner Überraschung ist das nicht nötig. Zumindest nicht in Bezug auf den Telefonsex.

»Auch meine Brötchen hat sie mit verdient«, sagt er und gesteht ein, dass er die ganze Zeit darüber Bescheid gewusst hat. »Ich wollte nicht, dass das breitgetreten wird, vielleicht wollte ich es auch verdrängen«, gibt er zu und scheint wieder einmal den Tränen nahe.

»Und wie hast du die Dienstreisen deiner Frau da einsortiert?«, frage ich leise.

»Das war etwas ganz anderes, was Solides, das hat damit nichts zu tun gehabt«, gibt er zurück, und ich weiß beim besten Willen nicht, ob Lutz schon wieder oder noch immer am Verdrängen ist.

Susan hat wenig Zeit. Sie hört sich an, was ich über meinen Besuch bei Ullmann zu berichten habe, und es ist ihr sichtbar peinlich. Wahrscheinlich bereut sie, mir überhaupt von den pikanten Einzelheiten ihres Telefonjobs erzählt zu haben. Dass der Hotte erpresst worden ist, scheint ihr eine einleuchtende Erklärung für seine Zudringlichkeit zu sein, und dass der Kaminski der Erpresser gewesen ist, könne sie sich gut vorstellen. »Mithören konnte der sowieso, das hat er gleich nach Börners Weggang eingeführt, angeblich zu unserer Sicherheit, und wer mithören kann, der kann natürlich auch mitschneiden. Mich persönlich interessiert der Scheiß nicht mehr, ich habe das abgeschlossen, Dirk. Lass es ruhen.«

»Dieser Ullmann hält dich für die Erpresserin, es ist also nicht auszuschließen, dass er sich deiner entledigen möchte. Er kennt deinen Namen und deine Adresse. Wenn er plötzlich meint, sich von der Erpressung befreien zu müssen, dann könnte *es* gefährlich für dich werden.«

»Glaubst du das wirklich?«, ist das Einzige, was Susan dazu einfällt, und ich frage mich, was mit ihr los ist. Interessiert sie das alles nicht mehr, oder weiß sie doch etwas mehr, als sie mir erzählt hat?

Ich nehme sie sanft in den Arm und flüstere ihr genau diese Frage ins Ohr.

»Reich dir die Hand mit Herrn Just«, antwortet sie und gibt mir ein Stück Papier. »Bin vorgeladen bei dem, heute, in einer Stunde. Der glaubt wahrscheinlich auch, ich hätte ihm was verheimlicht. Johanna wollte ich nicht unbedingt in die Kita geben heute früh, sie schnüffelt etwas – du passt doch inzwischen auf sie auf, ja?«

Ich nicke, verspüre jedoch eine Unzufriedenheit in mir, die ich nicht in Worte fassen kann. Schwingt meine Seele mit Susans so auf einer Wellenlänge, dass sich ihr Ärger über die Vorladung schon auf mich übertragen hat? Oder ist es eine Ahnung, dass Just noch etwas über meine Geliebte herausgefunden hat, eventuell mehr weiß über sie als ich selbst.

Wir fahren zu dritt mit meinem Auto, und ich erkundige mich wie beiläufig noch einmal nach ihrem Fiat.

»Kann ich aus der Werkstatt holen.«

»Warum hast mir vor drei Tagen erzählt, du hättest ihn gestern abholen lassen? Der Uno stand doch schon, bevor ich euch nach Gran Canaria gefolgt bin, nicht mehr in der Maximilianstraße.«

Susan nagt auf ihrer Unterlippe herum.

»Ich warte.«

»Ich weiß«, sagt sie schließlich und: »Es war nicht meine Absicht, dich zu belügen.«

Ich setze sie ratlos vor der Polizeidirektion in der Flottenstraße ab und bitte ihre Tochter um Erlaubnis, einen Umweg machen zu dürfen.

»Gnirgell atapa«, stimmt Johanna mir zu und versucht, mit den Fingern an die Gangschaltung zu kommen.

Da sie es nicht schafft, übernehme ich das Schalten und fahre in die Detektei. Bärbel, unsere Sekretärin, kann es kaum fassen, als ich mit einem Kleinkind auf dem Arm das Büro betrete, schaltet aber sofort auf liebliche Tante und spult das für solche Gelegenheiten übliche »Ach-bist-du-aber-süß«-Repertoire ab. Der Versuch, Johanna auf dem Schoß zu behalten, während ich zum Chef hineingehe, misslingt ihr allerdings gründlich, denn das Persönchen gibt in dem Moment, in dem ich sein Sichtfeld verlasse, eine besonders ausführliche Probe seiner Schreikraft zum Besten.

Johannes Lange lässt mich daraufhin weder zu sich hinein noch zurück ins Vorzimmer, sondern schiebt mich, selbst nach draußen stürmend, einfach zur Seite und quetscht mich an den Türrahmen. Sekunden später hat er das Kind auf dem Arm und ist nicht wiederzuerkennen. Seine unartikulierten Laute, die er mehr grunzend, grummelnd und krächzend von sich gibt, haben nichts mit menschlicher Sprache zu tun, werden aber von Johanna mit Neugier intensiv gewürdigt. Jedenfalls schreit sie nicht mehr.

Nach ein bis zwei Minuten hat der verkappte Opa das Kindchen zum Lachen gebracht und geht zum Killekille-Mäuschen und zum Hoppehoppe-Reiter über. Der Seitenblick, der Bärbel und mich trifft, scheint uns zu fragen, was wir hier eigentlich zu suchen hätten, aber dann wird der Alte wieder normal.

»Ist das das Kind?«, will er von mir wissen, und als ich nicht sofort antworte, schickt er seine Sekretärin mit einer Handbewegung aus dem Zimmer.

»Sieht ganz so aus«, sage ich und berichte ihm von meinem Auftritt in der Amtsstube des Herrn Ullmann.

Lange lacht, wie ich ihn selten lachen gehört habe,

was daran liegen mag, dass er nebenbei versucht, Johanna weiter bei guter Laune zu halten. Ihr helles Quieken vermischt sich mit dem grunzenden Bariton des Alten, und ich habe Mühe, nicht noch kichernd einzustimmen.

»Das war's dann wohl«, ist Langes Abschlusskommentar, den Fall betreffend. »Der Ullmann war es nicht, das sehe ich wie du. Und was der sonst so drauf hat, geht uns genauso wenig an wie die Spielchen des Herrn Kaminski. Da haben wir kein Mandat, und Offizialdelikte sind es beides nicht. Kannst den Bullen ja einen Wink geben, vielleicht zahlt es sich aus, wenn wir die mal wieder brauchen, aber bitte – mach, was du für richtig hältst.«

»Den Kaminski würde ich mir schon ganz gern noch mal vorknöpfen, Chef.«

»Schluss jetzt, habe ich gesagt. Auf euch wartet richtige Arbeit, die auch etwas einbringt, was, du Matz!«, sagt Lange, setzt die Kleine mitten auf seinen Schreibtisch und sieht zu, wie sie sich, von seinen kräftigen Händen seitlich gestützt, an der Dose vergreift, in der sich seine angeblich wertvolle Sammlung edler Schreibinstrumente aus aller Herren Länder befindet.

»Richtig gute Arbeit habe ich für euch«, schnauft der Chef, und zieht unter dem Po seiner Schreibtischbesetzerin ein Schriftstück hervor. »An die dreißig Arbeitnehmer einer großen Firma ganz in der Nähe. Alle krankgeschrieben. Ich wette, die Hälfte macht blau. Bei entsprechendem Erfolg gibt's Prämien für euch und einen dritten Wagen für die Detektei. In die Hände gespuckt und flink observiert, sage ich«, witzelt der Chef und fügt hinzu: »Ich meine es ernst.«

»Damit war zu rechnen«, sage ich ein wenig enttäuscht und strecke die Hände nach Johanna aus.

Die hat in der einen Faust einen reich verzierten dicken Bleistift, in der anderen einen ziselierten Füllfederhalter und klopft mit beiden freudig auf den Tisch. Von einem Standortwechsel will sie nichts wissen.

»Und was deinen privaten Fall betrifft – ab heute ist es dein *privater* Fall – da liegt die Lösung ja nun auf der Hand«, klärt Lange mich auf.

»Bin ich aber neugierig«, sage ich trocken.

»Na hör mal zu, Dirk. Wir kennen zwar den Mörder nicht mit Namen, aber wie alles gelaufen ist, das ist doch jetzt geklärt. Nicht anders nämlich als bei Ullmann und der Kowalke, nur eben konsequent bis zu Ende. Dieser Kaminski oder wie der Chef der Stöhn- und Flüsterstube heißt, der hat garantiert nicht nur bei der einen mitgeschnitten. Auch die Tote wird so ihre Lieblingskunden gehabt haben, die voll auf sie abgefahren sind. Auch die werden etwas mehr aus sich herausgegangen sein, und auch von denen wird der eine oder andere ein lohnendes Ziel für den Erpresser gewesen sein. So weit einverstanden?«

Ich nicke, und Johanna besabbert den Großauftrag des Unternehmens, das uns sanieren und seine kranken Arbeitnehmer abschießen will.

»Für den Erpressten, siehe Freund Ullmann, gibt es immer nur eine Verdächtige, nämlich die Turteltaube am anderen Ende der Leitung. Und wenn er nicht zahlen oder ganz aus dem Geschäft raus will, dann hält er sich an die. Herr Ullmann hat nur eingeschüchtert. Jemand anders aber wird einen Schritt weiter gegangen sein, bei der anderen Susi.«

Ich schweige, und Lange wertet es als Anerkennung. »Den aber zu finden ist für dich so gut wie unmöglich. Die Tote kann dir nichts mehr sagen, und der Erpresser wird, wenn er sich die Hosen nicht mit der Kneifzange anzieht, jeden Hinweis auf alle die Kunden beseitigt haben, die er mit Bändern erpresst hat, auf denen diese Susi gestöhnt hat. Bleibt nur der Mörder selbst, und der hält erst recht seine Schnauze.«

Ich gebe zu, das Ganze hat was für sich. Es ist in sich logisch und widerspruchsfrei, bietet ein glaubhaftes Motiv und den großen Unbekannten, nach dem ein kleiner Detektiv nicht suchen kann. Allenfalls ein großer Apparat.

Lange meint das auch. »Geh zu dem Just und kratz dich ein bei ihm. Sag ihm, wie es gewesen sein könnte, soll der sehen, ob er den Kaminski in die Enge bekommt. Wenn einer eine Chance hat, den Fall zu klären, dann er.«

Dem habe ich beim besten Willen nichts entgegenzusetzen. Wortlos nehme ich eine Kopie der Namensliste, die mir Lange hinhält. »Die Angekreuzten sind deine Kunden.«

Wieder im Wagen, will ich zurück in die Flottenstraße, wo die Mami des kleinen Geschöpfes, das sich nur unter Protest von Opa Lange hat wegtragen lassen, wahrscheinlich noch Fragen beantwortet. Ich werde ihr das Kind übergeben und im Austausch den Just abnehmen, um ihm die von Lange zusammengereimte Geschichte zu erzählen, überlege ich mir, werde aber augenblicklich umgestimmt.

Johanna ist rot angelaufen, hat Augen und Mund zusammengepresst und grinst mich Sekunden später sehr zufrieden an. Ich halte mir die Nase zu, öffne das Seitenfenster einen Spaltbreit und nehme eiligst Kurs Richtung Hellersdorf.

Susan kommt kurz nach mir in ihre Wohnung und zeigt sich recht übel gelaunt. Mit dem Grund für ihre Missstimmung hält sie nicht hinter dem Berg: Die Polizei sei endlich dahintergekommen, dass die tote Susi Telefonsex veranstaltet hat, und der bescheuerte Just sei nun beleidigt gewesen, dass sie ihm das nicht schon während ihrer ersten Vernehmung in Gran Canaria erzählt hat.

So bescheuert ist der gar nicht, sage ich mir, stehe aber Susan bei. »Danach wird er dich damals vermutlich auch nicht gefragt haben.«

»So ist es! Dafür wollte der Sack aber heute alle Einzelheiten wissen, die diese Tätigkeit betreffen. Besondere Praktiken, perverse Kunden und so – selber pervers.«

»Und was hast du ihm erzählt?«

»Was mich betrifft, nur Blablabla, und was Susi angeht, dass ich keine Ahnung habe.«

»Ba-ba-ba, Ma-ma-ma!«, meldet sich die frisch gewindelte Johanna zu Wort.

Susan überhört es und macht ihrem Ärger weiter Luft. »Die sollen mich bloß alle in Ruhe lassen«, sagt sie. »Ich will von keinem mehr was hören!«

»Von keinem?«, frage ich und nehme Johanna auf den Arm. Die strahlt mich an und sagt »Di-di-dik«.

Das überhört die Mama nicht. »Sie hat eben Dirk gesagt«, stellt sie gerührt fest und fügt hinzu, Johanna und ich seien selbstverständlich ausgenommen, aber der Rest der Menschheit könne ihr für eine Weile gestohlen bleiben. »Ich möchte am liebsten weit weg von hier, raus aus Berlin und irgendwohin, wo mich niemand kennt, vielleicht nach Australien oder Kanada – Dirk, kommst du mit?«

Ich überreiche ihr das Kind, streichle beiden Mädchen übers Haar, wünsche viel Spaß beim Bäumefällen und melde mich zur Arbeit ab.

Den Rest des Tages verbringe ich mit äußerst langweiliger Warterei im Auto. Nummer eins auf meiner Krankenliste ist ein gewisser Heinz Renner, 45 Jahre, blauer Opel Astra. Im Verlaufe des Nachmittages verlässt er zweimal seine Wohnung, zuerst, um im nahen Verbrauchermarkt einzukaufen, dann, um im Kofferraum seines Autos herumzukramen.

Ich fotografiere und protokolliere beide Ereignisse, entscheide mich dann aber doch dazu, seine Krankschreibung nicht in Zweifel zu ziehen. Der Gang war eher schleppend, der Gesichtsausdruck nicht gerade unternehmungslustig.

Vielleicht fühlt er sich nächste Woche gut genug, um seine Firma zu bescheißen, sage ich mir und gehe die

Adressen der übrigen Kandidaten durch. Ich habe Glück, denn einer von ihnen wohnt in Pankow. Den werde ich mir morgen vornehmen.

Es mag ein Fehler sein, mal wieder eine Nacht in meinem eigenen Bett zu verbringen. Nicht nur, dass Susan wahrscheinlich vergeblich gewartet hat, belastet mich, sondern auch, dass sie nicht angerufen hat, um festzustellen, ob ich zu Hause bin. Entweder hat sie befürchtet, ich bin nicht daheim, dann hätte sie Grund haben müssen, sich Sorgen zu machen. Oder sie hat es nicht befürchtet, dann hätte sie mich fragen müssen, warum ich nicht zu ihr gekommen bin. Ich wiederum hätte dann entweder antworten müssen, dass ich einen Abend allein sein wollte, um nachzudenken, oder ich hätte ihr etwas Netteres vorlügen müssen. Sie hat also entweder Angst vor der Wahrheit oder davor, dass ich sie belüge, arbeitet es in meinem Kopf.

Ich wälze mich auf die andere Seite, kann keinen Schlaf finden. Ich mache Licht und sehe auf die Uhr. Erst halb vier. Liebe ich sie noch wie vor zehn Tagen, als sie wie ein Ereignis in mein Leben brach, oder mache ich mir da schon etwas vor? Gestern zum Beispiel habe ich mich allein mit Johanna wohler gefühlt als zusammen mit Susan.

Nein, das gilt nicht, gestern hatte sie schlechte Laune wegen der Vorladung zur Polizei. Was wollten die eigentlich von ihr? Steht sie noch immer unter irgendeinem Verdacht?

Unsinn, sie war wie ich selbst und wie alle anderen,

die nach Justens Schema F unter Anfangsverdacht gestanden haben, zur Tatzeit nicht am Tatort.

Jetzt aber ist der Herr Oberkommissar offenbar ebenfalls auf der Telefonsexfährte angekommen. Soll ich ihm helfen oder nicht?

Wenn ich es tue, dann bereite ich Susan vermutlich weiteren Ärger. Was er von mir zu hören bekäme, das müsste sie ihm ja dann verschwiegen haben. Er würde sie wahrscheinlich noch einmal vorladen, um sie mit meinen Aussagen zu konfrontieren, und auszubaden hätte ich das dann – nein danke.

In meinem Kopf ist eine ungebetene Kraft damit beschäftigt, Bilder und Geräusche zu sortieren: Der blitzende Blick des Motorrad-Freaks trifft mich, und ich höre den Schrei des Guanchen. Der spanische Polizist lässt die Zellentür hinter mir ins Schloss fallen, und in der Ecke sitzt Frau Desdemona Schieferdecker. Sie öffnet lächelnd ihre Bluse und zeigt mir zwei spitze Brüste. In meiner Hosentasche knistern die Tausender, und Herr Just fragt, woher ich die habe. Ich habe die Fische verkauft, antworte ich mit trockenem Mund, und Amtsleiter Ullmann flüstert dem Just ins Ohr, dass ich lüge. Was er noch sagt, kann ich nicht verstehen, denn die Musik ist zu laut. Es sind Akkordeonklänge, zu denen die Toten mit leeren Blicken tanzen. Zwei Pärchen im Trachtenlook werfen die Beine nach vorn und nach hinten, haken sich ein und drehen sich rhythmisch im Kreise, mal links herum, mal rechts rum, und wechseln die Partner dabei …

Ich richte mich auf, wische mir den Schweiß von der

Stirn und verspüre Durst. Ich gehe ins Bad, entleere meine Blase und schlürfe frisches Leitungswasser aus der hohlen Hand. Hoffentlich werde ich nicht krank, denke ich besorgt. Dann versuche ich, mich an den Traum zu erinnern, weil ich das Gefühl habe, er sei wichtig. Aber es gelingt mir nicht.

17

Die Wohnung des kranken oder vielleicht nur krankgeschriebenen Pankowers liegt zwei Kreuzungen von der Bierbar *Maxim* entfernt, fällt mir auf. Und die wiederum liegt ganz in der Nähe der Stelle, an der ich Susan zum ersten Mal begegnet bin.

Letzteres ist kein Zufall, denn Susan habe ich aufgegabelt, als sie frustriert von der Arbeit gekommen ist, und ihr Chef hat sich mit mir verständlicherweise auch in der Nähe seiner Wirkungsstätte verabredet, in die er mich aus begreiflichen Gründen nicht hatte bitten wollen.

Von Susan, die auch heute morgen noch nicht bei mir angerufen hat – und ich nicht bei ihr –, habe ich die genaue Anschrift der Räumlichkeiten nie erfragt. Das bedaure ich jetzt, hätte ich doch sonst die Möglichkeit, ganz nebenbei auch noch in jener Richtung zu observieren.

So aber bleibt mir nicht viel mehr, als nach dem vermeintlichen Kranken Ausschau zu halten, in dessen Wohnung immer noch Licht brennt. Das Wetter ist diesig trüb, mein Wagen nach einer halben Stunde Herumstehens schon wieder völlig kalt.

Da Lange meinte, ich hätte was gutzumachen, darf ich den Job mit meinem Civic übernehmen. Müller hat den alten Opel und Engler den Samara. Der hat es wieder am besten erwischt, denn die Standheizung wird dafür sorgen, dass mein lieber Kollege keinen Schnupfen bekommt. Die Bevorzugung des Herrn Engler hat schon langsam Methode.

Ich lasse den Motor an, pfeife auf den Benzinpreis und drehe eine Runde links-links hoch zum U-Bahnhof, kaufe mir eine bunte Illustrierte mit vielen schönen Mädchen und fahre links-links zurück. Nach fünf Minuten bin ich wieder an der alten Stelle, aber der Parkplatz ist natürlich weg.

Ich werfe einen kurzen Blick nach oben – da brennt unverändert Licht. Der Kranke wäre auch schwachsinnig, wenn er bei diesem Wetter freiwillig das Haus verließe – ganz gleich, ob er nun richtig krank ist oder nur so tut. Sein Golf steht übrigens auch vor der Tür.

Was soll's, sage ich mir und rolle an dem Haus vorbei, wende bei der nächsten Gelegenheit und fahre zurück zum *Maxim*. Ich parke, gehe rein und bestelle ein Kännchen Kaffee und ein Baguette. Den Kellner erkenne ich wieder, aber er mich nicht. Es hat keinen Sinn, ihn nach dem Gast zu fragen, mit dem ich letzte Woche hier gesessen habe.

Gelangweilt gehe ich die Anzeigen in dem schlüpfrigen Blättchen durch und staune, wie groß das Angebot in Sachen Sex via Telekom ist. Tabulos und prickelnd, heiß und erfrischend, gnadenlos und zärtlich, jung und erfahren sind die Damen, kennen meine geheimsten Wünsche und verwöhnen mich wie keine andere – alle.

Ich fülle den letzten Schluck vom Kännchen in die Tasse und sehe mich nach dem Kellner um, denn ich will die Pause nicht überziehen. Womöglich verlässt mein Klient doch noch seine Wohnung, um irgendwo der Schwarzarbeit zu frönen, und ich verpasse ihn. Als ich meinen Kopf wieder in Richtung Fenster wende, erhasche ich für den Bruchteil einer Sekunde schräg von hinten ein Gesicht, das mir mehr als bekannt vorkommt. Mindestens ebenso gut bekannt jedenfalls wie der Trenchcoat, der scheinbar zwanglos fallend, doch eng an Schultern und Po geschneidert, eine Figur umhüllt, die ich schon einmal so an mir vorbeischweben sah. Damals saß ich ganz in der Nähe in meinem Auto, aber Susan lief in die entgegengesetzte Richtung.

Beim schnellen Aufstehen zittern mir die Beine, und ich muss mich zwingen, sehr tief Luft zu holen. Der Kellner ist gerade nicht in Sicht, und ich bleibe meine Rechnung schuldig, denn dass ich jetzt hinter Susan her muss, weiß ich instinktiv. Als ich vor die Tür trete, ist der Abstand zwischen ihr und mir lehrbuchhaft günstig. Weit genug, damit ich ihr nicht auffalle, wenn sie sich zufällig umwendet – vielleicht um die Straße zu überqueren und nach dem Verkehr zu sehen –, nicht zu weit aber auch, um sie nicht bei Bedarf schnell einholen zu können – zum Beispiel, wenn sie in einem Haus verschwindet oder in einen Bus steigen will.

Das Haus, in das sie geht, unterscheidet sich, zumindest auf den ersten Blick, nicht von den anderen Altbauten in dieser Gegend. Nicht marode, aber sanierungsbedürftig, vierstöckig. Na dann mal dranbleiben, sage ich mir, noch immer aufgeregt, aber schon wieder ganz in meinem Metier. Etwa zehn Sekunden nach Susan habe ich den Eingang betreten, lausche und höre noch ihre Schritte im Treppenhaus über mir. Eindeutig erster Stock, stelle ich fest, bis zum zweiten hätte sie es in der kurzen Zeit nicht geschafft.

Ich schleiche vorsichtig bis zum Podest und bekomme die rechte Tür in den Blick. Ein Schlüsselbund klimpert, dann wird geöffnet und wieder geschlossen. Nach einer Ewigkeit verlischt das Treppenlicht, und ich kann mich näher heranwagen. Wie ich geahnt habe, hat die Tür einen Spion, aber nun ist es zu dunkel, um gesehen zu werden. Von innen garantiert nur als Schatten erkennbar, husche ich zur Tür, um ein wenig zu lauschen, aber mehr als das Zuschlagen einer anderen Tür ist nicht zu vernehmen. Und an der Klingel steht kein Name. Vermutlich ist das die Bude, die seinerzeit noch der Initiator des Sprechtheaters, Kulturfreund Börner, aufgetrieben hat, denke ich und verbessere mich: Nein, Susan hat erzählt, ihr neuer Chef habe ein größeres Büro angemietet. Also ist es Kaminskis Laden. Äußerlich unauffällig, innen wahrscheinlich recht gemütlich und gut verkabelt. Zwei Zimmer für die Mädchen, zwei für den Chef – ein offizielles und eins nur für ihn, in dem er heimlich mitschneiden kann, eine Küche natürlich und eine Toilette – ja, so könnte es hinkommen.

Was aber hat Susan noch immer hier zu suchen? Keine zehn Pferde brächten sie mehr hierher, hat sie gestern gesagt und zweifellos gelogen. Warum? Und warum ist sie zu Fuß gekommen? Angeblich wollte sie heute ihren Uno aus der Werkstatt holen …

Je länger ich darüber nachdenke, desto mehr verstärkt sich der Eindruck, dass meine schöne Geliebte etwas vor mir verbirgt. Zwar hat sie recht offen über ihren Job berichtet, aber irgendwas hat sie weggelassen. Recht zielstrebig hat sie meine Recherche in Richtung Börner und Leipzig verlagert, in Kaminskis Regionen aber schien alles normal zu sein. Kein Verdacht, was den Tod ihrer Freundin anbelangt, keine offenen Fragen.

Gerade hier aber, das meine ich jetzt fast riechen zu können, scheint die Lösung des Rätsels verborgen zu liegen. Warum zieht es Susan Kowalke wieder in dieses Haus? Und warum musste Susi Kellner sterben, verdammt noch mal?

Sicher, es gab die Mitschnitte, und es gibt auch jemanden, der sich der Erpressung entgegengestellt hat, nämlich Ullmann. Aber genauso wenig, wie der Susi Kellner umgebracht hat, ist vermutlich auch ein anderer Erpresster nach Gran Canaria geflogen, um der Frau von dem Felsen zu helfen. Das klingt mir alles zu einfach, und das erklärt beispielsweise nicht, wieso meine neue Freundin ohne mein Wissen wieder hier herfährt.

Ich gebe mir Mühe, das Beziehungsgeflecht zwischen den Personen zu ordnen: Da ist Susi, verheiratet, aber von Kaminski verehrt. Dem versucht sie sich zu entziehen. Mit Börners Hilfe. Börner ist der Vater von Susans Kind und so etwas Ähnliches wie Susans Verlobter. Susan hat den Verdacht, dass Börner was mit Susi hat. Kaminski bestärkt sie darin, sodass sie schließlich Hals über Kopf ihrer Freundin und, wie sie vermutet, ihrem Verlobten hinterher fliegt. Sie hält sich also für die Hintergangene, nicht viel anders als Kaminski, der bei der

Susi zwar nicht landen konnte, dies aber auch auf die vermeintliche Liaison zwischen Susi und Herrn Börner zurückführt …

Ist es nicht denkbar, dass die beiden sich irgendwie zusammengetan haben, zumindest zeitweise? Ob nur aus Frust oder ob da mehr war, sei dahingestellt.

Vielleicht war es auch nur eine Zweckfreundschaft, um die anderen beiden besser unter Kontrolle zu haben. Wie dem auch sei – falls Susan jetzt bei Herrn Kaminski ist, und das wird herauszubekommen sein, dann lief oder läuft da etwas, das sie mir verschwiegen hat. Und wenn eine schöne Frau so etwas verschweigt, dann bestimmt nicht ohne Grund!

Ich habe den Civic wieder von der Bierstube zurückgeholt und in eine Seitenstraße gestellt, von der aus ich das Haus im Blick habe, in dem Susan verschwunden ist. Je länger ich dorthin starre, desto weniger sträubt sich mein Hirn dagegen, sich Dinge vorzustellen, die ich nicht wahrhaben will. Susan auf Kaminskis Schoß, Susan mit Kaminski in dessen Privatzimmer, in dem auch eine Liege steht …

Wenn der Heini sie begrapscht, dann bring ich ihn um, denkt es unkontrolliert in mir, aber eine Art Gedankenpolizei geht mit Schlagstöcken gegen solcherart Visionen vor. Denk lieber logisch, du Hirni, sagt sie zu mir, und ich zwinge mich, das Unmögliche anzunehmen: Theoretisch hätte sie durchaus die Zeit dazu gehabt, ihre Freundin in die Tiefe zu stürzen, wenn ich auch die genaue Uhrzeit nicht kenne, zu der Susanne Kellner den Boden unter den Füßen verlor und sich den Kopf auf dem Felsvorsprung zerschmettert hat. Mir hat Susan erzählt, sie sei mit dem Mietwagen durch Las Palmas geirrt, im Stau stecken geblieben und sonst wo gelandet – nichts, was nachprüfbar wäre. Genauso gut könnte sie, etwas Ortskenntnis unterstellt, gleich nach der Landung ihrer Maschine an die Steilküste gefahren sein. Ortskenntnis? Gar nicht nötig – die brachte ja das Opfer mit. Wenn die Susanne zum Beispiel ihre Freundin Susan vom Flughafen abgeholt hätte, könnte es möglicherweise auch zeitlich gereicht haben.

Letztlich spricht nur eines eindeutig gegen die Variante, dass Susan ihrer Kollegin Susi den letzten Anstoß gab, aus ihrem Leben zu verschwinden: die unumstößliche Tatsache, dass Herr Just sie freigelassen hat. Immerhin muss der ja Grund zu der Gewissheit haben, dass Susan es nicht gewesen sein kann. Oder gibt es da doch noch Unklarheiten? Weshalb hat er sie gestern vorgeladen? Lässt er sie vielleicht beobachten, damit sie sich verrät, damit sie ihm zu Indizien oder Beweisen verhilft, die Just noch fehlen, um den Fall der Staatsanwaltschaft übergeben zu können? Vielleicht ist der Oberkommissar schon weiter, als ich geglaubt habe.

Ich beschließe, Herrn Just nun doch so bald wie möglich aufzusuchen. Erst einmal aber werde ich herausfinden, ob es wirklich Kaminski war, mit dem Susan sich über eine Stunde in der Wohnung ohne Namensschild aufgehalten hat.

Ungerührt lasse ich sie zurücklaufen, vermutlich will sie zum Taxi, zum Bus oder zum U-Bahnhof Vinetastraße. Das spielt keine Rolle. Sobald sie außer Sicht ist, gehe ich dahin, woher sie gekommen ist.

Wieder betrete ich das Haus, laufe die Treppe hinauf und stehe vor der Tür. Licht habe ich nicht gemacht. Mein Finger sucht nach der namenlosen Klingel, zuckt aber im letzten Moment zurück.

Nein, den Herrn jetzt zur Rede zu stellen wäre nur die zweitbeste Variante.

Stattdessen rufe ich, um sicherzugehen, das Etablissement von der Telefonzelle um die Ecke aus an und habe ihn diesmal gleich an der Strippe, den Chef. Kein Wunder, bei dem Schwund an Mitarbeiterinnen, denke ich und lege wortlos wieder auf.

Einigermaßen zufrieden mit meinem spontan ausgeheckten Plan, ziehe ich mich zurück, begebe mich zu Fuß noch mal zur Bierbar, zahle dem verdutzten Kellner den Imbiss nach und fahre, einer weiteren Eingebung folgend, zum Haus meines Patienten, greife mir das erotische Heft und klingele an der Wohnungstür.

»Sie wünschen bitte?«, fragt der vollbärtige Hüne, der mir nach dem zweiten Läuten öffnet. Er ist mit einem Bademantel bekleidet und hat zudem noch ein großes Handtuch um die Schultern gehängt. Sein Gesicht ist, soweit erkennbar, rot und verschwitzt. Aus der Wohnung dringt der Geruch von gebrühter Kamille.

»Ich wollte Ihnen gern ein Probeheft schenken und fragen, ob Sie vielleicht …«

Der Trick wird mir abgenommen. Fast wortlos schließt der Typ die Tür. »Verpiss dich, Drücker«, ist das Letzte, was ich von ihm höre.

Plan vorfristig erfüllt, lobe ich mich und beende für heute meine Arbeit für Langes Detektei, bevor es Mittag ist. Traumjob.

Es gelingt mir trotz des zur Normalität gewordenen Verkehrschaos, vor Susan in deren Wohnung zu sein. Ich staune, wie mühelos es mir über die Lippen kommt, ich hätte schon den ganzen Vormittag auf sie gewartet. Vielleicht, weil es nur eine halbe Lüge ist. Das mit dem Warten stimmt ja zum Teil, nur eben nicht hier.

Sie murmelt etwas von leidtun und erledigt haben, ich von zur Arbeit müssen und schwieriger Observation. Irgendwie mogeln wir uns beide um das Wesen der Dinge herum, aber ich nehme mir vor, ihr schon sehr bald genauer auf den Zahn zu fühlen. Momentan jedoch wäre das wahrscheinlich nicht allzu klug.

Zwischen einem Abschiedskuss und meinem Gehen trifft mich ein fragender Blick. Warum bist du gestern nicht gekommen?, lese ich darin.

Warum hast du mich nicht angerufen?, frage ich auf die gleiche Art zurück. Und während sie sich schweigend von mir abwendet, nehme ich statt meines Schlüsselbundes das ihre vom Haken. Kein Unterschied im Klimpern.

Ich fahre die Strecke, die ich gerade gekommen bin, in die andere Richtung zurück und stehe eine gute halbe Stunde später wieder vor dem Haus in der Maximilianstraße. Mit dem kleinen Feldstecher in der Tasche, begebe ich mich in das Wohnhaus vis-à-vis und dort in den dritten Stock. Vom Treppenhaus aus kann ich, nachdem ich das völlig verdreckte Fenster ein wenig geöffnet habe, in die Wohnung sehen, um die es mir geht.

Mit dem Erfolg bin ich nur bedingt zufrieden, denn der erhoffte Einblick wird von schräg gestellten Jalousien so weit verhindert, dass ich nichts Konkretes erkennen kann. Ich sehe, dass im hinteren Teil des einen Zimmers eine kleinere Lampe in Betrieb ist und dass die Tür zu dem anderen Zimmer, das zu der Wohnung gehören muss, geöffnet und wieder geschlossen wird. Nicht allzu aufschlussreich, aber immerhin: Da ist noch jemand.

In einem Anfall von Arbeitswut suche ich mir noch eine Adresse aus meiner Auftragsliste heraus, die nicht allzu weit entfernt liegt, und gehe der Tätigkeit nach, für die Lange mich bezahlt. Auf diese Weise bringe ich den Nachmittag herum und finde heraus, dass gegen 17 Uhr ein Mann von einer aufgedonnerten Schickse abgesetzt wird. Verstohlen sabbert er an ihrem Handgelenk herum, bevor er aussteigt und mit seiner Stullentasche ins Haus geht, um genau die Wohnung zu betreten, in der mein Delinquent wohnen soll. Das Alter könnte stimmen und auch die Eintragung »kein Pkw« an der Stelle der Liste, wo bei den anderen Wagentyp und Kennzeichen vermerkt sind.

Ich notiere ein großes Ausrufezeichen und begebe mich wieder an den Ort, an dem ich meinen Privatfall weiterzuführen beabsichtige. Ein kurzer Kontrollblick von gegenüber verrät mir, dass nun Dunkelheit herrscht in der Bude.

Der passende Schlüssel ist auf Anhieb gefunden, denn die Auswahl an Susans Bund ist nicht groß. Ich weiß, ich kann Licht im Flur machen, ohne dass es von der Straßenseite aus zu sehen ist, tue es also und bin enttäuscht. Nein, hier ist nichts, worüber man hätte stolpern können oder woran ein unkundiger Besucher sich zu stoßen vermag. Mit anderen Worten, dieser Flur ist, von zwei Deckenlampen abgesehen, leer.

Ich habe die Wahl zwischen fünf Türen: zwei links, eine geradezu am anderen Ende des Korridors und zwei, die nach rechts abgehen. Knarrenden Schrittes wende ich mich nach links und öffne die erste Tür. Die heruntergelassenen Jalousien, die Liege, der Tisch mit den vielen Zeitschriften und dem Telefon daneben sind das Letzte, was ich erkenne. Dann zuckt mir ein scharlachroter Blitz durch die Stirn, und ich höre absolut synchron das Donnern dazu. Es ähnelt allerdings eher einem Knacken oder Knirschen …

18

Das Erste, was ich von der Spezialklinik wahrnehme, in der ich mehrere Jahre im Koma zugebracht haben muss, ist der nicht enden wollende Beifall, der zweifelsohne meinem Erwachen gilt. Anfangs sehe ich meine Umgebung nur wie durch einen Schleier, dann aber gelingt es mir, und das ist weiteren Beifall wert, die Pupillen scharf zu stellen.

Zu meiner Verwunderung ist diese Spezialklinik sehr spartanisch eingerichtet. Die Fenster sind abgedunkelt, und von meinem Bett aus sehe ich lediglich einen Tisch mit Zeitschriften, ein Telefon und eine Überwachungskamera. Nur ganz langsam wird mir bewusst, dass auch der Applaus nicht von einer Vielzahl sich emsig rührender Händepaare kommt, sondern nur von einer einzigen Hand, die abwechselnd auf meiner linken und meiner rechten Wange landet. Der Chefarzt, der diese Hand lenkt, kommt mir bekannt vor. Auf jeden Fall hat er die denkbar größte Ähnlichkeit – meine Erinnerung kehrt wirklich ausgesprochen langsam zurück – mit einem gewissen Kaminski, und kennen gelernt habe ich den in einer Bierbar, verdammt, wie hieß die doch gleich …?

»Ich hab dich schon mal irgendwo gesehen«, sagt er und hört auf, mir ins Gesicht zu schlagen.

»Maxim«, bringe ich mühsam hervor und werde augenblicklich mit stechendem Kopfschmerz bestraft.

»Wer bist du? Was willst du hier?«, fragt Kaminski sehr kalt und voller Verachtung in der Stimme.

Zwei Fragen auf einmal, denke ich, das ist unfair. Ich werde mich eine Runde taub stellen, sonst muss ich wieder so schmerzhaft antworten. Vorsichtshalber schließe ich die Augen und gebe mir Mühe, die beiden Fragen wenigstens im Geiste zu beantworten. Es dauert eine Weile, doch es gelingt. Man muss halt nur die richtigen Fragen stellen, dann kommen die Antworten von allein, denke ich, aber mit den Antworten kommt auch die Angst.

Ja, ich bin mir meiner Situation plötzlich vollauf bewusst. Vor mir sitzt einer, der über Leichen geht, und ich habe mich von ihm überrumpeln lassen wie ein Anfänger. Ich liege, an Händen und Füßen gefesselt, in der Wohnung namenlos und werde nach einer kurzen Befragung als einer, der zu viel weiß, ins Jenseits entlassen. Dabei weiß ich eigentlich recht wenig.

Wenn ich überhaupt eine Chance besitze, so besteht die darin, dem da klarzumachen, dass ich gar nichts weiß.

»Was suchst du hier?«, wiederholt mein Gastgeber seine Frage und beginnt wieder mit seiner Aufmunterung mittels Backpfeifen.

»Ich suche immer noch Susi«, antworte ich flüsternd und öffne die Augen einen Spalt. Eigentlich müsste es jetzt bei ihm klick machen.

Kaminski nickt unschlüssig. »Du bist der Kerl, der neulich behauptet hat, er hätte noch Geld von Susi zu kriegen.«

»Ja.«

»Was willst du von ihr, und woher hast du diese Adresse?« Schon wieder eine Doppelfrage. Ich muss jetzt aufpassen, dass ich mir keinen Doppelfehler erlaube. Wenn der sich hinters Licht geführt fühlt, macht er womöglich kurzen Prozess. Und da ich nicht weiß, wie gut der Kaminski über alles informiert ist, bleibt mir eigentlich nur die Wahrheit.

»Spuck's aus, Bubi, oder du kriegst'n Nachschlag, dass dir Hören und Sehen vergeht!«

»Ich habe die Susi gefunden. Aber sie ist tot. Ich bin Privatdetektiv. Ich vermute, jemand ist von ihr erpresst worden und der hat sie deshalb umgebracht.«

Kaminski nickt langsam, aber er nickt. »Wer hat dich beauftragt, hier herumzuschnüffeln?«

Alles egal, denke ich. Erst mal aus dieser Lage herauskommen, dann sehen wir weiter.

»Die Freundin der Toten, Frau Kowalke. Sie hat Angst, das gleiche Schicksal zu erleiden. Von ihr habe ich auch die Schlüssel.«

Kaminski scheint sichtlich schockiert. Fahrig sucht er meine Taschen ab, findet das Schlüsselbund, wirft es in die Luft, fängt es auf und trifft seine Entscheidung.

»Danke«, sage ich eine Spur zu freundlich in Anbetracht der Beule, über die ich vorsichtig taste. »Füße bitte auch.«

»Mach doch selber«, meint Kaminski und geht im Zimmer auf und ab. Er schüttelt verärgert den Kopf und sagt mehr zu sich selbst: »Die war doch heute noch hier. Hat mir nichts davon gesagt, dass sie einen Detektiv auf mich angesetzt hat.«

»Frau Kowalke ist bisher weder über den Stand meiner Ermittlungen informiert, noch weiß sie, wo und wie ich ermittle. Die Schlüssel habe ich mir ohne ihr Wissen geliehen.«

»Seltsame Vorgehensweise.«

»Ich will ganz ehrlich zu Ihnen sein, Herr Kaminski«, versuche ich, ihn einzuwickeln, »ich traue meiner Auftraggeberin nicht ganz über den Weg.«

»Inwiefern?«, fragt er misstrauisch. »Und was wollten Sie hier?«

Schon wieder zwei Fragen auf einmal. Na gut. Meinen Schmerz im Kopf ignorierend, bemühe ich mich, den Fragesteller zu befriedigen. »Möglicherweise ist alles nur eine dumme Verwechslung. In Wirklichkeit hat vielleicht Frau Kowalke den einen oder den anderen Kunden per Mitschnitt erpresst. Das würde bedeuten, dass Frau Kellner für das büßen musste, was Frau Kowalke angerichtet hat. Bei der Ähnlichkeit der Vornamen …«

Kaminski setzt sich auf den einzigen Stuhl im Zimmer und denkt ein wenig nach. »Die ist doch nicht ganz normal, die Kowalke«, sagt er schließlich.

»Das Gleiche behauptet sie von Ihnen, Herr Kaminski«, reize ich ihn ein klein wenig, um ihn weiter aus der Reserve zu locken. Mein Ziel besteht darin, langsam, aber sicher die Gesprächsführung zu übernehmen.

»Absoluter Schwachsinn. Ich habe Susi Kellner geliebt, aber die hat sich an ihre Ehe geklammert. Die Kowalke dagegen wäre gern bereit gewesen, mich zu erhören, wenn ich nur gewollt hätte. Susan hat sich doch in jeden Kerl verknallt, der ihr Vertrauen eingeflößt hat –

wahrscheinlich verdrängter Vaterkomplex. Erst der Börner, von dem sie auch das Kind hat, später wollte sie mit mir nach Australien, und dazwischen gab's garantiert noch einen andern. Je mehr sie scharfen Supersex am Telefon verkauft hat, desto stärker hat es sie selber in eine romantische Kitschwelt gezogen, möglichst weit weg von hier …«

Ich schlucke, denn das Gehörte tut weh.

Vorhin hat dieser Hund mir physischen Schmerz zugefügt, jetzt aber hat er mich bis ins Innerste getroffen, merke ich und verliere ein wenig die Kontrolle. Ich greife zum Telefon auf dem Tisch und knalle ihm dieses mit aller Wucht auf die Rübe, sodass er samt Stuhl das Gleichgewicht verliert, dann setze ich ihm meinen rechten Fuß auf die Gurgel und lasse mein kleines, aber extrem scharfes Taschenmesser kalt in der Dunkelheit aufblitzen.

»Schluss jetzt mit der Märchenstunde«, sage ich böse und genieße den Blick aus zwei schreckweiten Augen. »Nicht sie, sondern du hast hier mitgeschnitten, nicht sie, sondern du hast erpresst, und nicht sie, sondern dich habe ich in Verdacht.«

»Weswegen denn?«, gluckst er unter meiner Sohle hervor.

»Nicht wegen des Mordes an Susi, das kannst du nicht gewesen sein, denn zu der Zeit haben wir beide im *Maxim* gesessen, aber dem Börner, dem hast du das Maul gestopft, perverses Ferkel, du!« Ich verschiebe meinen Fuß vom Hals zum Brustkorb, um ihm das Antworten etwas leichter zu machen.

Er hingegen missbraucht die neue Freiheit dazu, energisch mit dem Kopf zu schütteln.

»Scheißegal«, sage ich herrisch, »das ist Angelegenheit der Polizei. Aber etwas anderes«, ich dünne meine Stimme zu einem seidenen Faden aus, an dem sein Schicksal hängen soll, »das wird nicht die Sache der Polypen sein.«

Ängstlich und fragend schaut er zu mir hoch.

Ich genieße zuerst seine Angst vor meinem Fuß, nehme den dann aber ganz von ihm herunter und genieße es nun, dass er so liegen bleibt, als spüre er ihn weiterhin auf seiner Brust. »Um dich kümmert sich sehr bald jemand anders, Kaminski. Ich sage nur: Ullmann.«

»Ullmann«, flüstert Kaminski.

»Und der auch nicht persönlich. Der hat seinen Killer schon angesetzt auf dich. Keine Panik, ich bin es nicht. Aber der versteht sein Handwerk sicher besser als ich.«

»Ullmann«, wiederholt Kaminski wissend.

»Ja, wer den sonst? Wie viele kämen denn außer Ullmann in Frage, spuck's aus, oder Nachschlag gefällig?« Ich zeige aufs Telefon. »Wie viele hast du erpresst auf Kosten der Mädchen, Namen raus, du Schwein, ich will den finden, der die Susanne umgebracht hat, anstatt dich aus dem Leben zu schubsen!«

»Nur den Ullmann, Ehrenwort«, jammert der noch immer am Boden Liegende.

Das kleine Taschenmesser gleitet wie unabsichtlich aus meiner Hand und bohrt sich, leicht nachfedernd, unweit von Kaminskis Kopf in die Diele.

Blitzschnell ziehe ich es wieder heraus und lasse es, nur von Daumen und Zeigefinger gehalten, über dem Lügner pendeln.

»Ist gut, ist schon gut, da war noch ein anderer«, gibt er endlich zu.

»Dann wirst du dich ja an den Namen und die Adresse erinnern können, zumindest seine Rufnummer irgendwo haben.«

»Ein anderer Kunde, wollte ich sagen. Ein anderer Kunde einfach, einer, der uns gefunden hat. Einer, der sich hier herumgetrieben hat, um die Mädchen auszukundschaften. Der zweite, der es geschafft hat nach dem Ullmann. Der hat sich aber nicht mit Namen vorgestellt. Ganz bestimmt ist der ja auch gar nicht unter Druck gesetzt worden, der war nur einfach so hinter einem der Mädchen her.«

Ich beende das bedrohliche Pendelspiel über Kaminski.

»Ein gut aussehender junger Mann war das«, fährt der fort, froh darüber, aufstehen zu dürfen.

»Woher weißt du das? Habt ihr ihn hier hereingelassen?«, komme ich ihm nun meinerseits mit einer Doppelfrage.

»Unsinn. Ich denke, Sie sind Detektiv. Ist Ihnen die kleine Kamera denn noch nicht aufgefallen?«, fragt Kaminski beleidigt zurück und weist auf die Stelle zwischen beiden Jalousien, wo auf einem schwenkbaren Arm tatsächlich eine Kamera schräg von oben nach unten blickt, genau im gleichen Winkel wie die Lamellen der Fensterverkleidung und genau auf den Eingangsbereich des Hauses ausgerichtet. Das Kabel läuft halterlos nach unten quer über den Fußboden und führt zusammen mit dem Telefonkabel im Türwinkel hinaus auf den Flur.

»Von draußen ist sie wirklich kaum zu sehen, was? Dennoch sind die Bilder scharf genug, um Gesichter zu erkennen. Ihres zum Beispiel, heute Vormittag ...«

Ich kann nicht verbergen, dass ich überrascht bin.

»Wohl immer im Bilde?«, frage ich, und Kaminski grinst zum ersten Mal in meiner Gegenwart. Es ist ein ekliges Grinsen, und mir will nicht in den Kopf, dass Susan mit so einem nach Australien gewollt haben soll.

»*Horch und Guck* hieß das ja bei euch hier im Osten«, meint er und glaubt, einen guten Scherz getan zu haben.

»Können Sie diesen jungen Mann vielleicht ein wenig beschreiben?«, kehre nun auch ich zum förmlichen Sie zurück. »Wie war er gekleidet, hatte er eventuell ein Auto dabei?«

»Ich habe mir sogar das Kennzeichen notiert, das hol ich mal eben«, antwortet Kaminski, hebt den rechten Zeigefinger wichtigtuerisch in die Höhe und macht zwei Schritte in Richtung Tür. Dann reißt er diese urplötzlich auf, springt hinaus, stolpert, schlägt lang hin und ist sofort wieder auf den Beinen. Es gelingt ihm, mir die Zimmertür vor der Nase zuzuschlagen und in einen anderen Raum zu verschwinden, bevor ich sie wieder geöffnet habe. Ich höre nur noch die Drehung eines Schlüssels und kurz darauf seine aufgeregte Stimme, die sehr entschlossen klingen soll: »Verschwinde, du Schnüffler, oder ich knall dich durch die Tür ab. Mach, dass du wegkommst hier, sonst bist du ein toter Einbrecher, der mich hier eben bedroht hat.«

Ohne es darauf ankommen zu lassen, ob der Kerl nun blufft oder nicht, befolge ich seinen Ratschlag.

Ich fahre meine neue Lieblingsstrecke direkt zu Susan und habe Zeit, mir einiges durch den noch immer schmerzenden Kopf gehen zu lassen.

Kaminski hat von einem jungen und gut aussehenden Mann gesprochen. Das mit dem Autokennzeichen, das er notiert haben will, war sicher ein Vorwand, um näher an die Tür zu kommen. Deswegen muss aber nicht unbedingt gelogen sein, dass ihm per Video-Überwachung einer aufgefallen ist, der möglicherweise etwas mit dem Fall zu tun haben könnte.

Ich spüre, wie mein Hirn mir etwas sagen will, und dann ist mir, als ob ich eine Folie aufreiße, durch die ich bisher alles nur verschwommen gesehen habe. Da ist es wieder, das Traumbild der letzten Nacht: Das Volkstanzquartett schwingt untergehakt die Beine. Zwei Mädchen und zwei Burschen sind es, und ihre Augenhöhlen sind leer.

Ein grusliges Bild, das ich loswerden will. Ich muss mich also damit auseinandersetzen. Das Bild ist falsch, sage ich mir, denn tot sind nur zwei: Susi und Börner. Die beiden anderen leben noch – halt, woher nehme ich diese Gewissheit? Der schöne Marian ist nach der Wende unbekannt verzogen, hat Susan gesagt, oder untergetaucht oder …?

Was spricht eigentlich gegen die Möglichkeit, dass er der dritte Tote von vier Tänzern ist oder, zeitlich gesehen, wahrscheinlich der erste? Dann wäre Susan jetzt die letzte Überlebende.

Man müsste herausbekommen, überlege ich, ob ein Marian vermisst ist oder ob es einen ungeklärten Todesfall gibt, bei dem die Leiche auf die Beschreibung dieses Marian passt. Man müsste quasi den Apparat der Polizei zur Verfügung haben. Morgen besuche ich Just, nehme ich mir endgültig vor.

Dann aber kommt mir der Krimi-Klassiker in den Sinn, in dem ein kleines Negerlein nach dem anderen verschwindet, bis ganz zum Schluss dasjenige als Mörder auftaucht, das scheinbar zuerst umgebracht worden ist – und plötzlich habe ich Angst um Susan. Diese Furcht erfasst mich wie ein eisiger Hauch, und Kaminskis Beobachtung erscheint mir in einem anderen Licht: Wenn der gut aussehnde junge Mann, dessen Namen er nicht kennt, wenn das der schöne Marian war, der unsterblich in Susan verliebte Tänzer, dann könnte alles einen ganz neuen Sinn ergeben, und zwar einen ziemlich mörderischen. Dann könnte der abgewiesene Verehrer nicht nur sehr verzweifelt gewesen sein, sondern auch eine Art Hass entwickelt haben auf den Rest des Quartetts.

Die drei anderen sind im Unterschied zu ihm einem Broterwerb nachgegangen, mit dem der schöne Marian entweder nicht einverstanden war oder für den er nicht benötigt wurde. Der Börner hat die Sache aufgezogen, aber der hat nur die Mädchen mitgenommen. Mit beiden wollte der schöne Marian in intime Beziehung treten, und beide haben ihn abgewiesen. Der einen war er nicht ausgeschlafen genug für die neue Zeit, die andere hielt sich – zumindest in der Gestaltung ihrer zwischenmenschlichen Beziehungen – eisern daran, verheiratet zu sein. Beide aber stöhnten fremden Männern an der Leitung Geilheit und Ekstase ins Ohr.

Ich versuche, mich in den verschmähten schönen Marian hineinzuversetzen, der vielleicht einmal zum Hörer gegriffen hat, um zu erfahren, was da so läuft. Wie würde den das gequält haben! So einer könnte zu mancherlei Reaktion fähig sein …

»Komm rein«, sagt Susan, denn ich musste klingeln.

»Dein Schlüsselbund liegt bei Kaminski in der Bude. Ich hatte es mir geborgt.«

»Ohne mich zu fragen?«

»Ja, verdammt noch mal, ohne dich zu fragen. Jetzt aber frage ich dich. Was wolltest du heute Vormittag bei dem?«

Aus Susans Gesicht spricht abgrundtiefe Enttäuschung. Sie geht vor mir her ins Wohnzimmer, schaltet den Fernseher aus und wendet sich abrupt zu mir um.

»Du hast mich belogen, du musstest gar nicht arbeiten. Und du hast hinter mir her spioniert. Das war nicht abgemacht!«

»Die Geister, die ich rief …«, versuche ich es klassisch, aber Susan hat kein Verständnis dafür.

»Nein«, sage ich, »ich habe dich nicht verfolgt. Das war eher ein Zufall, dass ich dich in euren Schuppen habe gehen sehn. Sag mir jetzt, was du da wolltest!«, beharre ich auf meinem Auskunftsrecht.

»Mich verabschieden.«

»Aha. Oder vielleicht den da wieder mal fragen, ob er mit nach Australien will? Ich für meine Person habe ja wohl falsch auf den Vorschlag reagiert, was?«

Das hat gesessen. Susan lässt sich auf ihr Sofa fallen und beginnt hemmungslos zu heulen. Dieser Reaktion und dem damit verbundenen Zucken ihres Leibes bin ich nicht gewachsen. Ich gehe vor ihr in die Knie und streichle ihr über das Haar.

Ohne Erfolg.

Ich streichle weiter und dehne den Radius der Hand bis auf den Rücken aus.

Susan heult weiter.

Ich streichle mit beiden Händen über Kopf, Rücken und Po und flüstere leise ihren Namen.

Das Schluchzen hält an, das Zucken lässt nach.

Ich intensiviere die Massage und entschuldige mich für meine Gemeinheit.

Susan wendet sich zu mir um und drückt das heiße, verheulte Gesicht gegen meinen Mund. Wir lieben uns leidenschaftlicher denn je.

Später erzähle ich ihr von meiner Angst um sie und will wissen, ob sie wirklich keine Ahnung hat, wo der schöne Marian abgeblieben sein mag. Susan lacht herzhaft über meine Theorie und schwört mir, dass eher der Papst es war als der Marian.

Auf meine Frage, wieso sie das für ausgeschlossen

hält, antwortet sie mit der Weisheit, Marian sei Skorpion und ob ich denn im Ernst so dumm sein könnte, einen Skorpion mit einem Mord in Verbindung zu bringen, ja sogar mit zwei Morden.

»Aha«, sage ich entwaffnet. »Dann bleibt nur noch eine Person als Verdächtige für mich.«

»Und die wäre?«

»Du natürlich. Du hast erst den Marian, dann die Susi und zuletzt den Holger Börner umgebracht. Bitte verrate mir den Grund dafür, ich sag auch nichts weiter.«

Es ist Susan nicht möglich, auf den verbalen Frontalangriff mit meiner Ermordung zu reagieren, da dieses Gespräch beiderseits unbekleidet und im Bett geführt wird, wo außer Kissen und Decken keine allzu gefährlichen Waffen zur Verfügung stehen.

»Bist du doch noch dahintergekommen«, resigniert meine Schöne und lässt sich mit ausgebreiteten Armen auf den Rücken fallen.

»Allerdings«, sage ich, »und ich habe dich damit voll in der Hand. Du musst alles machen, was ich will.«

»Einverstanden«, resigniert sie stöhnend. »Und was wäre das?«

»Sexueller Frondienst auf Ewigkeit!«

»Deine Forderung ist nichts als eine leere Versprechung«, orakelt Susan, beginnt aber sofort.

Nach dieser zweiten Unterbrechung meines Verhöres will ich eine Viertelstunde später von ihr endgültig wissen, warum sie die drei anderen umgebracht hat.

»Lass gut sein«, sagt Susan nun leise und ernst. »Wir sollten uns über den Tod nicht lustig machen. Und wenn irgendjemand mich wirklich in Verdacht hat, dann bestell ihm einen schönen Gruß von Herrn Oberkommissar Just. Der hat mein Alibi sehr gründlich überprüft: In Gran Canaria habe ich zum fraglichen Zeitpunkt eine reichliche Autostunde vom Unglücksort entfernt in der Autovermietung gesessen und diverse Formulare unterschrieben. Erst eine weitere halbe Stunde danach wurden mir Fahrzeug, Papiere und Schlüssel übergeben. Die Uhrzeit ist im Vertrag festgehalten und zusätzlich von einer Mitarbeiterin bestätigt worden, die um diese Zeit pünktlich ihren Feierabend gemacht hat. Soweit dazu. Und da ich gerade dabei bin, dir zu helfen, dir über deine Gefühle zu mir Klarheit zu verschaffen …«

»Was …?«

»Na, ist doch so. Wenn du mich wirklich lieben würdest, könntest du mir bedingungslos vertrauen. Bei dir läuft das aber anders. Erst klärst du ab, ob du mir vertrauen kannst, dann denkst du über deine Gefühle zu mir nach. Solange du nicht auf die Minute genau herausgefunden hast, wann mein kaputtes Auto wo war, bist du nicht imstande, an mich zu glauben.« Susans plötzlicher Gefühlsausbruch ist mir peinlich. Irgendwie hat sie recht, was mich betrifft. Aber geht es denn um mich? Es kommt wahrscheinlich darauf an, wie man die Prioritäten setzt. Geht es in erster Linie um die Aufklärung eines Falles oder um unsere Beziehungskiste? Mord oder Liebe?

»Es war nicht mein Ernst gewesen«, stelle ich klar. »Du wirst doch nicht wirklich glauben, ich sei auf dein

Alibi angewiesen, um dir zu vertrauen. Aber dein Herr Kaminski hat meinen Schädel mit einem ziemlich harten Gegenstand ramponiert, da kommen dann solche Sachen zum Vorschein«, erläutere ich und hänge kleinlaut die Frage an, wie denn das nun wirklich gewesen ist mit ihrem Auto.

»Na bitte. Es bewegt dich.«

»Ich bin nur neugierig.«

»Also gut. An dem Vormittag, an dem ich dich verlassen habe, um per Taxi zu Heike zu fahren, die ja ursprünglich auf Johanna aufpassen sollte, habe ich die Sache geregelt. Heike war, wie gesagt, nicht da oder hat nicht geöffnet. Weil ich aber eingeplant hatte, mit ihr zusammen in meine Wohnung zu fahren, um ihr das Kind zu übergeben, hatte ich plötzlich noch Luft.«

»Du hättest also, ohne deinen Flieger zu verpassen, zu mir zurückkommen können?«

Susan nickt beschämt. »Ich habe die Zeit genutzt und mich von dem Taxifahrer zur Werkstatt fahren lassen. Die habe ich beauftragt, den Uno abzuholen und in Ordnung zu bringen, habe die Papiere und Schlüssel übergeben, bin wieder ins Taxi und dann ab zum Flugplatz.«

»Auto wichtiger als Kind«, konstatiere ich tonlos.

Susan schüttelt den Kopf. »Weil ich wusste, dass du das nicht verstehen würdest, hab ich neulich ein wenig geschwindelt. Ich musste einfach nach Gran Canaria, verstehst du? Wenn ich von Heike zu dir zurückgefahren wäre, dann wär nichts draus geworden. Ich konnte nicht mehr zurück.« Susan atmet tief durch und tastet vorsichtig nach meiner Kopfverletzung. »Außerdem ist es nicht mein Kaminski. Der nun wirklich nicht. Und ich habe auch nie geäußert, dass ich mit ihm nach Kanada oder Australien will. Das hat der Blödmann vielleicht so aufgeschnappt, als ich das in seinem Beisein mal so dahingesagt habe. Mehr nicht. Bitte glaube mir und nicht diesem Arsch von Kaminski, ja?«

»Unter einer Bedingung.«

»Ja?«

»Hast du seine Privatnummer?«

»Kann sein.«

»Dann ruf ihn jetzt an und quetsch aus ihm raus, ob es stimmt, was er mir erzählt hat.«

»Was hat er dir denn erzählt?«

»Dass vor eurem Laden ein junger, angeblich gut aussehender Mann auf der Lauer gelegen hat, dass der ein Auto gehabt hat und dass Kaminski sich die Nummer des Wagens notiert hat.« Susan krabbelt schräg übers Bett zu ihrer auf dem Boden liegenden Handtasche und holt ein winziges Telefonverzeichnis heraus. Es ist nicht das, welches ich vorige Woche neben ihrem Apparat gefunden habe.

»Dieser Typ könnte der spätere Mörder von Susi gewesen sein, auch wenn er nicht zufällig Marian heißen sollte.«

Fünf Minuten später überreicht mir Susan mit triumphierendem Blick ein herausgerissenes Blatt ihres Telefonmerkers, auf dem sich ein Datum und eine mir gut bekannte Autonummer befindet. Es ist das amtliche Kennzeichen des winters so begehrten, weil mit Standheizung ausgerüsteten Observationsfahrzeuges unserer Detektei.

19

Am nächsten Morgen erwische ich Klaus Engler nicht mehr in der Detektei, Bärbel sagt, er sei gleich von zu Hause aus auf Krankenjagd gefahren und habe den Weißen deshalb gestern mit zu sich nach Hause genommen.

Das hätte ich mir eigentlich denken können, aber es gibt ja immerhin Funktelefone. Diesmal benötige ich mehrere Versuche, bis ich ihn dranhabe, und er ist ausgesprochen schlecht zu verstehen.

»Schrei …icht so, ich hör… gut«, sagt Engler, anstatt mir meine Frage zu beantworten.

»Ich will wissen, wo du bist, sprich bitte laut und deutlich, Klaus!«

»… aus…zeichnete Verbind…, weiß …irklich nicht, …arum … so brüllst. Noch bin ich in der …hagener Straß…, …eiß aber nicht, …ie lange. Kommt …rauf an, ob …« – dann bricht die ausgezeichnete Verbindung zusammen und lässt sich trotz intensivster Wählversuche nicht mehr aufbauen.

»Gib mir mal die komplette Krankenliste, die wir abzuarbeiten haben, Bärbel«, bitte ich Langes Sekretärin und atme auf, als ich sehe, dass nur einmal die Greifenhagener Straße und keine andere -hagener Straße darin vertreten ist.

Als mir Susan gestern die Sensation präsentierte, dass der gut aussehende junge Mann, der vor Kaminskis

Büro auf die Mädchen gewartet hat, kein anderer als mein Freund Klaus Engler gewesen sein kann, brach für einen Augenblick meine kleine Welt zusammen. Wenn man schon die wenigen Menschen, die man zu kennen meint, so gründlich überhaupt nicht kennt, habe ich mir gesagt, wie ist es dann erst um die Menschenkenntnis im Allgemeinen bestellt und im Besonderen um die in meinem Beruf so nötige Fähigkeit, andere Leute wenigstens grob einschätzen zu können?

Klaus Engler, das Telefonsexmonster, Klaus Engler, der Erpressbare, Klaus Engler, der Mörder von Susanne Kellner? Quatsch mit Soße! Der doch nicht!

Andererseits – wie würden die Kollegen von Ullmann, dem Stellvertreter des Amtsleiters, reagieren, wenn man denen erzählt, was ihr Vorgesetzter so für Wünsche hat? Erst einmal wahrscheinlich ähnlich: Quatsch mit Soße, der doch nicht. Wenn es aber erwiesen wäre, dann fänden sich garantiert einige, die meinten, sie hätten so etwas ja schon immer geahnt.

»Was führt dich zu mir, altes Haus?«, begrüßt mich Klaus Engler im gut geheizten Samara. »Bringst du die Frühstücksbrote des Alten, oder holst du was aus dem Handschuhfach?»

»Weder noch. Aber ich hab ein paar Fragen an dich, so von Kollege zu Kollege.«

»Steckst in der Sackgasse, hab schon gehört. Ich sage dir eins: Die Fälle, wo was Privates mitspielt, die sind immer die vertracktesten. Als ich mal einen Mörder gesucht habe, noch bevor der den Mord überhaupt begangen hat, da habe ich mich so was von blind im Kreis herumgedreht, bis es dann passiert war – drei Tote auf der Autobahn.«

»Ich kenne den Fall – schließlich hat mein Bruder ihn vor zwei Jahren zu einem Krimi verarbeitet …«

»… und aus drei Leichen sechs gemacht.«

»Du weißt, wie das ist, heute wollen die Leute möglichst viel Blut. An fein gesponnener Unterhaltung ist doch kein Aas mehr interessiert.«

»Weißt du übrigens, was aus dem Typen geworden ist, der das Bludbad inszeniert hat?«

»Verurteilt, denke ich doch.«

»Ja, aber nur nach Indizien, mein Freund. Er hat die Schuld nie zugegeben. Zur Zeit strengt sein Rechtsanwalt ein Revisionsverfahren an.«

»Woher weißt du das?«, frage ich aus Höflichkeit, denn die alten Kamellen interessieren mich nicht sonderlich.

»Weil er mir das Angebot gemacht hat, meine Zeugenaussagen von damals noch einmal zu überdenken. Er meint, ich solle sagen, dass ich damals zu sehr unter dem Eindruck dieses Kriminalmanuskriptes gestanden hätte …«

»… und dass du hier und da die Wirklichkeit mit dem Manuskript ›Yeti sei tot‹ durcheinandergebracht hast«, vollende ich, nun doch interessiert. »Was bietet denn der Advokat?«

»Frag mich was anderes«, weicht Engler an der Stelle aus, an der es vermutlich um Geld geht, also spannend wird.

Ich erfülle ihm den Wunsch. »Vor knapp zwei Wochen, am neunzehnten war es, da saßen wir beide so wie jetzt in diesem Auto, aber in Pankow.«

»Stimmt. Es war gegen 9 Uhr vormittags, und ich musste dich leider bitten, den Wagen zu verlassen, weil ich eine Observation hatte.«

»Zwei Minuten später habe ich meinen eigenen Fall kennen gelernt, mit dem ich, wie du richtig bemerkt hast, nun ein wenig in der Sackgasse gelandet bin.«

Klaus Engler kneift die Augen zusammen und signalisiert mir damit, dass er schwer am Nachdenken ist.

»Und jetzt willst du herausbekommen, ob es zwischen dem Fall, den ich damals zu bearbeiten hatte, und dem deinen einen Zusammenhang gibt.«

Ich nicke. »Da bin ich mir sogar ganz sicher. Du hattest exakt vor jenem Haus Position bezogen, in dem mir ein sehr unangenehmer Zeitgenosse gestern die Birne poliert hat. Das wäre dir nicht viel anders ergangen, wenn du damals – wie ich gestern – die Bude betreten hättest. Immerhin hat der Rüpel dich genau wie mich per Kamera auf seinem Monitor beobachtet – soweit nur zu der Bemerkung, dass du eine Observation hattest. Die hattest du in der Tat, aber observiert worden bist du!«

Engler zieht pfeifend die Luft ein und guckt wie ein Schellfisch.

»Nun rück schon raus mit der Story. Ich möchte wissen, in wessen Auftrag du wen beobachtet hast. Egal, wer es ist, ich halte lieber den für den Mörder als dich.«

»Schon besser gewitzelt«, meint Klaus Engler und zieht sein elektronisches Notizbuch aus der Innentasche. »Datum?«, fragt er nach, und ich nenne es ihm noch einmal.

»Bevor du was sagst, lass mich raten«, unterbreche ich ihn, ehe er seinen Merker aktiviert hat. »Die zu observierende Person hieß Susanne Kellner, schätze ich mal. Und wärest du noch sechsunddreißig Stunden an ihr drangeblieben, dann hättest du entweder einen Mord verhindern oder einem Mörder bei der Tat zusehen können.«

Klaus Engler lässt sein Digital Diary wieder in die Tasche rutschen, ohne etwas eingetippt zu haben. »Kompliment«, sagt er nur.

»Wer war der Auftraggeber?«, erinnere ich ihn an meine Frage.

»Na, wer schon?«

»Na, sag schon!«

»Na, wer lässt denn immer seine Frau beobachten, wenn er ihr misstraut und selbst nicht gesehen werden will?«

»Der Ehemann?«

Engler verdreht die Augen. Nach kurzfristiger Bewunderung meiner Kombinationsgabe bin ich nun schon fast wieder untendurch bei ihm. »Ja sicher. Es war ein Tagesauftrag, pauschal für fünfhundert. Der wollte nur wissen, wie seine Holde so den Tag verbringt. Und falls sie Berlin verlässt, mit welchem Verkehrsmittel zu welchem Ziel. Reine Routine.« Nach weiterem Nachfragen erfahre ich, dass sich Susanne Kellner am 19. Januar knapp zwei Stunden in ihrem Büro aufgehalten hat, dann mit einer Reisetasche zum nächsten Taxistand gelaufen war, von wo aus es rüber nach Tegel ging. Die Maschine war gegen Mittag nach Fuerteventura mit Zwischenlandung in Las Palmas gestartet.

Demzufolge hat also, was keine Sensation darstellt, ihre Freundin Susan gleich nach ihr die Telefonsexzentrale verlassen und ist ihr vierundzwanzig Stunden später nachgeflogen. Der Mörder hingegen muss entweder schon in Gran Canaria auf sein Opfer gewartet oder die gleiche Maschine benutzt haben oder spätestens die nächste, mit der auch Susan geflogen ist. Nicht uninteressant, aber auch nicht ergiebig, stelle ich fest und nehme wahr, dass Klaus Engler mich schon zum wiederholten Mal auffordert, ihm den Teil der Geschichte zu erzählen, den er noch nicht kennt.

»So viel Zeit ist jetzt nicht«, speise ich ihn ab, weil ich Ruhe brauche zum Nachdenken. »Ein andermal vielleicht. Kümmere du dich lieber um dein Handy, man versteht nämlich nur die Hälfte bis gar nichts.«

Engler greift zum Funktelefon und will mir beweisen, dass ich mich irre. Aber der Versuch schlägt fehl. Außer leichtem Rauschen kommt nichts aus der Muschel.

»Mach mal«, sage ich, klopfe ihm generös auf die Schulter und verlasse den warmen weißen Hirsch.

Irgendetwas haut nicht hin an der Geschichte, geht es mir durch den Kopf, irgendwas stimmt da nicht. Ich brauche etwa hundert Sekunden, dann wird mir der Widerspruch offenbar. Einer hat mich belogen!, bin ich nun absolut sicher und will noch mal rüber in Englers Gefährt, aber der legt gerade den Gang ein und gibt kräftig Gas.

Honda Civic gegen Lada Samara, denke ich, das ist nun echt kein Problem. Mühelos bleibe ich dran und versuche hin und wieder mit der Lichthupe, Engler zum Halten zu veranlassen. Drei Querstraßen weiter biegt er ein und stoppt vor einem »Phon-&- Foto-Copy-Service-Center«.

Er verschwindet in dem Laden, und ich suche einen Parkplatz. Kurz darauf betrete ich ebenfalls das Geschäft und warte, bis Klaus Engler dem Foto-Phon-Boy begreiflich gemacht hat, dass sein Handy trotz frischem Akku keinen Piep mehr von sich gibt.

Der junge Mann verschwindet mit dem Lieblingsspielzeug meines Kollegen nach hinten, und ich habe Gelegenheit, scharf nachzufragen.

»Sag mir bitte eines, Klaus. Wie und wo hast du mit deinem Klienten Kontakt gehalten? Du hast doch mit dem Ehemann persönlich gesprochen, oder?«

»Na sicher. Warum denn nicht, wieso auch, und was soll das? Du erzählst mir gar nichts, aber ich soll dir die dämlichsten Fragen beantworten, sehe ich nicht ein.«

Der Tele-Boy kommt mit einem Kollegen zurück, und der hat das Gerät schon geöffnet. Mürrisch piekst er mit einem winzigen Schraubenzieher oder Spannungsprüfer darin herum. »Kann ich so auf die Schnelle nicht sagen, muss ich mal in Ruhe sehen, was ist«, meint er, und der andere greift die Worte hurtig auf. »Unser Mechaniker meint, wir müssten das Gerät mal hier behalten. Sind Sie schon Kunde bei uns? Wünschen Sie ein Leihgerät?«

Ich nehme nicht zur Kenntnis, was Klaus Engler zur

Antwort gibt, denn mein Auge hat sich an dem Mechaniker festgesaugt, der sich wieder zum Gehen wendet. Ich staune, dass es nicht »plop« macht, als es ihm gelingt, sich meinen Blicken zu entziehen.

»Weißt du, wer das war?«, frage ich Engler, wieder an der frischen Luft.

»Also meinetwegen«, sagt er, nun einigermaßen genervt. »Der Ehemann hat bei uns angerufen, ich habe den Fall selbst übernommen, weil sonst keiner da war. Ich bin zu ihm in die Wohnung gefahren, wo er mir die Sache erklärt und im Voraus gelöhnt hat. Lange hat von dem Fall nichts erfahren, also halt bitte die Schnauze und verpetz mich nicht beim Finanzamt. Jeder braucht schließlich mal ein Scheinchen extra.«

»Gerard Depardieu« murmele ich vor mich hin und lasse Engler grußlos stehen. Endlich ist mir der Name des französischen Mimen eingefallen!

Lutz Kellner hat wieder Fische in seinem Aquarium und begrüßt mich wie einen Freund aus besseren Tagen.

Der soll sich putzen, denke ich und gehe sofort aufs Ganze. »Du magst Fische, ja?«

»Ein Hobby braucht doch jeder.«

»Na sicher doch. Fische können so schön schweigen. Erst recht, wenn sie tot sind.«

»Was soll'n der Unsinn?«

»Wenn die anderen noch leben würden, und wenn sie sprechen könnten, dann würden sie erzählen, dass du auch Detektive gern magst.«

»Warum nicht, du bist mir nicht unsympathisch«, meint Kellner und versucht dabei, meine Frage wie eine lästige Fliege durch unwirsche Kopfbewegungen abzuschütteln.

»In dieser Wohnung hast du vor zwei Wochen schon einmal einen Detektiv empfangen, ist mir zu Ohren gekommen.«

Kellner sieht in dem Moment, in dem ich dies sage, dass es von Nachteil für ihn wäre, weiter den Dummen zu spielen. »Ja und, warum nicht? Hattest du noch nie den Verdacht, dass deine Frau etwas tut, was sie besser nicht tun sollte? Ach so, du kannst ja gar nicht mitreden, du Junggeselle. Aber lass es dir gesagt sein, in eine solche Situation kommt jeder einmal. Ja, du hast recht, ich habe nicht ganz die Wahrheit gesagt«, gibt er zu und sieht so aus wie einer, der Grund hat, sich zu schämen. Er fühlt sich ertappt, und es ist ihm peinlich.

»Susanne war nicht immer ganz ehrlich«, beginnt er seine Beichte. »Wenn sie gesagt hat, sie muss bei einer Freundin auf das Baby aufpassen oder ihr Chef nimmt sie mit auf Geschäftsreise, dann kam mir das schon lange nicht mehr geheuer vor. Wahrscheinlich hätte ich viel eher Nachforschungen anstellen sollen – es war sozusagen eine Reise zu spät.«

»Mach dich nicht verrückt«, sage ich, da ich merke, dass er sich ziemlich erregt.

»Ja, ich habe einen Detektiv beauftragt, ihren Tagesablauf unter die Lupe zu nehmen. Ich wollte auch herausfinden, ob sie wirklich dahin fliegt, wohin sie gesagt hat. Aber was hat das mit den Fischen zu tun, Dirk?«

»Gar nichts, mein Freund. Oder vielleicht doch, denn eins verstehe ich nicht: Wenn du Ausgang hattest bei deiner Entziehungskur und meinen Kollegen in deiner Wohnung empfangen konntest, dann hättest du ja auch die Fische füttern können.«

Kellner ist einen Augenblick verwirrt und sieht mich an, als hätte er mich nicht verstanden. Dann aber fällt ihm ein, was er zu antworten hat.

»Ich habe mir doch wegen dieser Sache mit dem Detektiv nur das eine Mal Ausgang verschafft, und da waren die Biester schon tot.«

»Als du den Detektiv beauftragt hast, deine Frau zu observieren, da wollte sie doch erst verreisen?«, erinnere ich ihn. »Da war sie noch in der Wohnung, also hätten die Tierchen doch nicht verhungern müssen.«

»O doch«, entgegnet Lutz Kellner. »Ich hätte sie, bevor ich zu SYNANON bin, in Pflege geben oder mitnehmen müssen. Susi hatte nicht die leiseste Ahnung von Fischen. Von Temperatur, Belüftung und vom Füttern verstand sie absolut nichts. Susi war, glaube ich, der Auffassung, ein Fisch könne ein Vierteljahr ohne Nahrung auskommen, weil ja im Winter, wenn Eis den See bedeckt, auch niemand Futter ins Wasser wirft. Ich Trottel hätte wirklich daran denken müssen, dass die Tiere unter ihrer Obhut keine Chance haben. Wäre ich nicht zu SYNANON gegangen, dann wären sie alle noch am Leben …«

Es klang, als seien nicht nur die Fische gemeint.

»Scheißalkohol«, setzt Lutz Kellner überflüssigerweise hinzu.

»Hast du durchgehalten seit deinem Rückfall?«, frage ich.

»Eisern Union!«, sagt er stolz und hebt die zwei Finger zum Schwur.

»Musst dir nichts vormachen, Lutz. Weißt doch, wie der Knut seinen kleinen Finger verloren hat.«

Kellner sieht mich fragend an. »Nein«, sagt er gedehnt.

»Ich habe ihn besucht vor ein paar Tagen. Er hat mir die Geschichte sofort erzählt. Das war, als er zwischendurch mal wieder in Frankfurt am Main gelebt hat, weil er meinte, er sei clean. Seine alten Freunde hatten ihm mit einer Wette, bei der ein halbes Gramm Heroin und ein Messer eine Rolle spielten, nachgewiesen, dass es Selbstbetrug war. Erst als der Finger ab war, hat er es begriffen und ist zurück zu SYNANON. Seitdem hat Knut diese Gemeinschaft nicht mehr verlassen. Ich staune, dass er dir die Story nicht erzählt hat.« Kellner strengt seinen Grips an, zuckt dann unbeholfen mit den Schultern. »Hatte mich auch schon gewundert, dass der kleine Finger fehlt, aber ich weiß nicht mehr, ob ich ihn danach gefragt habe. Vielleicht hat er mir das auch erzählt, der Knut, aber dann war ich wohl nicht voll da. Delirium oder dicht davor, verstehst du? Stell dir so einen Entzug bitte nicht so einfach vor, Dirk.«

»Verstehe«, sage ich nur, nehme meine Polaroid aus der Manteltasche und mache ein Bild von Lutz, dem verdutzten.

In meinem häuslichen Briefkasten finde ich neben der üblichen Werbung und einigen Rechnungen einen Brief mit unbekanntem Absender. Der Name ist mit

»D. Sch.« abgekürzt und innen liegt ein Foto, das eine glückliche Familie zu zeigen vorgibt. Vater und Mutter strahlen sich glücklich an, er trägt ein Kleinkind auf dem Arm, sie hält eins an der Hand, während sie mit Kleingepäck und Buggy eine Gangway hinabschreiten.

Auf der Rückseite steht in zierlicher Schrift: »Zur Erinnerung an einen schönen Urlaubsbeginn. Reginald hätte sicher gern mit Johanna gebuddelt. Alles Gute für Sie.« Und da ist auch, was der ganzen Postsache erst einen Sinn gibt, eine Telefonnummer.

Ich muss schmunzeln, denn so viel Mut hatte ich der kleinen Person gar nicht zugetraut. Vielleicht hätte ich besser sie ein wenig anbuddeln sollen, statt mich auf einen Mordfall einzulassen.

In Gedanken bitte ich Susan um Vergebung für diese Idee, aber nehme auch das sofort zurück. Wer weiß, was ich über Susan so alles nicht weiß, sage ich mir und greife zum Hörer. Frau Desdemona Schieferdecker meldet sich noch vor dem zweiten Klingeln, wirkt aber irgendwie nervös. Ich bedanke mich für das Foto und frage, woher sie es hat. Die Antwort entspricht in etwa meiner Erwartung: »Die macht doch in Las Palmas der Flughafenfotograf. Vor seinem Rückflug bekommt man sie angeboten …«

»… wenn man es mit dem Rückflug nicht so eilig hat wie ich« – oder wie der Herr Just, setze ich in Gedanken fort und ignoriere alle weiteren Nachfragen. Aus Erfahrung weiß ich, dass Frau Schieferdecker sowieso keine allzu aufmerksame Zuhörerin ist.

Bevor ich noch einmal zu SYNANON fahre, erlaube ich mir einen Abstecher in die Detektei und beehre meinen Chef Johannes Lange, um ihn zu fragen, was eigentlich aus dem Buttersäureanschlag gegen den Telefon-Shop geworden ist. Mit Genugtuung vernehme ich, dass nicht nur wir aus dem Rennen sind, sondern auch Staatsanwalt und Polizei ihre Ermittlungen gegen Unbekannt eingestellt haben. Zudem habe der Geschädigte massive Probleme, den ruchbaren, aber nicht sichtbaren Schaden von seiner Versicherung ersetzt zu bekommen.

»Rufen Sie den Geschädigten an, und fragen Sie ihn, ob ihm die Aufklärung des Falles noch etwas wert ist«, schlage ich hintergründig schmunzelnd vor.

»Was soll das bedeuten?«

»Das soll bedeuten, dass ich drauf und dran bin, ein fettes Erfolgshonorar einzustreichen, Meister.«

»Was heißt hier fett – du hast den Kerl doch laufen lassen, also ist es auch dein Bier, ihn wiederzufinden«, drückt Lange den Preis.

»Vergessen Sie es, Chef – war nur ein Scherz. Schönen Tag noch!«, sage ich enttäuscht.

Der Alte gibt sich geschlagen und bietet mir einen Tag Sonderurlaub an, wenn ich den Kerl finde. Ich handele das Angebot auf drei Tage hoch und bestehe auf der fetten Prämie.

»Wie fett?«, fragt Lange ärgerlich.

Wenn der Telefonladenbesitzer seinem Konkurrenten den Anschlag nachweisen und mit Strafanzeige drohen kann, wird der ganz schön was rüberreichen müssen, denke ich mir und greife zu den Sternen. »Mindestens so viel, dass ich davon ein Flugticket nach Las Palmas bezahlen kann.«

»Du friemelst immer noch an diesem Fall herum?«

»Hin- und Rückflug, Chef.«

Er gibt nach, und ich mache die schöne Erfahrung, dass mir heute anscheinend alles gelingt. Leichte Schläge auf den Hinterkopf erhöhen eben doch das Denkvermögen, erinnere ich mich an den Lieblingsspruch meines Mathematiklehrers.

20

In den letzten drei Tagen hat Lutz Kellner sich weder rasiert noch gewaschen. Bei seinen Nachbarn hat er sich einige Male mit glasigem Blick und Rotwein-Fahne blicken und riechen lassen, um sich nach dem Datum zu erkundigen oder Geld zu borgen. Selbstverständlich hat er keines bekommen, aber die alte Frau Lohse von nebenan hat ihm eine Viertelstunde später wortlos einen Teller mit belegten Broten gebracht. Kellner hat sich lallend bedankt und gesagt, dass sie sich so etwas nicht angewöhnen solle, da er bald auf Reisen ginge.

»Mein Gott, Sie haben wohl den Tod nicht können verwinden von Ihrer Frau«, hat sie beim Gehen gebrabbelt und mit dem Kopf geschüttelt.

Wie man's nimmt, hat Lutz Kellner gedacht. Sorgen macht sie mir nach wie vor. Als Person bin ich sie los, als Problem noch nicht ganz.

Vorgestern hatte er mehrmals das Haus verlassen und war vergeblich mit der Bahn ins Zentrum gefahren, um nach seinem alten Freund zu suchen, gestern aber hat er ihn gefunden. Karlheinz saß wieder auf einer Bank zwischen Alex und Fernsehturm und guckte in die Wolken, durch die sich ab und an ein Sonnenstrahl gemogelt hat. Die Literflasche war gut gefüllt, der Tag noch jung.

Kellner hat sich zu ihm gesetzt und eine Weile geschwiegen. Dann hat ihm Karlheinz den Rotwein hingehalten. »Aber nur einen Schluck, muss reichen für heute«.

Kellner hat angenommen und dem Professor beim Zurückreichen in die Augen gesehen. »Ich hab Geld, Karlheinz.«

Der Angesprochene hat zuerst einen großen Schluck genommen, dann die Flasche abgestellt, die Arme ausgebreitet und Lutz Kellner fast erdrückt.

»Mein Freund ist da! Mein alter Freund ist gekommen! Ich habe einen Freund!«, hat er ausgerufen und war nahe daran, mit ihm zu tanzen. Dann war er plötzlich in sich zusammengesunken und hat Kellner hilflos angesehen. »Du hast mir was versprochen, Lutze, weißte noch?«

Lutz Kellner hat gelächelt und genickt. »Aber klar, ich hol dich raus aus der Scheiße. Versprochen ist versprochen. Darum bin ich ja hier.«

»Und haste meine Schachtel noch? Die mit den ganzen Papieren, die ich bei dir abgestellt hab, sonst bin ich doch kein richtiger Mensch, ohne Geburtsurkunde und alles.«

»Keine Bange, Professor, ist alles bestens verwahrt.«

Karlheinz Hahn hat wieder mit der Umarmerei beginnen wollen, aber Lutz Kellner hat abgewehrt. »Mach nicht so viel Wind, Alter, sonst wollen gleich noch andere mitkommen. Für mehr habe ich keinen Platz in meiner Wohnung.«

»Ich hab keinem was erzählt«, hat der habilitierte Stadtstreicher geflüstert, »auf mich ist immer Verlass, das weißt du doch. Auf mich kannst du zählen, und ich auf dich, stimmt's Lutz?«

»Aber ja doch. Und morgen ziehst du zu mir.«

»Morgen erst? Soll so kalt werden die Nacht ...«

»Es geht nicht anders. Aber damit du mir glaubst, gebe ich dir heute schon deinen Schlüssel. Weißt du noch, wo ich wohne, Karlheinz?«

Der Professor hat heftig genickt.

»Gut. Dann komm morgen Abend, wenn's dunkel wird. Kommst einfach, klingelst nicht, schließt selber auf, ist ja ab morgen auch dein Zuhause, und wir essen und trinken was Gutes.«

»Was Gutes ...«, hat Karlheinz die Worte nachklingen lassen und gestrahlt. »Wird alles wieder gut, was?«

»Aber ja. Nimm für heute Nacht meinen Wintermantel, wenn's kalt wird, der hält besser warm.« Lutz Kellner hat dem glücklichen Professor noch einen Zehner in die Hand gedrückt und sich in dessen muffige alte Lederjacke gequält. In dieser Bekleidung hat er am Nachmittag bei seiner Nachbarin geklingelt, vor sich auf dem Boden sein Aquarium, in dem ein Dutzend Guppys in nur wenig Wasser schwammen. »Guten Tag, Frau Lohse, Sie sind immer so nett zu uns gewesen, auch zu meiner Frau. Und ich hab Ihnen ja schon gesagt, dass ich eine längere Reise mache, und da wollt ich Ihnen meine Fische schenken.«

»Schenken, ja, mein Gott!«

»Ja, Frau Lohse, mit allem drum und dran. Auch Futter und alles.«

Die alte Frau hat nicht abzulehnen gewagt, allerdings

noch hervorgebracht, dass sie in ihrem ganzen Leben noch nie was mit Fischen zu tun gehabt hätte, außer mal Karpfen blau zu Neujahr. Kellner hat sie beruhigt, die Tiere würden keine Arbeit machen, keinen Dreck und keinen Lärm. Nur ab und zu mal ein paar Krümelchen Futter. Er hat es demonstriert, und die Alte hat gelächelt. Dann hat er ein Schränkchen im Wohnzimmer zum Unterbau bestimmt, den Strom angeschlossen und Wasser aufgefüllt.

»Wenn sie zurück sind von der Reise, dann holen Sie sich die aber wieder rüber, Herr Kellner, nicht wahr.«

Lutz Kellner hat nur vieldeutig gelächelt.

Nun steht dem Neubeginn nichts mehr im Wege, denkt er und wartet auf seinen Ex-Kollegen Karlheinz Hahn.

Der kommt, wie besprochen, bei Einbruch der Dunkelheit, und steht mit seinem ausgebeulten Schlafsack, der ihm auch als Tasche dient, verlegen in der Tür.

Schnell schließt Kellner diese und spielt alsdann den Gastgeber. Mantel abnehmen, Platz anbieten, Begrüßungstrunk reichen. »Heute saufen wir uns einen an, Professor.«

Der lächelt und nickt. »Aber morgen nicht mehr. Lutze, ich habe mir das überlegt. Wenn du mich hier aufnimmst, dann will ich auch aufhören mit dem Saufen, weil das meine letzte Chance ist, verstehste. Wenn ich das jetzt bei dir nicht in die Reihe kriege, dann nie. Es sei denn …«

»Ja?«

»Na, du weißt schon. Weil ich doch nicht in der Krankenkasse drin bin, in der westdeutschen, hab ich doch alles nicht gemacht, weil ich von denen nichts wissen wollte.«

»Du meinst, du würdest noch mal unter meinem Namen eine Kur machen?«

Karlheinz Hahn nickt heftig. »Wenn das noch mal ginge … Das hat mir da gefallen bei SYNANON, weißte.«

»Ich weiß«, sagt Kellner, und ihm fällt etwas ein, das ihm eine Unmutsfalte auf die Stirn treibt.

»Ich bin auch nicht zu blöd dazu. Ich halte das voll durch unter deinem Namen, ohne mich zu verplappern, und wenn du unbedingt deine Papiere brauchst, dann rufst du wieder an, und ich mach die Mücke. Kann ja sein, dass es nächstes Mal länger klappt als beim ersten Mal.«

»Du hast dich aber nicht daran gehalten, was vereinbart war, Karlheinz«, tadelt Lutz Kellner den anderen mit einem strengen Blick.

»Aber was denn, Lutze, wieso denn nicht?«

»Wir hatten verabredet, dass du mir alles Wichtige erzählst, sodass ich es wiedererzählen kann, wenn mich einer fragt, damit keiner dahinterkommt, dass wir die westdeutsche Krankenkasse bescheißen.«

»Aber ich hab dir doch alles erzählt«, begehrt der Kritisierte vorsichtig auf und schielt zur Flasche.

Kellner schenkt ihm nach. »Du hast mir unterschlagen, dass diesem Knut der kleine Finger fehlt und dass er jedem erzählt, wie es passiert ist – oder ist das vielleicht nicht wichtig?«

Der Professor schüttelt entschieden den Kopf und verkleckert etwas Rotwein dabei. »Ich schwör's dir, Lutze, vor zwei Wochen, als ich da war, hatte der Knut noch genauso viele Finger wie ich oder du, da hat dir aber einer einen Bären aufgebunden.«

Lutz Kellner springt auf und zieht den Professor an der Jacke empor, um ihn hin und her zu schütteln. »Sag, dass das nicht wahr ist, du versoffenes Schwein! Du willst doch nur deinen Fehler vertuschen, gib's zu, dass der nur neun Finger hat, der Arsch von Betreuer!«

Aber Karlheinz bleibt dabei, und Lutz Kellner wird blass. Er schickt seinen Gast ins Bad, damit der sich säubere und rasiere. Aufgeregt läuft er hin und her und überlegt. Alles dreht sich um diesen verdammten Detektiv, den er schon eingewickelt und abgewimmelt zu haben glaubte. Das hatte zwar ungleich mehr Aufwand gefordert als die Täuschung der Bullen, schien aber letztendlich ebenso gut funktioniert zu haben.

Wieso, verfluchte Scheiße, hat der neulich noch einmal mein Alibi in Zweifel gezogen, das längst abgehakt schien. Stimmt, ich hätte den Detektiv nicht engagieren dürfen, aber ohne den hätte ich nicht herausgefunden, wohin Susanne verschwinden wollte. Ich hatte ja nur das Datum und den verstümmelten Namen des Hotels, der irgendwie spanisch oder italienisch geklungen hat.

Ich hätte diesen anderen Detektiv nicht in meine Wohnung lassen dürfen! Aber wer konnte denn auch ahnen, dass die bei diesem SYNANON so ein Gewese um die Betreuung machen, rund um die Uhr, ohne Gelegenheit, mal dies und jenes zu regeln in der Freiheit. Tolle Freiheit!

Aber das alles ist noch kein Beweis gegen mich. Und ich habe das auch aus der Welt geschafft – wenn da diese blöde Falle mit dem fehlenden Finger nicht gewesen wäre …

Lutz Kellner versucht sich in Detektiv Adam hineinzuversetzen. Da der mir misstraut hat, wird er mit meinem Polaroid-Bild zu SYNANON gedackelt sein. Das war vor drei Tagen. Und da er sich seitdem nicht wieder bei mir sehen lassen hat und auch keine Polente vor der Tür steht, müsste die Ähnlichkeit zwischen Karlheinz und mir ausgereicht haben, den Schnüffler zu beruhigen. Doch der gibt keine Ruhe, fürchtet Kellner und ist mit seinem Entschluss zufrieden, die Dinge nun voranzutreiben.

»Wo hasten du mal'n Rasierapparat?«, ruft der Professor aus dem Badezimmer.

Kellner geht hin und gibt ihm eine Schere. »Nimm die, das genügt.«

»Mit einer Schere kann ich mich nicht rasieren.«

»Schau mal mich an, mein Freund. Das nennt sich Dreitagebart und ist sehr modern. Da musst du nicht täglich an der Haut herumkratzen, da genügt hin und wieder die Schere.« Hahn nickt und macht sich ans Werk. Er tut es so ungeschickt, dass Kellner ihm die Schere abnimmt und selbst Friseur spielt.

Bei der Gelegenheit stutzt er gleich noch das Haupthaar über den Ohren und das Nackenhaar des Professors. »So, jetzt siehst du fast genauso gut aus wie ich –

zum Verwechseln gut«, sagt er, einigermaßen zufrieden, und beseitigt die Spuren der Verschönerung mittels Handfeger und Kehrschaufel.

Die Haare streicht er ins Klobecken ab und spült nach.

»Wenn du gebadet hast, ziehst du frische Wäsche von mir an«, sagt er und zeigt auf einen Stapel Kleidung.

»Danke«, sagt der Professor. »Kann ich ja gar nicht wiedergutmachen.«

O doch, denkt Kellner und geht in die Küche, das Abendbrot vorzubereiten. Ordentlich trinken musst du.

Auf dem Tisch stehen bald eine große Schüssel Gurkensalat, ein Topf ungarischer Gulaschsuppe aus der Dose und zwei halbe Pfefferhähnchen frisch vom Grill. Direkt vor dem Platz des Gastes sind zwei schon entkorkte Flaschen Rotwein neben ein voluminöses Glas gestellt.

Karlheinz Hahn kommen beinahe die Tränen, als er hinzutritt. »Du hast an alles gedacht, Lutze, und sogar Gurken mitten im Winter. Du bist der beste Mensch, den ich kenne.« Kellner winkt ab. »So gut bin ich nicht, wie du denkst.«

Der Professor, darum bemüht, manierlich zu essen, wird vom Heißhunger zum Stopfen verleitet. »Wo is'n eigentlich deine Frau?«, fragt er mit vollem Mund und unterbricht auch sein Schlemmen nicht, als Kellner ihm antwortet, die habe er kürzlich umgebracht. »Richtig so«, meint Hahn, als er wieder Platz zum Sprechen hat, »das hätte ich mit meiner auch tun sollen, da wär mir einiges erspart geblieben. Haste noch was für die Verdauung?«

Kellner blickt ihn fragend an.

»Ich meine, so reichhaltige Kulinaritäten ist mein Magen nicht mehr gewöhnt, und so trocken kriegt man den Rotwein schlecht runter.«

Kellner holt eine Flasche Klaren aus der Küche und stellt sie auf den Tisch. »Aber der Rotwein muss alle werden, mein Freund, der war teuer. Morgen ist er sauer.«

Der Professor grinst beruhigend. »Hättest dich nicht in Unkosten stürzen müssen meinetwegen. Mir schmeckt der billige besser. Aber keine Sorge, wird alles vernichtet! Und – hat sie dich betrogen?«

»Wer?«

»Na, deine Alte, von der reden wir doch.«

Lutz Kellner nickt. »Das kann man wohl sagen.«

»Immer das Gleiche. Erst saugen sie einen aus, dann gehen sie fremd, dann lassen sie einen sitzen. Ich bin geheilt von den Weibern, ein für allemal – prost!« Der Professor wischt sich das Fett vom Mund, lässt einen großen Schluck vom Wein einlaufen und spült mit Wodka scharf nach. »Ahh, so lässt sich's leben!«

»Zwei Jahre lang hat sie mich hintergangen«, fährt Kellner unaufgefordert fort. »Erst nur per Telefon und mit meinem Wissen. Ich dachte, dass ich es aushalte, aber das war ein Irrtum. Irgendwann habe ich sie zu hassen begonnen, und mich habe ich auch gehasst, weil ich nicht die Courage hatte, auf den Tisch zu hauen und Schluss zu sagen. Das Scheißgeld, Professor, das Geld war's, ich hatte mich daran gewöhnt. Für jeden Schein, den sie mir abgeliefert hat, hätte ich ihr ins Gesicht spucken können, aber ich hab's runtergeschluckt. Das war keine Ehe mehr, das war …« Kellner sucht nach Worten.

»Zuhälterei.«

Kellner nickt mechanisch. »Das war es. Sexuell lief nichts mehr zwischen uns, und irgendwann hat sie angefangen, mich zu betrügen. Seriös-Begleitung hieß das. Mit einem feinen Mann gut essen gehen, ihn ins Theater begleiten oder auch ins Hotel. Meistens ins Hotel. Aber das habe ich erst sehr spät mitbekommen.«

»Mann, Mann, Mann.«

»Kann man wohl sagen. Und willst du wissen, was die Nutte damit verdient hat?«

»Keine Ahnung«, sagt Hahn und stößt auf. Kritisch schaut er in die erste leere Rotweinflasche wie in ein Fernrohr. »Das Teuerste ist selten das Beste, sind Krümel drin, Westpfusch ist das!«

»Hörst du mir überhaupt zu, Professor?«

»Erzähl weiter, Lutze. Wo ist jetzt eigentlich deine Frau, geht anschaffen, was?«

»Ich hab doch gesagt, dass ich sie umgebracht habe. Willst du wissen, wie ich es gemacht habe, ja?«

»Aus'm Fenster geschmissen, aber nicht hier bei dir, das reicht nicht ganz von der Höhe, vermute ich mal.« Der Redefluss des Professors wird langsamer, aber keineswegs wirr.

Kellner nickt. »Gefallenes Mädchen muss fallen. Achtzigtausend hatte sie eingefroren.«

Professor Hahn nimmt die zweite Rotweinflasche in die eine und die Wodkaflasche in die andere Hand. Mit beiden füllt er sein Glas je zur Hälfte. »So geht's vom Geschmack. Was heißt eingefroren?«

»Achtzig Braune, in Folie, mit einem Rest Suppe in einer Gefrierdose eingefrostet. Du wirst lachen, war nicht mal schwer zu finden. Als ich vor dem Gefrierschrank stand, hab ich's schon beinahe geahnt.«

»Wer friert schon Suppe ein?«, fragt Hahn leicht schleppend und kichert. »Hast du sie wirklich ...?« Er macht eine Bewegung mit der flachen Hand an der Kehle vorbei und gibt einen krächzenden Laut von sich.

Kellner trinkt auch einen Schluck Schnaps und nickt. »Ja. Ich bin ihr mit deinen Papieren nachgeflogen und hab sie im Hotel besucht. Und du wirst lachen: Ich wollte sie tatsächlich aus dem Fenster stoßen und im Trubel verschwinden, bevor man nach einem Täter sucht. So was braucht ja immer ein, zwei Schreckminuten. Aber Susanne schien darauf gewartet zu haben, dass sie abgeholt wird. Sie kam direkt auf den Wagen zu, den ich gemietet hatte – auch unter deinem Namen, versteht sich.«

»Gibt's nich!«

»Doch, mein Freund, so war das. Sie hatte allerdings nicht mit meiner Person gerechnet, sondern mit einem Galan, der sie entführen wollte, will ich mal so sagen. Ich hab ihr geflüstert, dass der, auf den sie warte, ich sei. Ich hätte ordentlich an ihren Chef bezahlt, und nun stünde mir auch die Leistung zu.«

»Stand dir auch so ssu.«

»Das ist nicht dasselbe, musst du aber nicht verstehen. Sie hat es mir sowieso nicht geglaubt. Da hab ich ihr gesagt, dass ich eifersüchtig sei, und das ist schon besser bei ihr angekommen. Endlich mal ein leidenschaftliches Gefühl, hat sie gemeint. Ich bin losgefahren und hab ihr angeboten, sie dort abzusetzen, wo sie erwartet würde, aber nur unter einer Bedingung …«

»Aha«, sagt der Professor, erhebt sich schwerfällig vom Stuhl und lässt sich auf die Couch niedersinken. »Viel frische Luft macht müde, mix mir mal noch einen halb und halb.«

»… dass sie es vorher mit mir treibt, entweder im Auto oder in der freien Natur«, vollendet Kellner seinen Satz und tut, wie ihm geheißen, beim Wodka allerdings ein wenig zu Gunsten des Weines sparend. »Stell dir vor, das Flittchen war einverstanden.«

»Nich schlecht«, lallt Karlheinz und versucht, in die Waagerechte zu kommen.

»Du hast mir was versprochen, Hähnchen«, treibt Kellner ihn hoch. »Erst saufen wir uns einen an.«

»Ssur Feier des Tages, is jut«, reißt der andere sich zusammen und leert sein Glas mit einem Zug. »Erssähl mal weiter, war grad so schön schweinisch.«

»Sie sagte mir, wo ich langfahren soll, und ob du's glaubst oder nicht, ich hab die ganze Fahrt über nicht gewusst, ob ich sie umbringen würde oder nicht. Gelegenheiten gab es massig in den einsamen Straßen. Einfach raus aus dem Auto mit ihr, sie zusammenschlagen und drüberfahren …«

»So was macht man nich.«

»Richtig. Nimm noch einen Mix, und dann gehst du schlafen, Kumpel.«

»Her mit dem Scheiß. Wenn die Feinde sagen, wir hätten nichts mehr ssu saufen, so is das eine infame ...«

»An einer Stelle bot die Bergstraße Platz zum Halten. Wir sind ausgestiegen und wollten einen Pfad hinauflaufen, um es dort miteinander zu treiben, aber ich merkte, da rührt sich nichts. Die Geilheit, die ich ihr vorgespielt hatte, war nicht da. Nichts mit veränderter Umgebung, neuer Stellung und so, was da immer so geschrieben wird. Da war nur diese unendliche Öde zwischen ihr und mir, dieser ewig aufgestaute Hass – und, ja ich will dir das nicht verschweigen, da war auch wieder der Gedanke an die achtzigtausend Mark, die sie für ihre Untreue bekommen hat und die sie nicht mit mir teilen wollte, obwohl mir doch mindestens die Hälfte zustand, mindestens. Die hatte ihren Spaß, und was hatte ich? Mir war plötzlich wieder klar, weshalb ich ihr nachgeflogen war. Nein, nicht um sie zu bumsen.«

Kellner schweigt einen Augenblick und blickt seinem Freund in die fast geschlossenen Augen. Dann fährt er fort. »Einen Moment habe ich mit dem Gedanken gespielt, mich mit ihr zusammen in die Tiefe zu stürzen. Es war ein verlockender Gedanke, kann ich dir sagen. Dieser lange freie Fall mit Susanne in den Armen, und als Letztes in diesem Leben die Todesangst genießen, die in ihren Augen zu sehen sein würde, diese ach so gerechte Strafe mit ansehen, das wäre schon toll gewesen. Bei der Vision bekam ich einen Steifen, Lutz, und der hat mich gerettet. Ich wusste wieder ganz genau, dass ich noch leben und genießen wollte. Sollte sie alleine sterben – meinetwegen für mich mit.

Dann ging alles ganz schnell. Hier nicht, habe ich gesagt, bin mit ihr umgekehrt, den Weg wieder runtergerannt, am Wagen vorbei und hinüber auf die andere Straßenseite, aber da war nichts außer einem Stein, so groß wie ein Kohlensack. Wir beide drauf zu und erst kurz davor zum Stehen gekommen. Ich zumindest. Sie hatte noch so viel Schwung vom Laufen, dass ich nur ein wenig nachzuhelfen brauchte. Sie verlor das Gleichgewicht und wollte sich an meinem Arm festhalten, aber der Arm gab ihr den letzten Stoß. Es ging ganz leicht. Schlimm war nur der Schrei. Der wurde immer lauter, als wenn sie nach oben zurückkommen würde. Grässlich.«

Lutz Kellner schüttelt die Erinnerung ab und sieht, dass Karlheinz Hahn bereits in einen Schlaf gefallen ist, aus dem es kein Erwachen gibt.

»Stirb du mal jetzt auch«, sagt er leise und voller Mitleid. »Dein Leben war ja sowieso verpfuscht. Schlaf in Ruhe für mich ein, Lutze, wir tauschen heut noch mal.«

Langsam, aber gründlich räumt er auf. Alle Bestandteile des Abendessens, die auf eine zweite Person schließen lassen, wäscht er säuberlich ab und räumt sie in den Geschirrschrank. Den Schlafsack seines Gastes zerschneidet er und verbrennt ihn samt dem Inhalt in der Glut des Wohnzimmerofens. Anschließend legt er noch Holz nach und sieht wie der Luftzug die Ascheреste nach oben wirbelt.

Die Personaldokumente sind rasch gewechselt. Nur die wichtigsten Papiere des Professors, die er auf dessen Wunsch schon seit Wochen bei sich aufbewahrt, entnimmt er einer nicht sehr stabilen Schachtel und verwahrt sie in seinem Koffer. Der Rest wird ebenfalls verbrannt. Unter die fast leere Rotweinflasche legt er den vorbereiteten Abschiedsbrief.

»Das war's«, sagt er, ungewollt flüsternd. Er überprüft noch einmal den Inhalt der großen neuen Brieftasche, legt sich das Flugticket zurecht und zieht die Sachen an, die er gestern am Alex gekauft hat. Er geht zum Professor, beugt sich zu ihm hinab und lauscht dem nur noch schwachen Atem.

Dann nimmt er Hut, Mantel, Tasche und Koffer und verlässt, automatisch seinen Wohnungsschlüssel greifend, ihn dann aber wieder an den Haken hängend, sein Domizil.

EPILOG

Gleich nach meiner Rückkehr von den Kanaren fahre ich zu Just in die Flottenstraße, um ihn zu fragen, welche Belohnung auf die Ergreifung des Mörders von Susanne Kellner ausgesetzt ist.

»Gar keine«, antwortet Just missmutig und will wissen, wo ich die letzten beiden Tage war. Angeblich habe er mich sprechen müssen, mich aber nicht erreichen können.

»Ich habe Ihre Arbeit gemacht, Herr Oberkommissar«, antworte ich in aller Bescheidenheit, denn der Mord sei nun aufgeklärt, der Täter überführt.

Just zieht auf die ihm eigene Weise eine Augenbraue in die Höhe und sieht mich fragend an.

»War es etwa ein Eingeborener, der die Kellner von dem Felsen geschubst hat?«, fragt er in einem Ton, der mich daran zweifeln lässt, dass ihm wirklich an der Aufklärung des Falles gelegen ist. Möglicherweise aber ist die zur Schau gestellte Teilnahmslosigkeit nichts anderes als versteckter Neid. Noch muss er ja nicht glauben, dass ich wirklich weiter bin als er.

Auf mein Kopfschütteln hin teilt er mir mit, dass der Fall Susanne Kellner bis auf Weiteres zu den Akten gelegt wurde, da alle in Frage kommenden Beziehungstäter als Mörder ausgeschlossen worden sind. Die Umstände, die zum Tod der Frau geführt hätten, würden sich wohl nie mehr aufklären lassen, meint Just. Selbstmord, Unfall oder die Einwirkung eines Zufallstäters seien etwa gleich wahrscheinlich. Und wenn ich zu einem anderen Ergebnis gekommen sei, dann wahrscheinlich nur, weil ich der Polizei wichtige Informationen vorenthalten habe. Sollte das der Fall sein, dann sei es an der Zeit, bei ihm um gut Wetter zu bitten, da ich, wie mir wohl bekannt sei, sonst kräftig Ärger bekommen könne.

Ich versichere Herrn Just, dass ich nun keineswegs den großen Unbekannten aus dem Ärmel zöge.

»Nein«, sage ich, »den Mörder von Susanne Kellner haben Sie selbst unter die Lupe genommen, allerdings schnell wieder laufen lassen«. Dann lege ich dem Oberkommissar mein Polaroid-Foto von Kellner auf den Tisch.

Just winkt ab. Ich wisse doch genau, dass der ein unumstößliches Alibi habe, wurde ich belehrt. »Kellner war bei SYNANON rund um die Uhr unter Kontrolle. Ein besseres Alibi gibt es gar nicht.«

Als ich ihm ein zweites Foto auf den Tisch lege, greift Just tatsächlich zur Lupe und vergleicht lange.

»Zweifelsfrei ebenfalls Kellner«, stellt er abschließend fest und fragt, wann und wo das Bild gemacht worden sei.

»Nachweislich an dem Tag, an dem Susanne Kellner zu Tode kam, und zwar auf dem Flughafen von Las Palmas.«

»Nachweislich …«, spricht er mir nach und vergisst, den Mund wieder zu schließen.

»Vom Flughafenfotografen. Kellner steht vor der

Gangway der Maschine aus Berlin, es ist alles dokumentiert. Sie können ihn überführen.«

Oberkommissar Just schweigt eine Weile, dann schüttelt er den Kopf. »Das kann ich leider nicht. Dieser Kellner hat Selbstmord begangen.«

Nun bin ich es, der konsterniert dreinschaut. »Wie das denn?«

»Vorgestern hat seine Nachbarin die Polizei angerufen. Kellner soll seltsame Andeutungen in Richtung Selbstmord gemacht haben. Die Streifenbesatzung musste die Tür aufbrechen, aber es war schon zu spät. Der Alkoholiker hatte sich auf seine letzte Reise begeben, mit einer Dosis Schlaftabletten im Rotwein, die ausgereicht hätte, sich zwei- oder dreimal aus der Welt zu schaffen. Ein Abschiedsbrief lag auch dabei, alles echt.«

»So echt wie sein Alibi wahrscheinlich«, erwidere ich, denn mir ist ein ganz bestimmter Verdacht gekommen.

»Unsere Grafologen haben überhaupt keine Zweifel. Es ist seine Handschrift. Somit ist Mord wohl ausgeschlossen. Mich verwundert jetzt nur, warum er in dem Brief nicht zugegeben hat, dass er seine Frau umgebracht hat. Da hätte er doch reinen Tisch machen können. In dem Abschiedsbrief steht aber, dass er den Schmerz nicht verwinden konnte.«

»Wer hat den Toten identifiziert?«

»Zwei Nachbarinnen, mit denen er jahrelang im gleichen Haus gelebt hat.«

»Ist er noch zu besichtigen?«, frage ich.

Eine Stunde später kann ich die Leiche betrachten.

Ja, der Tote sieht auf den ersten Blick wie Lutz Kellner aus, und ohne einen bestimmten Verdacht würde auch ich meinen, er ist es. Als ich ihn zum ersten Mal gesehen habe, unrasiert und ungepflegt, da sah er dieser Leiche wirklich recht ähnlich. Aber je länger ich sie betrachte, desto sicherer werde ich mir.

»Herr Just, hier liegt nicht Lutz Kellner, hier liegt der Mann, der unter dem Namen Lutz Kellner bei SYNANON war, damit der Mörder ein Alibi hat. Und damit der hier uns das nie erzählen kann, musste er sterben«, kläre ich den Oberkommissar auf.

Oberkommissar Just widerspricht mir nicht.

Wir fahren zurück in sein Büro, und er lässt die Passagierlisten aller von Berlin aus startenden Flüge der beiden letzten Tage mit der Passagierliste des Flugzeuges vergleichen, in dem Lutz Kellner unter falschem Namen nach Gran Canaria geflogen sein muss. Es gibt in der Tat eine Übereinstimmung: Ein so genannter Karlheinz Hahn war damals an Bord und ist auch gestern von Tegel gestartet.

Alles Weitere ist Sache von Interpol.

DIE KRIMIS – Spannung in Serie

ISBN: 978-3-86941-307-5
208 Seiten

ISBN: 978-3-86941-308-2
224 Seiten

ISBN: 978-3-86941-309-9
176 Seiten

ISBN: 978-3-86941-311-2
256 Seiten

ISBN: 978-3-86941-312-9
208 Seiten

ISBN: 978-3-86941-256-6
256 Seiten

Alle Titel: Klappenbroschur • 12,5 x 20,2 cm • 4,99 €